OMNIBUS

Lucy Dawson

CHE COSA HAI FATTO?

Traduzione di Adriana Colombo e Paola Frezza Pavese

MONDADORI

Questo libro è un'opera di fantasia. Personaggi e luoghi citati sono invenzioni dell'autrice e hanno lo scopo di conferire veridicità alla narrazione. Qualsiasi analogia con fatti, luoghi e persone, vive o scomparse, è assolutamente casuale.

www.librimondadori.it

ISBN 978-88-04-60429-7

Titolo dell'opera originale
What My Best Friend Did
I edizione novembre 2010

CHE COSA HAI FATTO?

Per Jay, Luke e Guy

RINGRAZIAMENTI

Desidero esprimere tutta la mia gratitudine a Sarah Ballard e a Joanne Dickinson per i loro consigli, il loro sostegno e per aver creduto in me. Sia la squadra di United Agents sia quella di Little, Brown hanno lavorato a questo progetto senza risparmiarsi e con un incredibile entusiasmo, ma in particolare voglio ringraziare Jessica Craig e Lettie Ransley, di UA, Emma Stonex e Jennifer Richards, di Little, Brown.

L'aiuto che mi hanno dato Lee Tomlinson, Sally Dawson e Camilla Dawson si è rivelato preziosissimo, ma come si renderà conto chiunque abbia una formazione medica, ho seguito i loro consigli solo in funzione della trama del romanzo. Grazie al resto della mia famiglia, ai miei amici e a James per esserci stati quando avevo bisogno di loro.

Infine, a Ruth Easton, per il tuo incoraggiamento e la tua gentilezza, grazie.

1

«Può dirmi cos'è successo, Alice?» chiede la voce pacata all'altro capo del telefono. Il mio cuore martella, sembra schizzarmi via dal petto, non riesco quasi a respirare. Sento il suo battito sordo nelle orecchie.

«Si tratta della mia migliore amica» ansimo, e la voce si fa stridula per la paura. «Credo che abbia cercato di suicidarsi.» Guardo la bottiglia rotta di whisky ai piedi di Gretchen; schegge di vetro frammiste a pillole sparse. «Per favore, qualcuno l'aiuti!»

Riesco a restare lucida abbastanza per fornire l'indirizzo, e poi con dita molli – le stesse che qualche secondo fa battevano con forza sui tasti digitando il numero delle emergenze – chiudo la comunicazione e faccio scivolare il telefono sul supporto. Adesso, nel silenzio del soggiorno, rimaniamo solo Gretchen e io. È appena calata la sera, e i vicini di casa rientrati dal lavoro probabilmente stanno scalciando via le scarpe e preparando la cena, eppure qui non si sente alcun rumore; tutto è pervaso da un silenzio irreale. Niente televisione, niente radio, nessun segno di vita.

Indietreggio senza staccare gli occhi dalla mia amica, e quando tocco il muro con le spalle mi lascio scivolare sul pavimento. Riesco a sentire solo il mio respiro affannoso, e cerco di controllarlo.

Gretchen è seduta, non scomposta e impertinente come al solito, ma accasciata in un angolo tra due pareti con un ginocchio sollevato, la testa penzolante e un braccio rigido sporto in avanti.

L'aria è satura di un insopportabile odore di alcol: ai piedi di Gretchen ce n'è una pozza scura, punteggiata di piccole pillole bianche simili a coriandoli. Non riesco a vederle il viso, coperto dai lunghi capelli biondi ondulati. È muta, immobile. Non so se è cosciente oppure – *oddio* – morta. Avverto un sapore di vomito in bocca e comincio a battere i denti. So che dovrei fare qualcosa, soccorrerla mettendola nella posizione corretta, ma non riesco assolutamente a ricordare quale sia e ho paura di toccarla. Mi ricorda un manifesto sugli effetti dell'eroina che mi avevano mostrato alla fine delle elementari, solo che la ragazza della foto era stata ritrovata tre giorni dopo la morte.

Con le ginocchia rannicchiate contro il petto e la testa affondata tra le mani, chiudo gli occhi e immagino l'ambulanza che viene a salvarci facendo spostare tutti nella corsia degli autobus, dai motorini ai fuoristrada. Mi accorgo che sto dondolando lievemente e anche piagnucolando, ma non riesco a smettere.

Dopo un'attesa che sembra durare secoli, sento in lontananza l'ululato delle sirene farsi sempre più lacerante. Poi le luci azzurre illuminano improvvisamente la parete sopra la testa di Gretchen.

Il citofono mi fa sussultare, anche se sapevo che sarebbe suonato. Mi alzo con fatica e attraverso di corsa la stanza. Una voce maschile dice il mio nome, e io premo il tasto dell'apriporta. «Terzo piano, siamo qua» rispondo io ansiosa, poi riaggancio e apro la porta d'ingresso. Sento immediatamente lo scalpiccio dei loro passi su per la scala di ferro: eccoli. Un uomo e una donna in divisa verde, entrambi più anziani di me, si precipitano verso Gretchen e prendono in mano la situazione. Il sollievo è immenso, ma poi comincia una girandola di domande. «Sa se ha preso tutte queste pillole, Alice? L'ha già fatto altre volte, Alice?»

Mi rendo conto che continuano a chiamarmi per nome per non farmi perdere il contatto con la realtà, e cerco di rendermi utile. Dico loro quello che posso.

Siamo sull'ambulanza: la donna è alla guida – la cosa mi sorprende anche se non so perché – e l'uomo siede silenzioso dietro la testa di Gretchen. Le sistema un tubicino, mentre io con una mano mi tengo aggrappata al sedile per non scivolare. Cerco anche di non guardare la mia amica legata alla barella, sballottata da una parte all'altra mentre a sirene spiegate ci apriamo un varco nel traffico.

Mi tremano le mani e all'improvviso in quel piccolo spazio pieno di fili e strane macchine fa molto caldo. Mi sfugge un sospiro, e il paramedico mi lancia un'occhiata. Credo abbia detto di chiamarsi Joe, non ricordo.

«Stia tranquilla, Alice» mi rassicura. «Siamo quasi arrivati.»

Credo di essere sotto choc.

«Allora, Gretchen è la sua migliore amica?» chiede al di sopra del suono delle sirene, come se stessimo facendo una chiacchierata al bar. «Compagna di scuola? Università?»

«Ehm.» Mi sforzo di andare indietro con la mente. «No, l'ho conosciuta sul lavoro.» Ripenso a Los Angeles, a noi due che entravamo a braccetto nello Sky Bar ridacchiando, mentre Gretchen mi sussurrava allegra: "Vieni a vedere questo!".

«Lei che mestiere fa?»

«La fotografa.»

«Quindi Gretchen è una sua collega?»

Che diavolo importa? «No, però l'ho conosciuta sul lavoro» rispondo, sforzandomi di essere gentile, mentre il mio sguardo si posa d'impulso su Gretchen legata saldamente alla barella. L'ambulanza sembra rallentare e procede zigzagando a sobbalzi – immagino si stia facendo strada nel traffico intenso – ma all'improvviso riparte di nuovo a tutta velocità. Giro di scatto la testa a sinistra. Gretchen è completamente immobile nonostante il leggero movimento della barella che scivola qualche centimetro verso di me: per poco non mi schiaccia contro la parete dell'ambulanza. Il paramedico allunga una mano per bloccarla. «Scusi!» esclama.

Rallentiamo fino a fermarci. Gli sportelli si spalancano, l'aria fredda di gennaio mi colpisce come uno schiaffo in pieno volto, ma mi rinvigorisce. Vedo le porte spalancate del Pronto Soccorso e infermieri in attesa che alzano lo sguardo su di noi dalla loro postazione. Rimango seduta mentre tirano fuori Gretchen, e io scendo malferma sulle gambe.

La fanno passare davanti agli occhi spalancati di una popolazione di zombi annoiati, che avendo problemi lievi come distorsioni alle caviglie o leggere contusioni alla testa si trovano lì da ore, condannati alla lettura di vecchie riviste femminili zeppe di posta delle lettrici sulle "esilaranti" birichinate dei loro nipoti, suggerimenti per togliere macchie d'olio da una camicetta di seta, modelli per lavori a maglia, e ricette di *cheesecake* ipocaloriche. Seguo incerta la barella, poi una mano leggera e sicura si posa sul mio braccio per guidarmi su un lato, mentre Gretchen viene portata in un'altra sala e le porte a vento si richiudono dietro di lei. Attraverso l'oblò, vedo teste di medici muoversi frenetiche per la stanza.

«Alice?» chiede l'infermiera. «Può venire con me? Abbiamo bisogno di qualche informazione.»

Mi conduce in una stanzetta con una sedia, un tavolo, e un lavandino sormontato dal cartello SI PREGA DI LAVARSI LE MANI. Mi chiede chi sono i parenti prossimi di Gretchen e se desidero far chiamare qualcuno.

«Ehm, suo fratello, Bailey... il mio ragazzo... Tom» rispondo in modo automatico, intontita. Poi ricordo che in realtà non è più il mio ragazzo e dovrei dire "ex", ma il momento è passato. «Bailey è a Madrid, all'aeroporto, o almeno lo era. Mi ha telefonato da là per chiedermi di passare da Gretchen. Tom è a Bath, a una cena di lavoro...»

«Ha un numero telefonico di Bailey?»

Comincio a passare in rassegna i numeri nella mia testa. «Ha un cellulare, che però tiene quasi sempre spento. È 079... no, aspetti... 0787... Mi spiace, non riesco a concentrami; non riesco...»

«Ci pensi con calma» mi rassicura l'infermiera con gentilezza.

Alla fine riesco a ricordarlo, e lei lo annota su un blocco. «E quello di Tom?»

«07...» comincio, poi esito. «Potrei telefonargli io, per favore? È possibile?»

«Certamente. Sa come possiamo contattare i genitori di Gretchen?»

Scuoto la testa. «Con loro ha rapporti difficili. Bailey è l'unico che...»

L'infermiera mi interrompe. «Dovremmo proprio avvertire i genitori» insiste con garbo, e io capisco cosa intende... anche se non l'ha detto.

«Non so il loro numero» rispondo scoraggiata. «Non li conosco neppure! Dov'è Gretchen adesso? Cosa le stanno facendo?»

«È in Rianimazione. Vado a dare queste informazioni e torno. Sono qui tra un secondo.»

Rimasta sola, prendo la borsa ed estraggo il cellulare, ma in questa stanzetta non c'è campo, e comunque non so se è permesso telefonare dall'interno dell'ospedale. Lo rimetto via: aspetterò il ritorno dell'infermiera. Mi concentro sul cartello SI PREGA DI LAVARSI LE MANI e cerco di non farmi prendere dal panico.

L'infermiera non ci mette molto. Ha trovato Bailey all'aeroporto: è in lista d'attesa per Londra. Il telefono era acceso, ma – tipico da parte sua – con la batteria quasi scarica: a quanto pare la comunicazione si è interrotta proprio qualche secondo dopo che lei gli ha detto l'essenziale. Lo immagino solo e terrorizzato, seduto su uno di quei sedili scomodissimi degli aeroporti, senza alcuna possibilità di abbreviare l'attesa; o forse adesso si sta imbarcando.

Chiedo se posso usare il cellulare per chiamare Tom, ma lei scuote la testa, dispiaciuta. «Solo all'esterno, mi spiace.»

Le dico che torno subito, e passo di proposito dal Pronto Soccorso per raggiungere il posteggio. È una classica sera di gennaio, fredda e buia. Ho addosso i pantaloni leggeri della tuta, e tremo mentre digito il numero e attendo la connessione; il fiato si condensa davanti a me; mi porto le braccia al petto per riscaldarmi.

Parte la segreteria: il cellulare è spento, oppure occupato.

«Ciao, sono io» dico con voce tremante dopo un *bip*.

«Tom, sono in ospedale con Gretchen. Vieni subito. Siamo al Pronto Soccorso. Devo rientrare subito e devo tenere il cellulare spento, quindi non puoi chiamarmi; ma per favore vieni subito...»

Gli do l'indirizzo, più o meno preciso, e chiudo la comunicazione. Ho fatto bene a dirgli così? Dovevo raccontargli tutto o no? Non voglio che guidi in preda al panico, correndo come un pazzo e rischiando la vita. All'improvviso capisco perché queste telefonate vengono fatte dal personale esperto dell'ospedale. Attendo un paio di minuti – quel tanto da permettergli di controllare la segreteria telefonica –, ma lui non richiama, così, molto riluttante, spengo il cellulare, e rientro.

Dopo quaranta minuti, mi comunicano che Tom ha chiamato l'ospedale dicendo che stava arrivando, e verso le nove Gretchen viene spostata nell'unità di Terapia Intensiva. Non ha ancora ripreso conoscenza, ma mi riferiscono che Bailey ha raccomandato la mia presenza accanto a lei. Tre infermiere si muovono rapide e con fare esperto attorno al suo letto, e intanto si parlano a bassa voce in un linguaggio tecnico a me ignoto.

Siedo il più lontano possibile dal letto, lasciando che il nome di Gretchen mi scivoli silenziosamente sulla lingua, come un mantra su cui concentrare la mia mente confusa. È un nome che evoca una bambolina con il viso di porcellana, le trecce attorcigliate attorno alla testa e gli occhi che non si chiudono quando la si sdraia. Ha sicuramente un'aria fragile, ora, su quel letto d'ospedale, allacciata a macchine e tubi, in un silenzio rotto soltanto da un *bip* meccanico.

La pelle è come cera, e le guance su cui prima appariva un leggero colorito sono pallide. Fa pensare a Coppelia, in attesa di prendere vita nel laboratorio, più che al giocattolo di una bambina. Una ragazza vera dalla pelle bianca come il latte, che potrebbe mettersi a sedere e buttare via la coperta; ma le sue palpebre non si sollevano, non batte ciglio, e la bocca è tenuta forzatamente aperta da un tubo che impedisce alla gola arsa di chiudersi. Mi ricorda una bambola di plastica gonfiabile costretta a compiere un atto osceno.

Le guardo le mani. Pollici, dita. Con le loro piccole unghie quadrate, curate. Non si muovono e non si sono mosse; neanche un minimo guizzo. Le hanno pettinato e raccolto all'indietro i lunghi capelli, e questo, lo so, la farebbe incazzare. Gretchen li vorrebbe sparsi sul cuscino; apprezzerebbe la potenziale teatralità dell'immagine. Comunque ha sempre un aspetto etereo. La sua è una bellezza che non viene intaccata da una pettinatura sciatta o dalla mancanza di trucco.

Ho visto un quadro, credo alla National Gallery, di una fanciulla che galleggia su un fiume verso la sua tomba. Le dita ghiacciate stringono al petto fiori rosa pallido. I capelli biondi ondulati scorrono dietro di lei come alghe, e il vestito verde chiaro trascinato verso il bordo della pira funeraria provoca una leggera increspatura sulla superficie dell'acqua. Sembra Gretchen in questo momento.

Mi ritrovo, inorridita, a domandarmi se da morta sarà così bella, se nel momento cruciale qualcosa di invisibile emanerà da lei verso il soffitto, per raggiungere ciò che per Gretchen è il paradiso. Le lacrime mi inondano gli occhi e sono colta nuovamente da un leggero tremito. Un'infermiera mi guarda con una strana curiosità, e io abbozzo un sorriso spaventato. Mi sorride a sua volta, solidale, e mi chiedo se riesce a leggere tutto quello che ho scritto in faccia; penso di no, perché si mette a scrivere qualcosa. Si sente solo il pulsare ritmico della macchina che aiuta Gretchen a respirare. Visto dall'esterno, sembrerebbe tutto sotto controllo.

Ma non nella mia testa. Anche se cerco di ignorarlo, spingerlo sott'acqua e tenercelo per spegnerlo, questo pensiero riemerge sempre: "Ti prego non svegliarti, ti prego non svegliarti, ti prego non svegliarti".

2

«Se vuole, può tenerle la mano; non c'è problema. E può anche parlarle» dice garbatamente una delle infermiere interrompendo questo pensiero odioso.

Scuoto con decisione la testa, mentre osservo altre due infermiere uscire silenziosamente dalla stanza.

«Non ascolterò» aggiunge con un sorriso sincero. Sembra avere la nostra età, più o meno ventinove anni.

«Va bene così, grazie» farfuglio, e lei annuisce comprensiva.

«Be', se cambia idea, si senta libera. So che le sembrerà un po' strano, ma molta gente parla, e noi ci siamo abituate. Mi dispiace che questa sera eravamo così di corsa e non c'è stato molto tempo per spiegarle cosa stiamo facendo, cosa sta succedendo.» Siede accanto a me. «Non che possa dirle molto, Alice, perché lei non è una parente prossima, e non mi è permesso darle informazioni dettagliate; ma è ovvio che Gretchen è ancora incosciente.»

«Riprenderà i sensi presto?» chiedo ansiosa.

«È in un profondo stato di incoscienza» risponde, con delicatezza. «Non è in grado di reagire agli stimoli esterni. Il suo non è un sonno naturale, per cui non possiamo svegliarla. Una delle conseguenze di un'overdose del farmaco che lei ha trovato accanto a Gretchen è il coma.»

«Coma?» ripeto scioccata, e mi volto a guardare Gretchen. Per me "coma" significa qualcuno che giace giorni e giorni nel letto sospeso tra la vita e la morte, oppure, come si vede in quelle modeste serie televisive ambientate in ospedale, dove bisogna prendere una decisione straziante: staccare la spina della macchina che mantiene in vita, o attendere all'infinito? Qui non sta succedendo questo, vero?

«Quanto resterà in coma?»

«Non so. Troppo presto per dirlo.»

«Per questo mi ha suggerito di parlarle?» chiedo, guardando in faccia l'infermiera, mentre sono colta da un pensiero: "Chissà se mi sente, se si rende conto che sono qui".

L'infermiera esita, e capisco che sta scegliendo attentamente le parole per non darmi false speranze. «In effetti da alcuni studi è emerso che alcuni pazienti dopo essere usciti dal coma hanno riferito di aver udito le parole che venivano dette loro.»

Oh, merda!

Mi volto di nuovo verso Gretchen. Quando ero alle elementari in gita scolastica, sul pullman mi finsi addormentata in modo da poter sentire i commenti degli altri sul mio conto. In realtà nessuno disse niente, tranne "Mi mangerò le sue patatine". Ovviamente non penso che adesso Gretchen stia facendo la stessa cosa, cioè fingere, ma l'idea che sotto quelle palpebre il suo cervello funzioni, consapevole di tutto ciò che sta succedendo in questa piccola stanza, mi raggela il sangue. Capirà se tradirò la sua fiducia raccontando i suoi segreti.

«Se vuole chiedermi qualsiasi altra cosa, sono a sua disposizione» conclude l'infermiera. Si alza, e va in fondo alla stanza.

«Veramente qualcosa c'è» dico d'impulso, voltandomi verso di lei. «Quando – se – riprenderà conoscenza, aprirà gli occhi?»

Ci pensa un attimo, poi ha l'accortezza di rispondere in termini generali anziché riferirsi al caso specifico. «Le persone in coma non li aprono, tranne che in televisione. Quando cominciano a riprendere i sensi fanno piccoli movimenti: cercano di sollevare la testa o muovere un dito.»

«Riescono a parlare subito?»

Scuote la testa. «Vede quel tubo che ha in bocca?»

Annuisco.

«La aiuta a respirare, e con quello in bocca non può parlare.»

«Ma potrebbe scrivere, se riprende conoscenza?»

Mi guarda dritto negli occhi. «Troverà un modo per comunicare con noi.»

«La mia paura è che sia cosciente ma paralizzata» dico io, il che non è vero, e se Gretchen *può* sentirmi, reagirà senz'altro con un ghigno beffardo dentro di sé. Veramente no, perché avrà altro per la testa, come chiedersi dove e perché i suoi piani così ben definiti siano andati in fumo. Grazie a me. Mi sembra di sentirla: "L'avevi promesso. Bella amica sei!".

«Di recente ho letto un libro di un francese cui è capitato di essere completamente vigile ma ingabbiato in un corpo privo di sensibilità» continuo, cercando di concentrarmi sul suono della mia voce.

«Non è questo il nostro caso» mi assicura l'infermiera, e dopo una pausa aggiunge: «Gretchen non può comunicare con noi finché non riprende coscienza; sta molto male; non le succederà di svegliarsi come si vede nei film. Mi spiace».

Cade il silenzio. Torno a guardare Gretchen, e mi sento di nuovo salire le lacrime agli occhi. Oh, Gretch. Come diavolo abbiamo fatto a finire qui? Come può succederci una cosa del genere? Voglio tornare a noi che ridiamo, ridiamo tanto da non riuscire quasi a stare in piedi: mi sembra addirittura di sentirle quelle risate. Rivoglio indietro *quei* momenti, ti prego.

Io non posso... non posso starmene seduta in questa stanza a fingere. Non quando so, so quello che abbiamo fatto tutte e due...

«Devo controllare se mi è arrivato qualche messaggio» dico, al limite della sopportazione, e mi alzo tanto di scatto da prendere alla sprovvista le mie gambe, che a momenti cedono. «In caso avesse chiamato Tom.»

«Okay» mi dice l'infermiera con un sorriso incoraggiante. Mi precipito in corridoio, esco quasi di corsa dal reparto spingendo con forza e determinazione le porte a vento, nuovamente diretta al corpo centrale dell'ospedale. Vedo un'uscita. Esco con un vergognoso senso di sollievo e mi ritrovo in un piccolo parcheggio gremito di auto che sembra essere quello riservato al personale. Non ho idea di dove mi trovo rispetto al Pronto Soccorso: ho perso completamente l'orientamento. Rovisto nella borsa in cerca del cellulare; lo accendo. Tre messaggi vocali.

Il primo è di Tom, arrivato venti minuti dopo la mia chiamata. "Alice? Cosa diavolo è successo?" Ha un tono aggressivo, ma credo che sia perché è molto spaventato. "Cosa significa che siete entrambe all'ospedale? Perché? Senti, se ascolti questo messaggio nei prossimi cinque minuti, richiamami, okay?"

Il messaggio successivo è ancora suo, sei minuti dopo. "Sempre io, telefono all'ospedale."

E poi, diciotto minuti dopo, lui che urla sopra il rombo del motore, ovviamente per strada: "Sto arrivando, sta' tranquilla, Alice. Andrà tutto bene. Sarò lì il prima possibile, promesso. Sono partito da Bath, non so quanto ci vorrà; per fortuna c'è poco traffico".

Lo immagino con una mano salda sul volante e l'altra che tiene il cellulare accostato all'orecchio mentre sfreccia sull'autostrada vestito da lavoro, in giacca e cravatta; all'idea che sta arrivando mi viene da piangere dal sollievo. Mi trema il labbro inferiore e gli occhi si riempiono di lacrime. Dio ti ringrazio. Il solo suono della sua voce mi fa sentire meglio.

Tom è uno che sa fare tutto, uno su cui si può contare. È il genere di persona che gli amici chiamano quando hanno bisogno di consigli per vendere l'auto, compilare la dichiarazione dei redditi, o quando devono spostare mobili pesanti. Mio padre voleva che lo sposassi quando scoprì che Tom possedeva una cassetta dei ferri completa, senza neanche un pezzo mancante, e sapeva pure cosa farne. Il giorno stesso in cui lo conobbi mi riparò un rubinetto che perdeva.

"Dovrebbe andare bene" disse, mentre usciva dalla vasca da bagno, purtroppo in giacca e cravatta, e apriva e chiudeva il rubinetto per controllarne la tenuta, con in mano ancora le pinze, l'unico arnese che ero riuscita a trovare in tutto l'appartamento. La mia coinquilina Vic e io fissammo il rubinetto aspettando che ricominciasse a gocciolare, cosa che non si verificò. Eravamo assolutamente deliziate.

"Allora, Tom" esordì prontamente Vic "tu sei un consulente aziendale, il che suona come lavoro stabile e ben retribuito..."

Tom annuì con modestia.

"Sei amico di un amico, quindi è improbabile che tu sia uno squilibrato" continuò. "Sai riparare le cose..."

"E non sei neppure male" pensai io guardando i suoi sorridenti occhi azzurri dietro gli occhiali.

"Se la vuoi, la stanza è tua" propose Vic, dopo avermi lanciato uno sguardo per ottenere il mio consenso.

"Tutto qui?" domandò lui ridendo. "Non chiedete referenze? Invece dovreste" aggiunse, facendosi all'improvviso serio. "Potrei essere chiunque. Non lo sono, però potrei."

Ma ovviamente si rivelò un coinquilino modello e, nel giro di dieci mesi diventò il mio ragazzo.

Il telefono squilla nella mano già fredda e intorpidita. È lui. Rispondo subito. «Tom? Dove sei?»

«... traf... M4... come un coglione... cavalcavia... passato Olympia... venti mi...» La voce va e viene, e non riesco quasi a sentirlo; sembra ancora in macchina, però. «... successo?... all'accettazione dell'ospedale e io...» E poi silenzio totale. Lo richiamo ma risponde la segreteria telefonica. Comunque diceva venti minuti, l'ho sentito. Con il cellulare stretto in mano come un talismano, cerco di tornare indietro passando dalla porta da cui sono appena uscita, ma scopro che non si può perché bisogna essere muniti di codice di accesso.

Cammino spedita per dieci minuti attorno all'ospedale seguendo cartelli che indicano l'ingresso principale, ma che di fatto mi conducono in stretti passaggi non illuminati tra vecchi edifici di mattoni rossi immersi nell'oscurità, che attraverso le tende aperte lasciano intravedere inquietanti stanze vuote. Li supero velocemente cercando di non guardare dentro alle finestre, con il terrore di cogliere figure spettrali che si muovono silenziose: pazienti di un tempo che sono morti in quell'austero edificio vittoriano e vi sono rimasti intrappolati per sempre. La paura che mi attanaglia mi dà un senso di nausea; ho bisogno di sentire una voce familiare, rassicurante. Così chiamo Frances.

«Pronto?» Mia sorella maggiore risponde al telefono con un sussurro.

«Sono io.» La voce va e viene, non solo per il mio passo spedito.

«Ah, ciao, Al. Scusa tanto, ma il momento non è dei migliori: ho appena messo giù Freddie. Stasera è veramente irrequieto.»

Me la immagino serena, seduta nella sua casetta bifamiliare con le tende ordinatamente tirate, i piatti lavati, e il televisore acceso.

«Comunque la linea è molto disturbata» dice. «Sembra che tu sia dentro una galleria del vento.»

Giro l'angolo, guardo alla mia sinistra e mi sento pervadere dal sollievo. Oh, Dio ti ringrazio: vedo l'ingresso del Pronto Soccorso. Rallento, cerco di riprendere fiato mentre supero parecchie ambulanze ferme, ma sobbalzo quando all'improvviso una dà un breve colpo di sirena, accende i lampeggianti, e poi parte a tutta birra. Non avevo neppure notato l'autista seduto al buio sul sedile anteriore.

«Dove sei?» chiede subito Frances.

Inspiro. «Sono...»

«Oh, no!» mi interrompe. «Penso che Freddie abbia sentito. Dio, ti prego, fa che non si svegli! Alice, non dire niente!» sussurra in fretta, e io, ubbidiente, taccio, anche se non posso fare a meno di chiedermi come il bambino abbia potuto udire l'ambulanza da un telefono che, con tutta probabilità, non è vicino a lui. È un neonato, non un pipistrello.

«Va bene» sussurra. «È tutto a posto. Anzi, sono contenta che tu abbia chiamato: non riesco a contattare la mamma. Sai dov'è? Ho provato a casa, ma non risponde. Non possono essere *tutti* fuori: è giovedì sera!»

Rimango in silenzio: so benissimo che, su mio consiglio, mamma e papà staccano il telefono quando è ora di cena per evitare di subire le sue lunghe relazioni sul bambino e assicurarsi una mezz'ora di pace. Probabilmente hanno dimenticato di riattaccarlo.

«Freddie mi sembra un po' caldo» continua lei. «Ed è solo una settimana che gli è passata la tosse. Potrebbe essere l'inizio di una polmonite, e Adam è ancora al lavoro.»

«Non ho idea di dove sia la mamma» dico, poi scoppio in lacrime.

«Alice? Stai piangendo? Cosa diavolo è successo?»

«Sono all'ospedale e...»

«Perché? Ti sei fatta male?» mi interrompe lei brusca, passando automaticamente alla modalità "sorella maggiore".

«No. Sto benissimo, ma...»

Mi investe come uno schiacciasassi. «Sei ferita? Qualcosa di rotto?»

Tipico da parte sua. Durante le medie, nella mia classe c'era un gruppo di bullette che di tanto in tanto prendevano di mira qualcuno. Circondavano la loro vittima nei corridoi tra una lezione e l'altra, sempre nei momenti peggiori o durante il pranzo, quando i professori si chiudevano in sala insegnanti a leggere il giornale, fumare una sigaretta, e fissare disperati le lancette dell'orologio a muro che, dopo essersi trascinate lentamente per tutta la mattina, si mettevano all'improvviso a vorticare.

A me toccò il giorno in cui presi il massimo voto in arte, e l'insegnante mi elogiò davanti alla classe. Tutte le bulle si voltarono a guardarmi, e io capii al volo cosa mi sarebbe successo durante l'intervallo.

Infatti, sei di loro mi circondarono nel corridoio dell'ultimo piano e cominciarono a spingermi e strattonarmi. Io rimasi zitta con lo sguardo basso, perché parlare peggiorava solo la situazione. Sapevo quello che era capitato alla povera Catherine Gibbons che aveva coraggiosamente osato canticchiare: "Tutto quel che avete in mente non può farmi proprio niente".

Una ragazza mi aveva appena dato uno spintone poco convinto che mi fece vacillare e stringere la cartella, quando un urlo improvviso interruppe le loro annoiate provocazioni. "Ehi!" Ci voltammo tutte: Frances, con il viso rosso di rabbia, stava marciando verso di noi come un rullo compressore. Nel giro di qualche secondo aveva già preso per il collo la capobanda. "Metti un'altra volta le mani addosso a mia sorella" ringhiò "e io ti spacco la faccia, chiaro?"

Mollò la ragazza, e a quel punto se la svignarono tutte. Ricordo che mi guardò con un sospiro. "Tira fuori la camicia, Al: non si porta infilata nella gonna..."

«Alice» continua lei, in attesa della mia risposta. «Mi spaventi. Sei sicura che va tutto bene?»

Inspiro a fondo e cerco di calmarmi. «Non si tratta di me. Ho accompagnato Gretchen.»

«Oddio» sbuffa. «Poveretta! Hai sempre delle amiche melodrammatiche. Alice, sei troppo disponibile, davvero. Si sarà presa una bella sbronza e sarà stata male, vero?»

«Più o meno. Sono passata da casa sua stasera, e...» D'un tratto ho davvero voglia di dirglielo, ma sono interrotta da un debole lamento di sottofondo.

«Oh, non posso crederci!» si allarma Frances. «È sveglio. Cazzo, cazzo, cazzo. Mi giuri che *tu* stai bene, Al?»

Il pianto di sottofondo è ora più forte: è un'energica, determinata richiesta di attenzione, e non posso che rispettare la volontà del mio piccolissimo e senza dubbio paonazzo nipote.

«Come diavolo fai a essere già sveglio?» sento mia sorella dire incredula. «Ti ho dato da mangiare solo un quarto d'ora fa.» Emette un sospiro pesante, con una vena di esasperazione.

Chiudo gli occhi e inspiro a fondo. «Fran» ripeto, «sto benissimo. Sono in grado di cavarmela. Va'.»

«Sicura?» Avverto sollievo nella sua voce. «Comunque, cos'è successo a Gretchen?»

Freddie piange così forte che potrebbe spaccare i vetri.

«Niente, niente di grave. Se ho bisogno, ti chiamo più tardi.»

«Prova con la mamma, d'accordo?» Ha il tono di chi si sente colpevole. «Saprà cosa fare. A quest'ora dovrebbero essere rientrati. Se riesci a contattarla, quando hai finito dille di telefonarmi, va bene?»

«Okay» rispondo debolmente, mentre una nuova lacrima mi riga la guancia; poi Frances chiude la comunicazione senza neppure un saluto. Vorrei chiamarla subito per dirle: "In realtà ho bisogno di te. Ho paura, Fran!". Invece digito il numero dei miei genitori e mi avvio lentamente verso l'ingresso principale. Ma, proprio come ha detto Frances, il loro telefono squilla a vuoto, e alla fine parte la segreteria telefonica.

Allora provo a chiamare Phil, mio fratello minore. Se c'è, può scendere a casa dei miei e avvisarli di riattaccare il telefono perché *io* voglio parlare con loro. D'un tratto avverto un bisogno urgente di sfogarmi con mamma e papà, di sentire qualcuno che mi rassicura...

"Sono Phil. In questo momento non posso rispondere. Probabilmente sono occupato. E per 'occupato', intendo 'fuori'. E per 'fuori' intendo che mi sto facendo una canna. Potete lasciare un messaggio, ma non vi prometto niente, capiiitooo?"

Per un attimo mi è chiaro perché Phil riesce a far perdere le staffe a papà in meno di cinque secondi. Che razza di messaggio è mai *quello* se dovessero chiamarlo eventuali datori di lavoro? Non otterrà neanche un colloquio, figuriamoci un impiego. Stacco, sconfitta, e lascio cadere il cellulare nella borsa.

Alzo gli occhi disperata verso il cielo nero; cerco di calmarmi. Non ci sono stelle, né si vedono luci di aerei. Riesco a sentirne uno in lontananza, nascosto dalle spesse nuvole sopra la mia testa. Non lo vedo, ma vorrei tanto esserci sopra e andare da qualche parte, in un posto qualsiasi lontano da qui.

Do un'occhiata all'orologio. Sono già passati venti minuti? Tom dev'essere nei paraggi ormai. Magari ha posteggiato e si è infilato in un'altra porta. Sarà già in reparto? Non voglio che entri da solo nella camera di Gretchen.

Salgo spedita su per la rampa dei disabili che conduce al Pronto Soccorso. Il vento insistente mi penetra nelle ossa, ma prima che riesca a immergermi di nuovo nel caldo soffocante dell'ospedale, scatta il meccanismo di apertura automatica delle porte e una madre e una figlia si apprestano a uscire, lente, con andatura zoppicante. Devo spostarmi di lato per farle passare. La madre si sostiene appoggiandosi pesantemente a una stampella e alla figlia. Le stringe con forza la mano, e malgrado il gelo è sudata per la fatica. Lancio un'occhiata al suo piede avvolto in una voluminosa fasciatura e noto che dalla punta fanno capolino due brutte dita violacee con le unghie smaltate. «Molto bene, mamma» la incoraggia con garbo la figlia. «Papà sta arrivando con la macchina. Sarà qui a momenti.»

La madre alza lo sguardo per ringraziarmi di avere aspettato, e non appena mi vede sgrana gli occhi. Colgo la mia immagine riflessa nel vetro; imbarazzata, porto una mano sulla guancia e ruoto leggermente la testa in modo da potermi osservare meglio. Il mio viso non ha nulla di particolarmente terribile, tranne il pallore, il trucco sbavato, e gli occhi e il naso arrossati messi in risalto da una massa di capelli scuri e spettinati. Lei ha ragione: sono in uno stato pietoso. Per non parlare del mio abbigliamento: pantaloni sformati e una vecchia felpa con il cappuccio; d'altronde avevo in programma di trascorrere la serata davanti alla tivù.

Chino la testa, le supero non appena possibile, e mi precipito all'interno. Guardo nella sala d'attesa, ma di Tom neanche l'ombra; c'è solo un ubriaco che sta insultando l'addetta all'accettazione, così mi allontano in fretta verso il corridoio che credo conduca all'unità di Terapia Intensiva.

Al reparto, mi fermo davanti alla pesante porta. Tom dovrebbe essere già qui. Non voglio che entri senza di me, ma non voglio neppure starmene seduta ad aspettare da sola.

La porta si spalanca all'improvviso e per poco non mi colpisce; un medico esce con passo deciso. «Scusi» dice in modo automatico, ma corruga la fronte come se pensasse: "Proprio un bel posto per fermarsi". Entro. Non posso stare qui a far niente come una cretina.

L'infermiera alza lo sguardo con aria interrogativa, poi mi riconosce e sorride. Tom non c'è. Non guardo Gretchen, infilo la borsa sotto la sedia e mi siedo pesantemente, con un senso di disagio. Mi asciugo il naso che cola per lo sbalzo tra il freddo esterno e il caldo nel reparto; chissà se l'infermiera pensa che ho pianto. Niente di più scontato, no?

Infine, dopo aver fissato il pavimento per un'eternità, almeno così mi sembra, lancio un'occhiata a Gretchen. Non posso farne a meno, non voglio, ma la vedo del tutto identica a come l'ho lasciata: calma e paradossalmente serena; ciò nonostante con un aspetto e un colorito innaturali. In un'altra situazione, avrei voluto vederla seduta sul letto, tutta gridolini di eccitazione e con un grande sorriso sul viso; l'avrei spinta per i corridoi, facendomi largo tra medici e infermiere. Questo non può accadere. Non ora.

Oh, se potessi tornare indietro e cambiare tutto! Cosa non darei per ricominciare daccapo con lei. Dovevo fare quello che mi chiedeva, lo so, e non l'ho fatto...

Mi sento rivoltare dentro. Sono terrorizzata. Ho la sensazione che la sedia non possa più reggermi; la stanza sembra rimpicciolirsi. Gretchen appare terribilmente fragile, vulnerabile, e io sono troppo spaventata per toccarla. La mia amica.

Comincio a piangere, ed è così che purtroppo mi trova Tom quando irrompe nella stanza con l'abito spiegazzato e la cravatta storta, scosso e senza fiato per la corsa.

3

Tom sbianca in volto alla vista di Gretchen attaccata alla flebo e a macchine di ogni tipo. Si blocca sulla porta, quasi inchiodato.

L'infermiera sta per dire qualcosa, ma io la precedo. Sono sopraffatta dalla vista rassicurante di qualcuno così familiare. «Oh, Tom! Sei arrivato!» esclamo tra le lacrime mentre mi alzo. La sedia raschia sul pavimento e il rumore ci fa serrare i denti, ma non mi importa, e mi butto tra le sue braccia con un tale slancio da farlo vacillare.

Lui mi stringe a sé, protettivo. Sento i suoi pettorali attraverso i vestiti; vorrei rimanere così, stretta nel suo abbraccio, respirare nella sua camicia e mi ritraggo, riluttante. Mi lascia e le braccia gli cadono lungo i fianchi. Alzo lo sguardo: sta fissando Gretchen, impietrito dallo choc.

«Che diavolo è successo?» sussurra. Il suo abituale aplomb è scomparso. «Nessuno mi diceva niente: ero terrorizzato.»

Deglutisco e cerco di mantenere il controllo mentre le lacrime mi scorrono sulle guance.

«Cosa c'è che non va?» chiede allibito, senza mai staccare gli occhi da lei. Poi ripete: «Cos'è successo?».

Esito. Devo misurare le parole. «Ho ricevuto una telefonata, sono passata da casa sua... c'erano pillole dappertutto e...» La mia voce si dissolve in un fiume di lacrime.

Impallidisce e sta per dire qualcosa, ma l'infermiera lo precede.

«Possiamo parlarne fuori?» propone risoluta. «Non vogliamo turbare Gretchen, vero?» Il mio terrore aumenta: Gretchen sdraiata là, che ha ascoltato tutto quello che abbiamo detto. Mi sposto subito in corridoio, e l'infermiera chiude la porta alle nostre spalle.

Tom sta aspettando una spiegazione, e io cerco di riprendere il filo del discorso. «C'erano pillole sul pavimento e...»

«Che genere di pillole?» chiede lui, come se temesse già la risposta.

Mi schiarisco la voce. «Non lo so. C'era una bottiglia di whisky, quasi vuota. Non ho idea di quante ne ha prese: era priva di sensi.»

«Oh, merda!» esclama mentre arretra di un passo e si mette le mani tra i capelli. Muove a caso un altro passo verso destra e poi di nuovo all'indietro. «Oh, merda, Gretchen!»

«Ho chiamato l'ambulanza» aggiungo in fretta. «Sono arrivati e mi hanno detto che respirava. Siamo andati prima al Pronto Soccorso e poi l'hanno portata qui. È in coma!»

Tom scuote leggermente la testa, come se non riuscisse quasi a capire ciò che dico, come se tutta questa faccenda fosse irreale.

«Non mi diranno più niente finché non arriva Bailey.»

Appena pronuncio quel nome di colpo il suo viso si contrae in un'espressione di rabbioso disgusto.

«Sanno dov'è?» chiede, teso. «Hanno provato a chiamarlo?»

Annuisco. «A Madrid: sono quasi certa che è sulla via del ritorno. A quest'ora dev'essere in viaggio.»

«Come facevano a sapere dov'era?» domanda lui accigliato.

«Gliel'ho detto io» confesso. «Oggi pomeriggio mi ha chiamato: doveva andare a trovare Gretchen, ma ha perso l'aereo o qualcosa del genere. Forse c'era un ritardo, non so. L'ha chiamata per dirle che non ce l'avrebbe fatta, e lei era sbronza, completamente sbronza. Mi ha chiesto se dopo il lavoro potevo andare a darle un'occhiata. Così sono andata...» Le parole mi muoiono sulle labbra. Sento di nuovo un gran caldo, sento il sudore colarmi lungo la schiena e la maglietta appiccicarmisi addosso.

«E...?»

Inspiro a fondo. «Era in soggiorno, priva di sensi. Quello che aveva fatto era piuttosto ovvio.»

«Merda!» Mi guarda. «E non ci dicono niente finché non arriva lui?»

Scuoto la testa. «Solo cose come "È stabile". Niente dettagli.»

È furioso. «Ma è assurdo! Gliel'hai detto questo? E loro cos'hanno risposto?»

Mi viene la nausea. «Non sapevo come muovermi, Tom; io sono solo venuta qui con lei e...» Esito sotto il suo sguardo duro e porto una mano tremante alla testa. «Non riesco a pensare con chiarezza. È successo tutto molto in fretta e...»

«Okay, okay, Alice, scusa» mi interrompe; si avvicina e mi prende la mano. «Non volevo aggredirti.» Inspira a fondo. «Sono solo incazzato con lui.»

Fa una pausa, e io cerco di respirare con calma.

«Comunque» sospira infine «almeno è stabile.» Segue un attimo di silenzio durante il quale prende di certo in considerazione l'orrenda inimmaginabile alternativa, perché poco dopo aggiunge: «Meglio rientrare, stare con lei» e va verso la porta.

«Un attimo» lo prego. Ora che mi trovo fuori, sono ancora più restia a tornare in quella stanza. «Ho bisogno di un minuto per riprendermi.» Mi appoggio alla parete – in realtà mi puntello – e Tom si lascia andare pesantemente accanto a me, con aria distrutta e confusa.

«Non riesco a credere che abbia fatto una cosa simile» dice. «Insomma, non ci sono stati segnali sospetti. Anzi, sembrava» mi lancia un'occhiata e sceglie con attenzione le parole «abbastanza felice. Scusami... è troppo dura per te?»

Sì, lo è. Una situazione impossibile; praticamente la più orrenda in cui mi sia trovata nella vita.

Scuoto di nuovo la testa. «Sto bene» dico, ma le parole sono poco più di un sussurro. Mi accorgo che la testa comincia a ciondolare, le lacrime mi riempiono gli occhi e cadono sul pavimento tirato a lucido. Lui fa per abbracciarmi, ma è distratto da un'infermiera che si sta avvicinando.

«Coraggio, Al» dice, mentre la donna entra nella stanza. Mi precede, e io lo seguo riluttante.

Prendiamo lentamente le sedie; Tom tiene lo sguardo fisso su Gretchen. L'infermiera entrata prima di noi, quasi di sicuro la caposala, sta controllando la cartella clinica. «Continua ad avere battiti ectopici» osserva rivolta alla collega più giovane. «Normalmente sono così frequenti?»

Alzo la testa e tendo l'orecchio.

«Li ho già notati prima, ma adesso stanno diventando più frequenti» risponde l'altra.

«Mmh. Tienila d'occhio. Com'è il potassio?»

«3.1.»

Va bene o no?

La caposala inarca le sopracciglia. «Dobbiamo riportarlo a un livello accettabile, immediatamente. È scritto sulla cartella, vero?»

La giovane annuisce. «Vado a prenderlo.»

Mentre esce dalla stanza, Tom mi lancia un'occhiata interrogativa e io mi stringo nelle spalle.

«Scusi...» dice ad alta voce, ma è interrotto da un allarme lacerante e improvviso.

La caposala ignora Tom, e per avvicinarsi al letto gli passa davanti facendolo arretrare bruscamente con la sedia. Allunga la mano sul collo di Gretchen; mi rendo conto che le sta controllando il battito cardiaco. Per reazione, il mio accelera rapidamente.

Alzo di scatto lo sguardo sul monitor e vedo una linea verde i cui picchi sono molto ravvicinati, ma appena sotto una linea rossa sta diventando piatta. Oddio.

«Qualcuno ci aiuta?» si mette a urlare l'infermiera, e poi tutto succede molto in fretta.

Tom si alza di scatto e mi guarda con gli occhi sbarrati; io rimango a bocca aperta, terrorizzata e mi accorgo di essere inchiodata dalla paura. Un'altra infermiera appare immediatamente sulla porta.

«Puoi spegnere l'allarme? È in tivù» grida qualcuno.

Si sente un colpo secco e Tom e io sussultiamo violentemente: la testa del letto si è abbassata all'improvviso e Gretchen ora è del tutto orizzontale.

«Oh, merda, adesso è in FV» grida la prima infermiera.

«Cosa vuol dire FV?» chiede disperato Tom. «Cosa succede?»

Entra di corsa una terza infermiera e sento che qualcuno, non so bene chi, dice deciso: «Potete far uscire gli amici?».

Poi sul mio braccio si posa una mano, e Tom urla: «No! Noi dobbiamo rimanere. Cosa succede? Cosa le succede?». Cercano con insistenza di tirarmi su dalla sedia mentre guardo Gretchen: strappano via le coperte, allungano la mano sul suo camice e...

D'un tratto ci ritroviamo in corridoio, qualcuno ci conduce in fretta, lontano dal suono dell'allarme ancora in funzione. Un dottore attraversa precipitosamente la porta a vento e ci sfreccia davanti. Vedo oltre la spalla medici e infermieri che si riversano come formiche nella piccola stanza.

«Hanno bisogno di spazio per lavorare» insiste a spiegarci l'infermiera che è con noi. «Solo questo. Venite, aspettiamo là nella saletta dei parenti.» È un ordine, non un'opzione. Cerca di allontanarmi in fretta, ma io non riesco a staccare gli occhi da quanto sta succedendo dietro di noi. Dal fondo del corridoio arriva di corsa un altro medico. Tutta questa gente che lotta per Gretchen, per la sua vita: nelle loro mani c'è la sua vita reale, vera. L'immagine di lei accasciata contro la parete di casa irrompe nelle mia mente. Un'infermiera mi supera di corsa, nella fretta quasi mi spintona, e scompare nella stanza. Vedo di nuovo Gretchen, le pillole sparse sul pavimento... Oddio. Tutto sembra muoversi al rallentatore e a stento riconosco la mia voce che d'un tratto grida: «No!». Crollo sul pavimento. Tom cerca di rimettermi in piedi tirandomi a sé, e io piango, piango, piango... come se a spezzarsi fosse il *mio* cuore.

4

"Si chiama Gretchen Bartholomew, figurati!" sospirai, mentre sedevo sulla piccola valigia e cercavo di ignorare il sinistro scricchiolio dovuto alla probabile rottura di tutte le bottigliette contenute nel beauty case. "Non l'ho mai conosciuta, ma sono sicura che con un nome tanto pretenzioso può essere solo un'immane stronza. Perché, perché, *perché* ho accettato?"

"È un viaggio a Los Angeles tutto pagato, e se fai un buon lavoro, questa rivista potrebbe rivolgersi a te per servizi di viaggi" rispose Tom saggiamente, infilandosi le scarpe. "E lei non può fare a meno del suo nome. Magari è simpaticissima."

"Mi sembra tutto molto pacchiano." Un paio di mutandine che pareva determinato a sfuggire alla valigia era rimasto impigliato nella chiusura. Lo spinsi dentro con forza e cominciai a chiudere. "Fa la presentatrice in un programma per ragazzi, il che significa che sarà senz'altro un'oca giuliva. Oh, dài..." Lo sforzo di chiudere quella maledetta valigia mi spezzava le dita.

"Perché le fanno un servizio fotografico?" chiese Tom con aria assente.

"Va a Hollywood per presentare la trasmissione in America, o qualcosa del genere" risposi, ansimando leggermente. "Come se importasse a qualcuno. Quando l'aprirò dall'altra parte del mondo, questa valigia esploderà, nel vero senso della parola." Guardai preoccupata le cuciture tese. Forse quattro paia di scarpe erano un po' troppe. Mi alzai con molta cautela e aspettai. Grazie al cielo teneva, ma era gonfia come un palloncino pieno d'acqua sul punto di scoppiare.

"A proposito di partenze e arrivi" disse Tom cercando di fare il nodo alla cravatta. "Mentre sei via, vuoi che telefoni a quello spagnolo per dirgli che può avere la vecchia stanza di Vic?"

Rimasi a bocca aperta. Tom sorrise comprensivo mentre stringeva il nodo e si avvicinava per abbracciarmi. "Lo so che ti manca, Al, ma non possiamo tenere vuota la sua stanza per sempre; non possiamo permettercelo."

"Parigi" ringhiai, la voce attutita dalla sua camicia. "Che posto stupido per viverci. Odio quel verme di dottore francese con quel suo tono mellifluo: 'Vieni a vivere nel mio *château, chérie*'."

"No, non lo odi" commentò Tom ridendo. "A noi Luc piace. Sei stata tu a passare ore al telefono per rassicurarla che aveva fatto la cosa giusta! E adesso è molto contenta."

"Benissimo, allora telefoniamo al tizio spagnolo" replicai piuttosto stizzita mentre pensavo a Vic, che mi mancava terribilmente. "Tra tutti gli interessati sembrava il meno fuori di testa."

"D'altro canto" continuò Tom mentre si staccava da me e si faceva serio "siamo sicuri che non vogliamo vivere da qualche altra parte, noi due soli, piuttosto che con qualche macho spagnolo tutto muscoli gonfiati, pescato nella pagina degli annunci?"

"Non possiamo permettercelo; ne abbiamo già parlato" risposi con la bocca piena di pane tostato che avevo preso dal piatto prima di guardarmi attorno in cerca della borsa. Chissà dove l'avevo vista l'ultima volta.

"A meno che non cominciamo a cercare qualcosa di più piccolo, magari da comprare. Insieme."

Mi bloccai e mi voltai verso di lui. Era la prima volta che uno di noi aveva apertamente e *formalmente* avanzato una proposta del genere. Attesi di sentire il cuore sussultare di gioia, e invece, con mia sorpresa, non accadde nulla del genere; tra l'altro il mio taxi sarebbe arrivato entro pochi minuti. Classico atteggiamento maschile da parte di Tom scegliere il momento meno opportuno per parlare di radicali cambiamenti di vita, buttando lì con nonchalance una proposta come *quella*.

"Pagare l'affitto per tanto tempo è un vero spreco di soldi" continuò, mentre sorseggiava il suo tè. "Va benissimo quando sei più giovane e hai bisogno di flessibilità, ma ora si potrebbe risparmiare moltissimo accendendo un mutuo... e le condizioni di mercato sono fantastiche per quelli come noi."

"Quelli come noi?" ripetei confusa.

"Quelli sistemati, le coppie... la maggior parte dei nostri amici ha comprato casa" disse senza mezzi termini. "Io ho messo da parte una somma piuttosto consistente e..."

"Ma non dovremmo farlo perché è un nostro desiderio e non una soluzione pratica visto che Vic se n'è andata?"

Tom mi guardò con un'espressione indecifrabile. "Be', noi lo vogliamo, no?"

Silenzio da parte mia.

"Ah!" continuò, studiandomi. "Che stupido! Vuoi dire che questo non è un modo molto romantico di fare le cose. Merda, Al. Scusa. Ho capito. Hai ragione. Anche se accendere un mutuo è un impegno tanto quanto sposarsi..."

Spalancai gli occhi. *Cosa*?

"... O almeno lo è legalmente, dovesse andar male qualcosa, il che non succederà." Sostenne il mio sguardo in modo eloquente, poi mi sorrise.

Accidenti. Rimasi lì, un po' stordita: il ragazzo con cui stavo da due anni mi aveva appena dichiarato in tutta tranquillità di essere seriamente intenzionato a sposarmi.

Mi sarei aspettata di sentirmi elettrizzata, come quando "si torna a casa", o quando tutti i pezzi del puzzle finiscono al loro posto... invece restai un po' delusa. Non provai proprio nulla, ma dato che fino a poco tempo prima non avevo fatto altro che vivere di pane e preparativi di nozze di Frances, non mi stupii. Non mi sarebbe importato proprio niente se non avessi mai più rivisto in vita mia una piantina con la disposizione dei posti a tavola, o un programma della cerimonia. Oltretutto, Tom me l'aveva detto a colazione, come se mi stesse comunicando di aver pagato la bolletta della luce. Quando dodicenne sognavo a occhi aperti che a ventitré anni sarei stata già sposata e con parecchi figli, non mi ero mai raffigurata uno in ginocchio a propormi: "Alice, vuoi accendere un mutuo con me?". In realtà, Tom non mi aveva chiesto neppure questo.

"Veramente" continuò lui roteando gli occhi, con l'aria di non aver notato che ero ammutolita "quello che dovremmo fare è prenderci in casa questo inquilino adesso, e tra un paio di mesi cominciare a cercare qualcosa da comprare: due piccioni con una fava! Metteremmo da parte circa" lanciò un'occhiata veloce al soffitto "tremila sterline, che dovrebbero coprire spese legali e tasse di registro, indipendentemente dalla casa che troviamo." Mi sorrise allegro. "Hai ragione, questo è il piano migliore."

A essere sinceri, io non avevo detto niente, o l'avevo fatto?

"Gli telefono oggi e lo faccio venire prima possibile. Il tempo è denaro!" Si fregò le mani esultante. "A proposito di mutui, a quanto pensi possa realisticamente ammontare il tuo reddito annuale? Netto, non lordo."

"Tom" dissi lentamente dopo aver infine recuperato la forza di aprir bocca "sto per prendere un aereo per l'altro capo del mondo, non so dov'è la borsa e il taxi sarà qui da un momento all'altro. Dobbiamo parlarne adesso? Non possiamo aspettare il mio ritorno?"

"Okay." Sembrava piuttosto deluso che non tenessi in tasca il prospetto aggiornato della mia situazione finanziaria. "Allora dico solo allo spagnolo che può venire da noi."

Eravamo tornati al punto di partenza. "Buona idea" risposi a denti stretti. Ma dove cazzo era finita la borsa?

Dall'esterno arrivò un colpo di clacson. Mi precipitai a guardare fuori. Una Ford argento era ferma proprio sotto la finestra, il tassista si infilava le dita nel naso facendo finta di grattarlo, e presumibilmente aspettava me. "Merda!" esclamai io, sgomenta. "È arrivato!" Picchiai sul vetro e lui alzò lo sguardo; alzai una mano con le dita aperte, e gli dissi: "Cinque minuti" con il solo movimento delle labbra.

Girai velocemente su me stessa e vidi la borsa penzolare dalla mano tesa di Tom. "Il passaporto è già dentro. Ho controllato. Adesso calmati: hai un sacco di tempo."

Altro colpo di clacson.

"Arriviamo!" gridò Tom, infastidito dal rumore. "Com'è impaziente." Andò a prendere la valigia. "Questa la porto io. Gesù, come pesa! Stai via solo due notti, giusto?" La portò ansimando in cima alla scala. "Non starai mica tramando di lasciami?"

Risi, più forte di quanto intendessi, il che sembrò sconcertare più me che lui.

"Allora, qual è il tema di questo servizio fotografico?" chiese mentre scendevamo.

Gli uomini sono *strani*: come fanno a parlare di cose tanto serie e, come se niente fosse, passare un minuto dopo a banalità del genere? "Evviva Hollywood" dissi per tutta risposta. "Alla faccia del mio progetto di fare cose più creative e meno commerciali... sono una venduta, una superficiale."

Tom rise, mentre lo precedevo per aprire la porta d'ingresso. "Non è poi tanto male! Okay, non sarà proprio il 'National Geographic', e magari è una cosa un po' frivola, ma sono tutti soldi da mettere in banca." Attese che il tassista scendesse dall'auto. "Pensa al lato positivo" aggiunse, mentre l'uomo prendeva la valigia, la buttava nel bagagliaio e risaliva in macchina. "So che non è quello che vuoi fare veramente, Al, ma sono solo due notti. Sarai di ritorno prima ancora di accorgerti di essere partita. Ehi, non dimenticare che sabato c'è la festa di fidanzamento/Natale di Bunkers e George."

"Non è un po' presto per la festa di Natale? Siamo appena alla fine di novembre!"

Tom si strinse nelle spalle. "Sai com'è George, superorganizzata. E conosci Bunkers: non si perderebbe mai l'occasione di avere il maggior numero possibile di donne sotto il vischio prima che la fede gli scivoli sul dito."

Il mio cuore si strinse ancora di più. Edward Bunksby, conosciuto come Bunkers (una "spiritosa" storpiatura del suo nome che ben descriveva la sua stazza massiccia da pilone di rugby) era un libidinosissimo collega di Tom, che preferiva salutare le donne con una palpata sul sedere anziché una stretta di mano. Georgina, la sua aggressiva fidanzata – sguardo tagliente da bisbetica, tacchi a spillo – esordiva regolarmente con discorsi di questo tenore: "Ciao, io sono George, la socia più giovane della mia azienda. Tu quanto guadagni?". In giro si diceva che tenesse nella ventiquattr'ore le palle di Bunkers, e che gliele restituisse solo nelle occasioni speciali.

"Lo so che lui è un po' coglione e George piena di sé, ma io devo proprio andarci. È a casa loro, e sono stati invitati tutti quelli dell'ufficio. Comunque il regalo lo compro io, tu non devi preoccuparti di niente."

Sospirai.

"Scusa, volevi vedere qualcuno dei tuoi amici questo weekend?" chiese.

"Come chi? Non vedo nessuno da settimane; lavoro così tanto che mi sono praticamente autoreclusa."

"Ciò significa che dovresti approfittare di questo viaggio per cercare di divertirti" disse lui con dolcezza e mi tirò a sé per abbracciarmi e schioccarmi un bacio sulla bocca.

"Ci proverò" promisi, sentendomi d'un tratto completamente sopraffatta. Feste di fidanzamento, mutui, matrimoni. Non erano neppure le otto del mattino. "Come ti sembra: sto bene?" chiesi ansiosa abbassando lo sguardo sul cappotto color carne sopra un vestitino nero e collant neri coprenti. "Ho pensato che quando arrivo, se fa caldo posso togliere i collant. Nella borsa ho le infradito. Va abbastanza bene, no?"

"Sei splendida. Mandami un messaggio appena atterri" disse aprendo la portiera. Salii sul taxi e abbassai il finestrino.

"Ti amo, Al. Buon viaggio."

"Ti amo anch'io" risposi automaticamente. "Allora, telefona al tizio e digli che può prendere la stanza. Comunque non fare nient'altro, d'accordo? Ah, ricordati di chiamare tua madre per dirle che andiamo da loro il 26, e che a Natale siamo con i miei."

"Signorsì!" Mi fece il saluto militare e io gli lanciai un'occhiata divertita mentre l'auto partiva. In fondo alla strada mi voltai: era ancora là e mi salutava con la mano. Gli restituii il saluto ma, come svoltammo l'angolo, mi lasciai cadere pesantemente contro lo schienale e mi ritrovai a pensare – cosa che mi sconcertò non poco – che dopotutto la fuga di tre giorni a Los Angeles poteva avere i suoi vantaggi.

Più tardi, in aereo, mentre leggevo le istruzioni sulle procedure d'emergenza, ero ancora inspiegabilmente scossa, dato che Tom non mi aveva chiesto di sposarlo. Alla fine avevamo solo deciso di affittare la stanza in più, e in questo non c'era niente di straordinario. Ma lui pensava a mutui e al matrimonio... e sembrava serio.

Era una bella cosa, no? Non che non avessi mai immaginato di camminare tra due ali di invitati al braccio di mio padre, mentre Tom, raggiante, si voltava lentamente verso di me. L'avevo immaginato, certo. Allora perché non mi sentivo felice?

A dire il vero, in quegli ultimi tempi mi stressava tutto. Era stata dura diventare free-lance, specialmente per l'aspetto economico. E non avevo neppure potuto chiedere un aiuto ai miei genitori, in bolletta per le nozze di Frances. Quando era arrivato il preventivo dei fiori, avevo pensato che papà sarebbe esploso. E poi, perché avrebbero dovuto venire in mio soccorso? Tutto quello che avevo raggiunto me l'ero conquistato con le mie sole forze e con tanta fatica. Ne ero molto orgogliosa, anche se questo comportava accettare spesso lavori che non amavo molto, come quello che mi stava aspettando.

Mi costringevo a dire cose strazianti come: "Geniale, guarda l'obiettivo come se ti amasse". Recitavo una parte che odiavo. Ecco perché amavo la fotografia di viaggi: non mi imponevo su niente e nessuno, mi limitavo a riprendere ogni cosa come sarebbe stata anche senza la mia presenza, e poi me ne andavo in silenzio. Questo lavoro, invece, era completamente diverso. La soddisfazione, anche se minima, che avrei potuto trarre nello scattare foto a una bella ragazza sullo sfondo di una città non avrebbe mai controbilanciato l'imbarazzo di trovarmi in pubblico a ritrarre una tizia vestita da – controllai il foglio informativo – impiegata britannica/scolara ribelle a gambe divaricate su una stella della Walk of Fame. Oddio. Avvertii un profondo disagio, una stretta allo stomaco. Che strazio.

Il cibo nel contenitore di plastica, che era insapore nonostante la consistenza e l'aroma prepotente, non mi fu di grande aiuto. Dopo un paio di film e un pisolino cominciai tuttavia a rilassarmi un po', malgrado avessi preso tre scosse con la copertina acrilica e verificato, nella minuscola toilette decorata di rotoli di carta igienica, che i miei capelli sembravano quelli di "Doc" Brown in *Ritorno al futuro*.

Dovevo semplicemente attenermi al programma. Stavo andando a Los Angeles: era un'esperienza nuova, quindi una bella cosa, un altro timbro sul passaporto e un'opportunità di fare un buon servizio in grado di riportarmi a un lavoro *migliore*, a quello cioè che mi sarebbe piaciuto veramente. "Bicchiere mezzo pieno, Alice" dissi convinta a me stessa, mentre mi guardavo allo specchio e decidevo di non farmi innervosire dai due piccoli brufoli apparsi improvvisamente sulla guancia, come se fossero esplosi per la pressione dell'altitudine. Da quel viaggio avrei tratto il meglio.

Dopotutto, la maggior parte della gente desidererebbe andare a Los Angeles, stare in un hotel di lusso e conoscere una famosa presentatrice. Tutto quello che dovevo fare era puntare l'obiettivo su di lei. Cose del genere non capitavano tutti i giorni, santo cielo. La settimana precedente avevo ripreso da varie angolazioni venti tipi di rossetti, e non era stato per niente eccitante. "Evviva Hollywood" canticchiavo sottovoce mentre mi scrutavo più da vicino allo specchio, e mi caricavo. "Dove diventi una stella solo se sei bravo... o cose del genere." Potevo farlo. L'avrei fatto.

"Carino questo hotel, vero?" commentò Gretchen Bartholomew con fare colloquiale mentre la truccatrice la picchiettava sulla pelle. "Guarda in su, tesoro, verso di me" le ordinava.

"Molto" risposi sinceramente, e intanto mi chiedevo che sensazione si provava a essere lei, a farsi truccare da estranei, avere gente sconosciuta che leggeva tutto della sua vita sulle riviste, guardava la sua fotografia, le strappava i vestiti di dosso. Puah.

"Pare che qui ci sia anche il Dalai Lama" continuò Gretchen imperterrita. "Quindi, siamo in buona compagnia." Stavo per chiederle come faceva a saperlo, quando per l'ennesima volta ci passò davanti un bus pieno di turisti a bocca aperta, occhi sgranati, e macchine digitali strette in mano, che schiacciavano il naso contro il finestrino, eccitati alla vista di una vera troupe fotografica!

"Come va, gente?" gridò la guida turistica e io distolsi lo sguardo. Gretchen, invece, senza muovere un solo muscolo del viso riuscì in qualche modo a rispondergli allegramente con il pollice rivolto all'insù.

Dovevo ammetterlo: si era dimostrata una lavoratrice instancabile ed entusiasta dal momento in cui l'avevo conosciuta sul nostro primo set della giornata, una gioielleria di Rodeo Drive.

"Tu devi essere Alice." Era scattata in piedi e mi aveva teso una mano piccola e delicata come quella di una bambina, ma con una stretta incredibilmente energica. "Io sono Gretchen, piacere di conoscerti." Mi fece un sorriso luminoso e accattivante, e capii subito perché piaceva tanto a milioni di bambini, nelle cui case entrava radiosa. Era esattamente il tipo di ragazza che ogni bambina di sei anni sogna di diventare da grande.

La stylist del set l'aveva già vestita da tipica conduttrice di programmi per bambini: i biondi capelli vaporosi che incorniciavano il viso a forma di cuore erano stretti in due codini chiusi da fermagli di sfavillante lanugine rosa forse strappata dalle parti basse di un indignato fenicottero. Sulla maglietta gialla, oscenamente stretta sui seni dirompenti, spiccava la scritta SIAMO IL TUO LECCA-LECCA. Per assicurarsi di trasmettere il messaggio che a Los Angeles si avverano i sogni di ogni ragazza, la stylist la volle ricoperta dei gioielli più appariscenti esposti nel negozio.

Terminammo infine con uno scatto di Gretchen che, fiancheggiata da due enormi, accigliati vigilanti, si guardava deliziata allo specchio. Con gli occhi traboccanti di gioia, ispezionava gli orecchini pendenti di diamante giallo, simili a pezzi di liquirizia, e gli anelli grossi come caramelle succhiate e sputate sulle dita. Era un'immagine del tutto rispettabile, benché scontata: ciò che il cliente vuole il cliente ottiene. Dovevo comunque dare atto a Gretchen di aver fatto esattamente quello che le avevo richiesto, senza lamentarsi e impegnandosi al massimo.

"Probabilmente sono secoli che fai lavori del genere" disse, mentre sbaraccavamo per cambiare set. "Sei molto calma e organizzata. Credo che questo sia in assoluto il servizio meno isterico che mi abbiano fatto."

Alzai lo sguardo e le sorrisi riconoscente. "È carino da parte tua dirmi una cosa del genere. Forse dipenderà dal fatto che non è un tipo di lavoro che faccio spesso. Non sono abbastanza entusiasta?"

Alzò le mani. "No, no, per me è una cosa positiva, credimi. Mi sento molto più rilassata del solito, malgrado lei." Con un cenno della testa indicò la stylist della rivista, che per tutta la mattina aveva continuato a ricevere chiamate urgentissime sul cellulare in uno stato di frenesia da coca. "Stento a credere che qualcuno possa essere tanto indispensabile. Che stupida. È stato come avere uno di quei maledetti Batphone che squillano ogni cinque secondi. Comunque, cosa fa esattamente una come lei?"

Mi strinsi nelle spalle e risposi con un disinvolto: "Me lo chiedo anch'io, e comunque non posso esprimere opinioni, visto che tecnicamente lei è una specie di capo per me".

Una volta all'esterno, sulla Walk of Fame, le cose andarono molto meglio sul piano creativo, ma peggio dal punto di vista logistico, data la curiosità dei passanti. Mi sentivo piuttosto imbarazzata a scrutare Gretchen attraverso l'obiettivo mentre la gente mi osservava interessata a braccia conserte, come se assistesse a uno spettacolo di giochi di prestigio. Gretchen, comunque, non ne sembrava infastidita, eppure era lei quella tutta fasciata nella giacca nera, con la camicia sbottonata da cima a fondo e gli shorts inguinali. Sempre concentrata, ubbidiva a ogni istruzione, e mentre con le gambe magre divaricate su una stella di Hollywood si appoggiava a un ombrello nero terribilmente britannico, mi guardava da sotto le lunghe ciglia e la bombetta inclinata.

Mi girai un po' verso destra in modo da tagliar fuori una bionda giunonica che, apparsa dal nulla, sembrava determinata a far entrare le sue tette nell'inquadratura. Nel momento in cui mi spostavo, un ragazzo in jeans sformati e scarpe da ginnastica che passava alla sinistra di Gretchen lanciò un fischio di apprezzamento. "Sei uno schianto!" gridò, mentre la brezza le sollevava leggermente i lunghi riccioli biondi. Lei gli lanciò un'occhiata provocante accompagnata da un'allegra risata.

Era esattamente quello che ci serviva. Studiammo tutti insieme quell'istantanea di lui che l'ammirava rapito, mentre il sole splendente di Los Angeles illuminava i contorni della bombetta e le linee nette ed essenziali dell'ombrello. Non potevo non ammettere con me stessa di essermi limitata a scattare la foto al momento giusto, nulla di studiato; più che altro un colpo di fortuna, ma in effetti c'era del movimento e l'espressione felice sul volto perfetto di Gretchen era autentica.

Sembrava pronta a conquistare il mondo... e lo sapeva benissimo.

5

"È sempre bello rilassarsi dopo una lunga giornata di lavoro" sospirò allegra Gretchen. "Vuoi ancora un po' di vino?" Mi passò una bottiglia per poi appoggiarsi allo schienale e gettare un'occhiata nel mio piatto. "Il tuo pesce ha un'aria deliziosa: te lo invidio." S'impegnava a essere cordiale, cosa del tutto insolita per gente come lei, e per me una piacevole sorpresa. La mia esperienza, seppure limitata, mi aveva insegnato che le persone a metà strada verso il successo risultavano particolarmente supponenti, e più erano stanche, più facevano le preziose. Ma lei non sembrava rientrare nel cliché.

Scosse la testa. "Sono piena come un uovo" disse ridendo "eppure continuerei a mangiare." Eravamo tutti seduti attorno a un grande tavolo in un delizioso ristorante all'aperto. La terrazza era bordata da giganteschi vasi di terracotta che traboccavano di coloratissime buganvillee. Era una serata tiepida; attorno a noi, scoppi di risa e allegri chiacchiericci.

"Okay, secondo giro" disse Gretchen mentre raccoglieva determinata i bastoncini per andare all'attacco del cibo con rinnovato piacere. Infilò in bocca un gamberetto e roteò gli occhi. "Giuro: questo è proprio squisito! Prendi, assaggia." Mi allungò la ciotola e attese impaziente. Con un bastoncino, infilzai incerta un pezzo di qualcosa che sembrava tonno. Aveva ragione: una vera delizia. Si era sciolto in bocca come se non vi fosse mai entrato, lasciandomi con la voglia di averne ancora.

"Sai, non riesco a credere che fai la fotografa da tanto tempo, e non abbiamo mai lavorato insieme." Scosse la testa.

"Mmh" annuii, masticando. "Be', è da poco che sono free-lance."

"Complimenti! Sembri molto brava; sono sicura che sfonderai. Allora" sorrise allegra "stavi dicendo alla truccatrice che è la prima volta che vieni qui? Che ne pensi di Los Angeles?"

Dovevo essere sincera? Qualcosa mi aveva fatto veramente schifo. Non mi ero aspettata molto, e se qualcuno non me l'avesse detto, non mi sarei neppure accorta che stavamo percorrendo Hollywood Boulevard: una strada davvero squallida, piena di squallidi fast food. Mio malgrado, tuttavia, avevo apprezzato i ristoranti chic, l'accappatoio dell'albergo incredibilmente morbido, il personale che mi augurava con calore una splendida giornata.

"Penso che forse sia un bene che ripartiamo domani." Sorrisi e presi il bicchiere di vino mentre osservavo un'elegantissima coppia accomodarsi due tavoli più in là. "Questa mattina ho ordinato la colazione in camera, e mi hanno portato un piatto fantastico di frutta fresca; qui c'è sempre un bel sole; la gente è davvero cordiale, e mangiare all'aperto è delizioso... eppure è novembre, santo cielo!"

Gretchen annuì entusiasta.

"Temo che potrei adattarmi a uno stile di vita tanto esclusivo." Feci una pausa, prudente; non volevo sembrare villana. "Non mi aspettavo che questo fosse il mio genere di posto."

"So cosa vuoi dire" concordò lei. "Mi piace venire qui ogni tanto e godermi un po' di vita spensierata, ma poi è meglio tornare alla realtà. Fai bene a essere cauta: troppo facile lasciarsi coinvolgere, qui. Sembrano tutti amiconi, ma in realtà sono spietati: dietro a quel loro sorriso sarebbero letteralmente pronti a vendere la nonna pur di ottenere una parte in un film o concludere un affare. Los Angeles ama illuderti di essere sincera, ma la sua vera natura è la nuda e cruda ambizione. Tutta una bolla di sapone, per niente salutare."

Questa affermazione tanto acuta e inaspettata mi colse alla sprovvista. Ricordai il giudizio acido che avevo dato di lei, convinta che fosse un'oca. Non lo era per niente.

"Preferisco New York." Sorrise. "Le cose sono come appaiono. Ci sei mai stata?"

Annuii. "Un paio di volte."

Mi lanciò un'occhiata. "In effetti sei molto Greenwich Village: una sorta di artista poco appariscente, ma sicura di sé."

Abbassai lo sguardo incredula sul mio tubino nero sgualcito, l'unica cosa non impiastricciata di shampoo che ero riuscita a recuperare dalla valigia. "Grazie" risposi, lusingata. "Ci sono stata l'anno scorso con il mio..." Stavo per dire "fidanzato", ma poi mi bloccai e aggiunsi "amico".

Fu questione di un attimo: mi uscì dalla bocca prima di rendermene conto. Così, superficialmente, entrai nella parte della fotografa libera ed esperta che lei sembrava avermi attribuito. Era solo per vedere che effetto faceva essere un'affascinante creativa sempre in volo da un paese all'altro. Invece sarei tornata a casa da Tom, e oltretutto per andare a una festa di fidanzamento mortalmente noiosa; ma questo non lo sapeva nessuno.

"Allora, quali altri posti hai visto?" chiese allungando la mano sul bicchiere.

Mi misi a pensare. "Buona parte dell'Europa, e un po' d'Africa." Il che era vero. "Sto cercando di entrare di più..." mi sforzai di trovare un modo per non offenderla "nella fotografia di reportage, di viaggio... ma è difficile; è lì che si fanno i soldi e si concentrano i miei contatti."

Gretchen annuì comprensiva. "Mio fratello maggiore è un giornalista di viaggi; se vuoi, posso presentartelo: sicuramente conosce persone che potrebbero diventare riferimenti utili."

"Sarebbe davvero fantastico!" esclamai con sincero stupore. "Grazie!"

Poi mi balenò un pensiero.

"Oddio." Posai desolata il tovagliolo. "Era questo che intendevi, vero? Sono già diventata una di Los Angeles: mi sono appena arruffianata te per avere un contatto. Scusami!"

Lei rise. "Non essere sciocca! Sono stata io a proporlo!"

"Be', grazie. È proprio carino da parte tua." Mi sentivo comunque imbarazzata. "Allora, hai solo un fratello?"

Lei ridacchiò, apprezzando il mio tentativo di recupero. "Sì, solo Bailey. E tu?"

"Un fratello più giovane incredibilmente pigro di nome Phil e una sorella maggiore, Frances."

"Oh" commentò, mentre le brillavano gli occhi. "Ho sempre desiderato una sorella."

"Se vuoi, ti regalo la mia."

"Ah, non siete tanto unite?"

Immaginai Fran che mi guardava, fredda, con le braccia conserte e le sopracciglia inarcate. Mi sentii terribilmente sleale e cominciai a fare marcia indietro. "Non è questo" spiegai. "È che lei si è sposata da poco – fantastico, certo – solo che i preparativi per il matrimonio sono stati piuttosto... intensi. Frances tende a essere..." Cercai le parole giuste.

Gretchen ascoltava attenta sorseggiando il vino.

"Un po' dispotica. Abbiamo passato questi ultimi mesi a organizzare e a stressarci. Phil se l'è svignata, la mamma ha perso più di sei chili senza neppure mettersi a dieta, e non credo che papà possa permettersi di andare in pensione per altri cinque anni." Sorrisi. "Questo matrimonio mi ha messo KO."

"Le hai fatto da damigella?"

Scossi la testa. "Mi sono occupata delle foto."

Gretchen parve confusa. "Al matrimonio di tua sorella?"

"A me non importava: lei voleva solo me ed è inutile discutere con Fran quando si fissa su qualcosa. Ho dovuto cedere. Quando sono nata, lei aveva cinque anni e già da un pezzo le aveva tutte vinte. Da piccole" mi misi più comoda sulla sedia "il suo gioco preferito era legarmi un guinzaglio al polso e trascinarmi in giro dicendo a tutti che ero il suo cagnolino. Questo ti fa capire il tipo. Essere oggetto della sua attenzione non era sempre positivo." Mi sistemai una ciocca di capelli dietro l'orecchio. "Un giorno mi ha tagliato la frangia: molto carino da parte sua. La mamma voleva far vedere che ero una bambina e mi ha lasciato i capelli lunghi dietro; così, grazie a Frances, nelle foto del mio terzo compleanno sembravo Rod Stewart ai tempi di *Do You Think I'm Sexy?*"

Gretchen scoppiò a ridere.

"Non è affatto divertente" commentai con un sorriso. "Lei sapeva essere davvero pestifera. Una volta avevo un criceto che amavo moltissimo; si chiamava Verbal James Gerbal e..."

"Scusa" mi interruppe Gretchen alzando una mano. "Si chiamava come?"

"Sì, davamo nomi strani ai giocattoli e agli animali di casa" risposi mentre cercavo di ricordare perché diavolo l'avessi chiamato così.

"Se ti fa sentire meglio, io avevo un elefante di peluche che chiamavo Mr Price. Neanch'io ho idea del perché" commentò lei ridendo. "Dio, l'avevo dimenticato! Allora, cos'è successo a Verbal James Gerbal?" Mangiò un altro bel boccone e mi guardò. "Sbaglio, o stai per dirmi che le cose hanno preso una piega tragica?"

"Purtroppo sì. Frances lo ha liberato durante la notte. Di proposito."

Gretchen scosse la testa. "Un colpo basso. È tornato?"

"Sfortunatamente no." D'un tratto mi chiesi perché mai glielo stessi raccontando, e perché lei mi assecondasse. Era carino da parte sua. "Lo abbiamo sentito grattare sotto il parquet del bagno, ma papà non ha voluto staccare la moquette nuova."

"Probabilmente è scappato verso la libertà, una vita migliore... A Verbal James Gerbal" disse, alzando il bicchiere.

"Molto improbabile, a giudicare dalla puzza rivoltante che saliva dal pavimento ogni volta che entravi lì. Comunque grazie lo stesso." Sorrisi.

"Okay, riposa in pace Verbal James Gerbal." Senza perdere un colpo, Gretchen alzò di nuovo il bicchiere.

Risi. "Non ho idea del perché ti abbia raccontato tutto questo" confessai dopo un attimo di silenzio. "Forse perché sono un po' sbronza, e anche per il caldo."

Gretchen scosse la testa in modo teatrale. "Non credo

proprio. Fa piacere trovarsi a parlare di cose del genere con persone normali."

Normali? Oh, cazzo. Mi sentii avvilita. Era chiaro che non l'avevo ingannata neppure per un secondo. E, in effetti, quale enigmatico creativo avrebbe parlato del criceto della sua infanzia? Doveva aver visto l'espressione sul mio viso, perché alzò di nuovo il bicchiere. "Era un complimento. Cin cin!"

Facemmo tintinnare i bicchieri, e lei scolò il suo d'un fiato.

Un'ora dopo salimmo in massa allo Sky Bar, la terrazza al centro della quale si trovava una decadente piscina d'acqua immobile e invitante. I bordi erano disseminati di enormi, soffici cuscini e di tavolini illuminati da tremolanti luci di candela; il tutto si stagliava sullo sfondo mozzafiato dei grattacieli di Los Angeles che brillavano come lucine di un presepe. Cominciavo a sentirmi piuttosto ubriaca, e avevo già detto tutto quello che sapevo sulle creme rassodanti alla truccatrice, quando Gretchen apparve al mio fianco sottobraccio alla stylist, fatta e strafatta. "Alice! Vieni a vedere!" disse euforica. "Non indovineresti mai chi c'è!"

Tese la mano e le permisi di condurmi in un angolo più tranquillo dove, con un po' di sforzo di concentrazione, notai un uomo piuttosto basso dall'aria molto annoiata, circondato da un nugolo di bionde adulatrici.

"È quel Rod Stewart del cavolo!" sussurrò, e quando rimasi a bocca aperta, scoppiò a ridere. "Va' a dirgli che a cinque anni, o non so quando, eri pettinata come lui."

"Non gliel'avrai mica detto davvero, eh?" ridacchiò Tom al telefono. La linea era disturbata. Lo immaginavo seduto alla scrivania a scorrere distrattamente e-mail di lavoro mentre chiacchieravamo.

"No." Mi appoggiai ridendo alla testiera del letto immenso. "Certo che no. Che ore sono lì?"

"Le dieci del mattino. Quindi da te sono... le due di notte?"

Emisi un gemito. "Domani sarò un rottame, ma sai una cosa? Mi sto proprio divertendo. Non riesco a credere di essere appena rientrata da un locale. Tom: io sono andata per locali! E pensare che ero convinta di essermi lasciata alle spalle quei giorni!"

"Cosa stai dicendo?" ribatté lui. "Siamo andati per locali tre settimane fa, per festeggiare il compleanno di Sean!"

"Tom" replicai allegra "la festa del tuo vecchio compagno di scuola nel pub del paese, in una saletta che puzzava come un'ascella, non la si può definire andare per locali."

"Ehi! Non c'è niente che non vada da Images" disse ridendo. "Dio, ti è bastato un viaggio a Los Angeles..."

"Sì, sì" sorrisi mentre sollevavo un piede. Lo guardai: dopo aver ballato così tanto avevo ancora le gambe doloranti. "Le altre ragazze sono proprio simpatiche" continuai entusiasta. "Specialmente Gretchen Bartholomew. Abbiamo chiacchierato molto a cena. La stylist però è una rompipalle, aggressiva e incazzata."

"Fantastico" commentò Tom distratto. "Ora devo proprio lasciarti: ho una riunione tra un minuto. Comunque ho chiamato il tizio per la stanza, ed è tutto a posto: mi telefona domani per i dettagli."

Chiusi gli occhi. "Bravo."

"Penso comunque di preparare un contratto, per precauzione. Inoltre, se subaffittiamo, non so bene come siamo messi con l'assicurazione."

"Sistemeremo tutto dopo, non preoccuparti."

"So che è una seccatura, Al, ma cosa succede se andiamo al supermercato e al rientro troviamo la casa svaligiata?"

Oddio. "Tom" dissi con uno sbadiglio mentre mi massaggiavo lo stomaco "possiamo parlarne quando torno?"

"Certo" rispose leggermente seccato.

"Sono solo stanca, Tom" lo blandii. "Tutto qui. Non è che non apprezzi" feci un profondo respiro "l'importanza di quello che hai appena detto."

Vi fu una breve pausa. Ero quasi certa – a quasi diecimila chilometri di distanza – che stava corrugando la fronte. "A volte hai un atteggiamento borioso" fu il suo commento.

Chiusi gli occhi per un istante e riuscii a trattenere un rumoroso sospiro. Avevo passato una serata divertente e Tom me la stava rovinando. Tuttavia, benché delusa e infastidita, non avevo voglia di mettermi a litigare. "Scusa" replicai, con il tono di chi non si scusava affatto e pensava che lui si stesse comportando da stronzo.

"Va bene" concesse altezzoso con il proposito di irritarmi. "Scuse accettate. Meglio che tu vada a letto adesso. Fa' buon viaggio. 'Notte."

"'Notte." Ero decisamente arrabbiata. Sapevo che aveva ragione, probabilmente dovevamo risolvere il problema dell'assicurazione, ma santo cielo, io ero a Los Angeles. Non meritavo una serata libera?

Sentii bussare. "Alice? Sono io, Gretchen!"

Aprii la porta per trovarmela di fronte con una bottiglia di champagne in mano e alcuni bicchieri. "Il bicchiere della staffa" sorrise allegra, tenendoli alzati. "Dài!"

"Non dovrei" risposi titubante. "Sai com'è: mi aspetta un volo lungo domani, e tutto il resto."

Apparve confusa. "Ma non dormi in aereo?"

Esitai. Nella testa udii la voce di Tom che diceva: "Meglio che tu vada a letto adesso".

"Dài!" Gretchen mi rivolse un sorriso malizioso. "Lo sai che lo vuoi!"

E infatti, sì... lo volevo.

"Credo che sia rimasta un po' sorpresa" dissi io con una risata, alle otto del mattino seguente nella vasca riscaldata all'aperto. Appoggiai la schiena al bordo per non farmi andare su per il naso bollicine di champagne o schizzi d'acqua. "Abbiamo davvero esagerato." Sorseggiai il mio cocktail allo champagne. "Hai ragione, questo mi fa sentire decisamente meglio."

"Te l'ho detto" continuò Gretchen "È il massimo per far passare la sbronza. Salute!" Facemmo tintinnare i bicchieri e lei appoggiò la testa al bordo della vasca con un sospiro. "Be', non potevo stare zitta. È stata proprio villana. Voglio dire, okay, quella poveretta del trucco non sapeva parlare d'altro, ma non si può aggredire la gente in quel modo. Lei è stata la stylist di un altro servizio fotografico che ho fatto secoli fa, e già allora era tremenda: una prepotente dall'incazzatura facile." Chiuse gli occhi un momento. "Non ho voglia di tornare a casa. Siamo state così fortunate con questo bel clima caldo. Sarebbe fantastico oziare tutto il giorno in piscina. Pensaci un attimo: in Inghilterra ci toccherebbe andare in giro infagottate, mentre qui ce ne stiamo sedute all'aperto."

"Non parlarmene" commentai, pensando alla noia mortale della festa di fidanzamento a Fulham che mi aspettava al rientro. Non avevo voglia di partire. Sarei rimasta volentieri a Los Angeles.

Gretchen allungò la mano sul bicchiere, e io notai per la prima volta un ghirigoro sbiadito all'interno del polso sinistro. "È un tatuaggio?" domandai incuriosita.

Lei lo osservò per un attimo. "Sì. Me lo sono fatto fare quando ero una testa di cazzo diciassettenne."

"Ribellione adolescenziale?"

Gretchen lo guardò pensierosa. "Noia, in realtà. O forse credevo di essere anarchica, non ricordo. Oggi se lo fanno fare tutti..."

"Posso vedere?"

Alzò il polso e io lessi ad alta voce la scritta AQP, poi la guardai con aria interrogativa.

"Anche Questo Passerà" disse lei, imbarazzata. "Era per ricordarmi di trarre il meglio dai momenti positivi e non lasciarmi abbattere da quelli negativi."

"È incredibilmente profondo per una diciassettenne, no?" commentai. Se a diciassette anni fossi tornata a casa con un tatuaggio, i miei mi avrebbero incenerita: quella era una bravata molto più da Fran.

Lei fece una smorfia, poi sorrise. "A dire il vero no, non capivo un cazzo..." Appoggiò di nuovo la testa sul bordo della vasca, poi corrugò la fronte nel tentativo di mettere a fuoco qualcosa. "Oddio! Guarda!" Mi diede un colpetto con il gomito.

Scese il silenzio. Alzai lo sguardo e vidi un piccolo signore occhialuto in una lunga tunica arancione camminare tranquillamente a testa china sul ponticello di legno che si ergeva ad arco sopra le nostre teste. Era accompagnato da altri dieci uomini calmi, sereni, vestiti allo stesso modo. Era il Dalai Lama con il suo seguito.

"Ah!" esclamò Gretchen deliziata. "Allora è vero! È qui. L'avevo sentito alla reception ma pensavo che fosse una caz... cioè, un'invenzione" si corresse, intimidita. "Guarda! Calza le Hush Puppies! Che combinazione incredibile!"

Osservò stupefatta i monaci trotterellare in processione verso le loro stanze e quindi scomparire dalla visuale.

"Facciamo un brindisi" propose Gretchen infine. "Ai momenti belli e a quelli surreali." Alzò di nuovo il calice. "Che possano durare a lungo."

6

"È veramente, ma veramente simpatica" raccontai entusiasta a Tom. "Ieri notte, subito dopo la nostra telefonata, siamo andati tutti in camera sua a bere un bicchiere, e la stylist – una fuori di testa – ha cominciato all'improvviso a sbraitare senza ragione contro la povera truccatrice, ma Gretchen è intervenuta con molta determinazione."

"Che bella storia commovente" commentò lui, secco. "La star che si preoccupa dei poveretti: praticamente una favola dei tempi moderni."

Gli lanciai un'occhiata.

Rise. "Ma dài, Al! Difficilmente la stylist si sarebbe messa a discutere con lei, no? Tanto per cominciare è piuttosto facile fare la voce grossa con chi è sotto di te."

Mi liberai in fretta della borsa per lasciarmi cadere sul divano. "A volte sei proprio cinico. Sto solo dicendo che su Gretchen mi ero sbagliata, tutto qui. Lei è molto affettuosa ed estremamente professionale, e avrà un enorme successo in America. Si è dimostrata una persona piacevolissima, e io mi sono sentita molto in colpa per essere stata tanto critica nei suoi confronti prima ancora di conoscerla."

"Bene, allora" commentò Tom mentre lasciava cadere le chiavi della macchina sul tavolo e sedeva accanto a me. "Dico sul serio: sono contento che tu ti sia divertita."

"Grazie per essere venuto a prendermi." Mi sporsi verso di lui per dargli un bacio.

"Prego." Mi restituì il bacio. "Una tazza di tè?" E con questo lasciammo da parte le reciproche scuse per la notte precedente. "Pensavo che tu fossi esausta, invece sembri eccitatissima." Mentre andava a prendere il bollitore dell'acqua, mi diede un colpetto sulla gamba.

"Credo di aver raggiunto il picco della stanchezza tre ore fa. Niente tè, grazie."

"Vic ti ha telefonato ieri sera, a proposito."

"Oh, fantastico!" esclamai subito. "La richiamo tra un attimo: le piacerà moltissimo la storia del Dalai Lama. Te l'ho detto, vero?"

"Può darsi" disse Tom sparandomi un'occhiata divertita. "Ah, ha chiamato anche tua madre."

"Cosa? Perché? L'avevo detto a lei e a papà che andavo via. Non mi ascoltano, accidenti."

"Voleva che tu facessi due chiacchiere con Phil, sull'importanza di studiare con impegno l'ultimo anno. A quanto pare non si sta preparando bene per gli esami. Le ho detto di chiamarti sul cellulare, ma ha risposto che costa troppo e preferiva aspettare il tuo ritorno. Ora, a rischio di farti incazzare di nuovo a proposito di affari domestici" alzò le mani sulla difensiva "devo dirti che il tipo si trasferisce qui venerdì e si chiama Paulo. Almeno, ho capito così: abbiamo avuto un paio di problemi di lingua al telefono."

"Quando sarà qui, potrei fargli migliorare il suo inglese, e lui potrebbe insegnarmi lo spagnolo" commentai allegra. "Ho sempre voluto impararlo."

"Quanto caffè hai bevuto in viaggio?" chiese Tom con un sopracciglio alzato.

"Sono semplicemente felice" risposi. Non era poi tanto difficile da capire, no? Mi irritava un po' che lui attribuisse il mio buon umore alla tensione isterica o all'eccesso di caffeina.

"Los Angeles mi ha dato la carica!" esclamai. "Fantastico, non credi?"

Tom si avvicinò, mi sollevò, poi mi avvolse in un abbraccio da orso e mi diede un bacio sulla testa. "Credo che tu sia molto carina ed è bello vederti sorridere di nuovo. Hai avuto parecchi momenti difficili, tra il lavoro e Vic che andava a Parigi e tutto il resto. È ora che cominci a succederti qualcosa di positivo." Rimase in silenzio per un attimo. "Credimi, Al; ti aspettano giorni meravigliosi."

Appoggiai la testa sul suo petto e chiusi gli occhi. "Lo spero."

"Lo so." Cominciò a cullarmi dolcemente. Rimanemmo in silenzio per un paio di minuti, abbracciati come due buoni amici. "Ti è proprio piaciuto questo viaggio in America, vero?"

"Sì. È stato divertente. Perché?"

"Per nessun motivo" mi strinse un po' più forte. "Nessunissimo motivo."

Vic, invece, si dimostrò un po' confusa quando più tardi le raccontai tutto al telefono. "Pensavo che non volessi più accettare lavori di quel genere."

"È vero" dissi mentre mi sistemavo comoda e sorseggiavo il tè con un leggero tremito. Che freddo in Inghilterra: ripensai con nostalgia alla vasca d'acqua calda.

"Allora, come mai hai accettato?"

"Soldi, cara" risposi stringendomi nelle spalle.

"Ah, il vile denaro. Capisco" concesse Vic. "Quindi, Los Angeles era piena di tossici, millantatori e fuori di testa?"

"Veramente no" dissi. "Mi sono divertita un sacco! Il clima era splendido – qui si congela, accidenti – e ci siamo fatti proprio delle belle risate, soprattutto grazie a Gretchen. Dovevi vedere come la guardavano mentre la fotografavo, Vic. E comunque affrontava tutto con calma. Dio, al ritorno sull'aereo avevo ancora i postumi della sbronza."

"Dunque te la sei spassata. Come sta Tom?"

"Benissimo" risposi con indifferenza. "Però senti questa: appena prima della mia partenza ha cominciato a farfugliare di accendere un mutuo, sostenendo che era un impegno come sposarsi; ma da quando sono tornata lui non ne ha più fatto parola. Comunque, ci credi che ho visto il Dalai Lama?"

"Lo so. Chi avrebbe mai immaginato che Sua Santità potesse andare a spasso per Beverly Hills?"

"Pasadena, in realtà" la corressi. "Era in albergo mentre noi..."

"... eravamo nella vasca riscaldata all'aperto e Gretchen ha brindato al surrealismo" concluse Vic, prima che potessi aggiungere altro. "L'hai già detto. Quindi, torna un po' indietro: cosa vuol dire che Tom ha parlato di matrimonio? È fantastico. Tu cos'hai risposto?"

"Proprio niente. Non è affatto fantastico, ti assicuro. All'inizio mi era sembrato, ma non lo è. Non mi ha chiesto di sposarlo: ha detto che intendeva chiedermelo, e c'è una bella differenza. Sai com'è fatto, Vic. Si era solo infervorato per una questione economica. In realtà ha detto che dovevamo prendere in considerazione l'idea di comprare insieme una casa, che era il momento buono, e che non dovevo preoccuparmi, perché tra noi sarebbe andata bene." Sbadigliai. "Credo che il jetlag cominci a farsi sentire."

"Comunque, lui l'ha pronunciata la parola che comincia per M maiuscola?"

"Sì" ammisi. "Ma più come una sorta di previsione."

"Ah. Allora non mi compro ancora il cappello. Caro, vecchio Tom, sempre a muoversi secondo le regole. Allora, che programmi hai per i prossimi giorni? Altri lavori interessanti?"

"In realtà no. Gretchen ha un fratello che è giornalista di viaggi e pare conosca gente che potrebbe procurarmi del lavoro. Ha promesso di telefonarmi, però non ci conto: credo sia una di quelle cose che si dicono in viaggio, tanto per parlare."

Silenzio.

"Pronto? Vic, ci sei ancora?"

"Sì" rispose infine.

"Su questa linea la voce arriva con un accidenti di ritardo" dissi. "Pensi che dovrei chiamarla io? O sembrerei troppo insistente?"

"Non so."

"Vic, lei ti piacerebbe moltissimo; è uno spasso."

"Si direbbe che lo sia."

Proprio in quel momento squillò il cellulare accanto a me sul divano.

"Oddio!" esclamai sorpresa nel leggere di sfuggita il nome sul display. "Non ci crederai, ma è proprio lei! Meglio che risponda. Ci sentiamo dopo?"

Riagganciai in fretta e afferrai il cellulare.

"Alice?" disse una voce vivace. "Sono Gretchen Bartholomew."

"Ciao! Com'è andato il viaggio?"

"Oh, benissimo, grazie. Un paio di film, un bel bicchiere di champagne e il più fantastico massaggio ai piedi che mi abbiano mai fatto. Mi sposerei Richard Branson se non fosse già impegnato... se non fosse già sposato e non avesse una criniera al posto dei capelli. Ovviamente non era lui a farmi il massaggio."

"L'avevo intuito" commentai con un sorriso.

"E il tuo viaggio com'è andato? Peccato che non eravamo sullo stesso aereo."

Pensai al tizio puzzolente seduto vicino a me, che emanava da tutti i pori zaffate al curry. Avevo chiesto in modo surrettizio di cambiare posto, per poi sentirmi sprofondare dall'imbarazzo perché la hostess era tornata verso di me dicendo: "Non ci sono posti liberi, temo. Desidera una coperta da avvolgere attorno alla testa se l'odore...." indicò l'uomo con un cenno del capo "dovesse aumentare?".

Inorridita, avevo guardato il tizio, il quale mi aveva restituito un'occhiata offesa. Erano state undici ore spaventosamente lunghe da ogni punto di vista.

"Bene" risposi a Gretchen.

"Ottimo! Senti, ho parlato con mio fratello, e lui mi ha detto di essere stato invitato a un party per il lancio di una qualche rivista di viaggi di lusso. Lui è via e non può andarci, però io ho pensato che forse a te poteva tornare utile... Mi sono fatta procurare due inviti dalla mia agente. È venerdì prossimo, al Dorchester. Sei libera?"

Lo ero. Liberissima. Richiamai euforica Vic, ma lei non rispose: probabilmente il dottor Luc era rientrato dal lavoro. Una rivista di viaggi di lusso! Tom aveva ragione: qualcosa di buono mi stava aspettando dietro l'angolo!

"Be', mi dispiace proprio" si scusò Gretchen sul sedile posteriore del taxi, mentre lisciava la gonna con le gambe accavallate e cercava di grattar via una macchiolina invisibile dai tacchi vertiginosi. "Che banda di figli di papà con la puzza sotto il naso. Chi cazzo va in crociera di questi tempi, comunque?"

Risi. "Per favore, non sentirti in colpa. Sei stata gentile a darti da fare per me."

"Be', ci ho provato." Si strinse nelle spalle. "Comunque è stato uno spasso, no? E, diversamente dai lettori della rivista, per noi la notte è ancora giovane. Ho bisogno di farmi perdonare: andiamo a berci qualcosa come dico io. Sono socia di un club non lontano da qui."

Esitai. In realtà non ero mai stata in un club privato, e per quanto non volessi mostrarlo ero curiosa di vederne uno. D'altra parte, più tardi sarebbe arrivato il nostro nuovo inquilino spagnolo, e Tom era un po' nervoso; girava irrequieto per casa sostenendo convinto che bisognava partire con il piede giusto, mantenere le distanze, non prendere una brutta china: una prospettiva estenuante. Forse era meglio stare alla larga e lasciargli gestire la cosa. Comunque bere qualcosa con Gretchen mi faceva proprio piacere. Lei, con un abito blu notte dal taglio impeccabile, che avevo ammirato subito, di sicuro era vestita in modo adatto: la persona perfetta con cui prendere un delizioso drink il venerdì sera. Che piacere averla rivista.

"Mi sembra una splendida idea" concordai con un sorriso.

7

Al club, una volta trovato un tavolo con due grandi poltrone, Gretchen ordinò un paio di cocktail. Mi guardai attorno con discrezione. In realtà non sembrava molto diverso da un bar elegante, tranne che per un numero maggiore di persone con gli occhi fissi sullo schermo del laptop, e qualche barman molto carino e gentile. C'era anche un'atmosfera di euforica aspettativa, ma forse era solo una mia impressione.

"Allora" disse Gretchen. "Raccontami qualche novità. Che lavori interessanti hai in programma? A proposito, la mia agente ha apprezzato moltissimo le tue foto di Los Angeles. Ha detto che hai fatto dei servizi per qualche rivista di gossip... a casa di calciatori del Surrey, e roba del genere. Dev'essere stata... un'esperienza." Scalciò via le scarpe senza farsi problemi e, raccolte le gambe sotto di sé, bevve un sorso e attese impaziente un mio commento.

"Questo è solo un modo di vederla" commentai, mentre mi tornava alla mente la moquette con i monogrammi e, all'esterno, la piscina immensa dove la coppia aveva voluto a tutti i costi essere ritratta, nonostante il freddo intenso. "In realtà è successo solo una volta, come favore a un amico. Faccio parecchie cose anche in studio."

"Lavori per qualche rivista di moda?" Sorseggiò il suo cocktail.

"Per qualcuna. Da quando mi sono messa in proprio, solo un paio di volte. Sono tutti pazzi." Scossi la testa e mi misi comoda contro lo schienale.

Lei rise. "Ci credo. E anche piuttosto spocchiosi, direi."

"Credo di capire perché sono così" riflettei. "Il fatto è che loro..."

Non ebbi il tempo di continuare, perché due uomini si avvicinarono a noi e, ignorandomi completamente, dissero euforici: "Ciao, Gretch! Vieni alla festa?".

"Oh, chi la dà?" chiese lei interessata, mentre rizzava la schiena come una mangusta per sbirciare sopra la mia spalla.

L'uomo arricciò il naso. "Non lo so esattamente. Ma pare che venga Daniel Craig, alias James Bond: quindi, chi cazzo se ne frega? Vuoi che ti metta nell'elenco?"

Mi sentii un po' Cenerentola. Allungai la mano sul bicchiere, irritata con me stessa perché pativo di non essere stata invitata a una festa di cui fino a tre secondi prima ignoravo l'esistenza.

"Sì, perché no. Magari ci facciamo due risate" rispose Gretchen. "Il cognome di Alice è Johnston" fece un chiaro cenno con la testa verso di me, costringendoli a notare la mia presenza.

"Ottimo." Prima di allontanarsi, i tizi mi rivolsero un vago sorriso.

"Probabilmente sarà una cagata" commentò Gretchen con tono complice. "Come sono di solito queste cose, vero? Ma potremmo ancora berci qui un paio di bicchieri, e poi andare a vedere se riusciamo a sedurre Daniel. Ti va?" Mentre diceva questo mi ricordò un po' Vic: forse per il luccichio malizioso nei suoi occhi, oppure perché starcene a complottare era la cosa che Vic e io facevamo d'abitudine? Ovvio, non in un club privato.

"Credo abbia una ragazza" la dissuasi, benché concordassi con lei che era piuttosto bello.

Gretchen fece un sorrisetto maligno. "Sono sicura che per una notte lei potrebbe prestarlo. Sai una cosa? Ordiniamo una bottiglia." Cercò con lo sguardo il cameriere poi, rivolta a me, disse: "Non vogliamo certo arrivare per prime all festa. Adesso, sfodera qualche pettegolezzo piccante sul mondo della moda. Ne avrai viste di cose spassose."

Un'ora e mezza più tardi stavamo ancora parlando. Facilitate dalla sbronza, avevamo cominciato a confidarci. A un certo punto ero scoppiata a ridere così forte per qualcosa che aveva detto che molta gente si era voltata a guardarci.

"Dico sul serio!" replicò lei divertita dalla mia reazione, e mi allungò uno schiaffetto sul braccio.

"Certo" ridacchiai tenendomi la pancia. "Scusa. Continua a parlare." Mi asciugai un occhio e mi ricomposi.

"Secondo me, tu sapevi benissimo di voler fare la fotografa. Capisci?"

"Ma chi è che poi finisce a fare il presentatore televisivo? Non mi è chiaro."

"All'inizio non avevo nessuna intenzione di fare un lavoro del genere, giuro" rispose Gretchen. "Se mia mamma non mi ci avesse costretta, probabilmente ora sarei in giro a fare la scema con una band universitaria o roba simile, e poi la cosa sarebbe finita lì. Cantare era quello che più mi piaceva."

Aveva appena concluso la frase, che sul tavolino si illuminò il mio cellulare. La scritta PAPÀ CELL. lampeggiava sul display.

"Scusami, Gretchen, ti spiace se prendo questa telefonata? È mio padre: lui il cellulare non lo usa praticamente mai, quindi dev'essere un'emergenza."

"Figurati. Fa' pure." Riemerse dalla poltrona, interessata.

"Tutto a posto, papà?"

"No, per niente, maledizione. L'hai presa tu la macchina?"

"Cosa? La *tua* macchina?" Ero sconcertata. "Perché diavolo dovrei averla io la tua macchina? Sono a Londra! Lo sai che vivo fuori casa da otto anni o giù di lì, no?"

Gretchen pareva divertita, e questo per un attimo mi diede un assurdo senso di soddisfazione. Poi ricordai che a ventotto anni ero un po' vecchia per mettermi in mostra con le nuove amiche. Papà non rise alla mia battuta e sbuffò spazientito. "Be', veramente non pensavo che fossi stata tu – sei l'unica persona con la testa sul collo, accidenti –, ma sono appena tornato dalla passeggiata con il cane, e non c'è più."

"La macchina o il cane?" chiesi, mentre cercavo di concentrarmi.

"La macchina!" sbottò lui. "In questo momento mi trovo nel posto dove avrebbe dovuto essere. Tua madre è andata a fare la spesa con la sua, e Frances non guida: quindi significa che è stata rubata, oppure che quel mentecatto di tuo fratello è venuto a casa e l'ha fregata. Gli hai parlato oggi?"

"No. Però la mamma aveva detto che forse rientrava dall'università per il fine settimana. Papà, posso richiamarti? È che mi trovo..."

"Lo sapevo!" mi interruppe. "Disgraziato di un ragazzo!"

Chiuse la comunicazione.

Scossi la testa, incredula, e feci scivolare il telefono sul tavolino. "Scusami. È una giornataccia per mio padre."

"Non preoccuparti" mi rassicurò Gretchen in tono vivace. "Per mia madre ogni giorno, da quindici anni circa, è una giornataccia. Genitori, eh? Chi li sopporta?" Sorrise e bevve ancora dal suo bicchiere.

"Allora" dissi, riprendendo il filo del discorso "dove eravamo? A proposito, come sta andando la tua campagna per la conquista degli States?"

"Oh, dubito che ne venga fuori qualcosa." Fece un cenno liquidatorio con la mano. "È stata un'idea della mia agente: mettere in circolazione un po' di voci per dare l'impressione di essere molto ambita... la gente insegue solo le cose che crede vogliano gli altri; è nella natura umana. Comunque io non desidero affatto trasferirmi all'altro capo del mondo. Sarebbe bello stare per un po' distante dai genitori..."

"Già." Sorrisi indicando il telefono con un cenno del capo.

"Esattamente. Sai cosa voglio dire. Però mio fratello mi mancherebbe un casino."

"Una mia amica si è appena trasferita a Parigi. Con il suo ragazzo."

"Ecco, vedi, io non avrei neppure un tizio da portarmi dietro. Prima uscivo con uno di una band, un vero coglione figlio di papà: era come stare con un salame convinto di saper cantare."

"Mi sembra di avere letto che stavi con lui" dissi, con tatto: non volevo fingere di ignorarlo, né allo stesso tempo metterla a disagio.

"Lo immagino." Gretchen non era affatto stupita. "Però forse non hanno scritto che lui era talmente ossessionato dagli addominali da fare quattro ore al giorno di esercizi. Una volta l'ho trovato in bagno che faceva jogging sul posto perché non aveva potuto andare in palestra. Oltre a questo, parlava unicamente della sua musica – anche se sapeva strimpellare solo *Smoke on the Water* –, e poi doveva indossare abiti approvati dal suo manager; insomma, non era esattamente il marito dei miei sogni. Inoltre, non sopportava che io cantassi meglio di lui" aggiunse con un sorriso.

"Allora, se ti piace così tanto cantare, perché non tenti la carriera musicale?" Secondo me, aveva la stoffa per diventare un'icona della musica pop.

Scosse la testa. "Mi stroncherebbero. 'Conduttrice di programmi per ragazzi si trasforma in cantante.' Mi offrirebbero solo stupide canzoncine, e in un batter d'occhio la carriera finisce nel cesso. Però è un peccato. Quando canto mi sento sulla cresta di un'onda... completamente libera. In momenti del genere, arrivi quasi a catturare l'essenza di quello che sei in realtà e in potenza. È come essere sotto l'effetto di una droga, e a volte lo sei un po', ovvio, però tutto è in qualche modo amplificato, più vivo. Adoro questa sensazione, in cui ogni cosa sembra avere un senso. Ti è estremamente chiaro ciò che sei in grado di fare e di ottenere, sai?"

In realtà non mi stava facendo una domanda, ma con lo sguardo fisso nel vuoto annuiva all'immagine che aveva appena creato. La guardai incuriosita: d'un tratto era diventata la versione più tranquilla e riflessiva di se stessa.

"Be', non è mai troppo tardi" conclusi dopo un attimo di silenzio. "Io non pensavo di mettermi in proprio, ma l'ho fatto, e non mi sono pentita."

"Oh, neanch'io sono pentita" si corresse lei in fretta. "I rimpianti non fanno per me: sono uno spreco di tempo e di energia. Però è fantastico che tu abbia avuto tanto coraggio; dovresti essere orgogliosa di te stessa." Scolò il bicchiere, all'improvviso di nuovo allegra, come se qualcuno le avesse rimesso la spina. "Grazie per avermi ascoltato. Forza, dobbiamo andare a divertirci. Tutta questa complicità che si sta creando è fantastica, ma magari James Bond è già in quella stanza là in fondo. Chi lo vede per prima se lo cucca, okay?"

Osservare Gretchen lavorarsi una sala intera era l'equivalente di una lezione per un master in "Come fare colpo", anche se lei non ne sembrava consapevole. Si fermò sulla soglia quel tanto che tutti potessero notarla, sorrise a qualcuno che conosceva e poi, con i lunghi capelli biondi che ondeggiavano come in un video pop, puntò dritta al centro della sala. La gente indietreggiò addirittura un po' per lasciarla passare. Io, comunque, mi diressi al bar laterale e presi da bere in modo da potermi guardare attorno con calma. Era tutto un dare colpetti sulle braccia, ridere, simulare baci e guardarsi indietro per vedere chi altro stava arrivando. Purtroppo non c'era traccia di Daniel Craig, solo un Craig David, che non era proprio la stessa cosa.

"Che noia" sbottò Gretchen comparendomi di fianco dieci minuti dopo. "L'hai già visto?"

"No." Scossi la testa. "Comunque si beve bene."

"Immagino siano da qualche parte, in qualche posto per i vip." Gretchen si guardò attorno pensierosa. "Qui hanno salette private."

"In un club privato?" ridacchiai. "Di quanta privacy può aver bisogno una persona? Sembra di essere nella sede dell'M15."

Prima che potesse rispondere, dal fronte della sala arrivò un forte "Signore e signori", e un uomo con un microfono in mano, dall'aria vagamente conosciuta, esordì: "Vi do il benvenuto a nome dell'Associazione per la Difesa della Tigre del Bengala, che protegge queste meravigliose bestie per la gioia delle future generazioni. È giunto il momento dell'asta".

"Dài!" mi sibilò Gretchen. "Andiamo a dare un'occhiata adesso che sono tutti distratti!"

Mi afferrò per un braccio, e io, piuttosto riluttante, cominciai a seguirla. Non che non volessi mettermi a esplorare. Da piccola, quando ci trascinavano per castelli pieni di spifferi e ville del National Trust, ciò che più mi affascinava erano le porte con la scritta PRIVATO, dietro le quali immaginavo passaggi segreti che portavano chissà dove. Avevo una voglia pazza di intrufolarmi per vedere cosa succedeva dietro le quinte, ma nello stesso tempo, proprio come ora, non desideravo finire nei guai.

Tuttavia, mentre eravamo nel vano della porta, il banditore annunciò: "Il nostro primo lotto è un paio di Christian Louboutin con tanto di *firma*. Mai indossarle con la pioggia, signore! Magari vi fate un regalo di Natale in anticipo?".

Gretchen si bloccò all'istante e tornò indietro. "Aspetta un attimo" disse, mentre tendeva il braccio per fermarmi.

"Chi offre cinquecento sterline?" chiese il banditore con tono accattivante.

Scossi la testa. Era solo un paio di scarpe, Dio santo! Non sarebbe stato più semplice salvare le tigri, ovunque fossero, attraverso una donazione diretta?

"Grazie, signora: offerta di cinquecento sterline" fece lui veloce come un fulmine, indicando verso di me. Rimasi a bocca aperta: non avevo scosso la testa per fare un'offerta, maledizione! Poi mi resi conto: si rivolgeva a Gretchen, che al mio fianco con la mano alzata si mordeva il labbro eccitata, dondolandosi lievemente. Cinquecento sterline! Che pazza.

Comunque non era la sola, a quanto pareva. Parecchie signore volevano mettere le mani su quelle scarpe rosse e l'offerta salì in fretta a millecinquecento sterline. La sbronza mi era passata del tutto, e non riuscivo a credere alle mie orecchie. Salvare le tigri era una degna causa, ma...

Poi tutto si svolse in un batter d'occhio. Il banditore, deliziato da tanto entusiasmo per il primo lotto della serata, rilanciò intrepido a duemila sterline... e Gretchen fece un cenno con il capo. Le posai una mano sul braccio. "Sai almeno se sono del tuo numero?"

"Che importa?" replicò lei. "Al massimo mi compro dei piedi nuovi."

Un'altra signora salì a duemilacento. Gretchen corrugò la fronte e d'impulso gridò: "*Cinquemila*!".

Un brusio di apprezzamento si diffuse nella sala mentre la gente si voltava a guardarci, e quasi lasciai cadere il bicchiere. Quanta attrezzatura fotografica avrei potuto procurarmi con quella somma!

Il banditore la guardò, raggiante. "Fantastico! Qualcuno offre cinquemilacento?" La sala si zittì, in attesa. Nessuno rispose. "Allora, cinquemila uno, cinquemila due, cinquemila tre: venduto all'incantevole signorina in fondo alla sala!"

Gretchen rise euforica. "Oh, com'è divertente! Persino meglio di Daniel Craig!"

Gretchen fece aspettare il taxi per finire la sigaretta, e mentre eravamo dirette a casa mia, accarezzò le sue scarpe nuove. "Le adoro" commentò.

Io scossi la testa nell'oscurità. "Stento a credere che tu abbia fatto una cosa del genere."

Lei appoggiò la testa allo schienale. "Lo so, avrei dovuto ascoltarti. Comunque, sono solo soldi. Alla fine si è rivelata una serata fantastica, no?"

"Certo!" Ed era vero. Mi sentivo di nuovo piacevolmente sbronza, come a Los Angeles.

D'un tratto Gretchen diventò seria. "Al, devo confessarti una cosa. Prometti di non odiarmi."

"Prometto" dissi io, incuriosita.

"Sono uscita stasera con te sperando che, dandoti una mano, a tua volta tu mi avresti trovato dei contatti con qualche rivista di moda. Non hai idea di quanto sia difficile essere chiamati per un servizio, a meno che tu non sia la moglie di Brad Pitt, o abbia vinto un Oscar o cose del genere, e io ho proprio bisogno di fare un salto di qualità."

"Ah" feci, sentendomi davvero di merda. D'un tratto non mi sembrava più come Vic.

"Scusa." Aveva un'espressione mortificata. "È stato sleale da parte mia. Dài, non fare quella faccia!" Mi afferrò il braccio. "So cosa stai probabilmente pensando, ma io mi sono divertita sul serio. Davvero!" Il suo tono era quasi sorpreso. "E anche a Los Angeles ci siamo divertite un mondo. Ho un'altra confessione da farti: queste scarpe sono mezzo numero più del mio. Tu che numero porti? Le vuoi?" Me le porse.

"Non fare la stupida! Mettile su eBay o qualcosa del genere. Non credo che riuscirai a recuperare le cinquemila sterline. Sei proprio una matta."

Mi guardò intensamente. "Non sei incazzata con me, vero? Ancora amiche?"

Esitai. Lei attendeva ansiosa, incorniciata dal finestrino del taxi, le mani strette sulle Louboutin. Con quelle ridicole, assurde scarpe, aveva in pratica cercato un appoggio per entrare nel giro delle riviste patinate... ma poi aveva trovato la forza di essere sincera. La sua confessione doveva essere vera, altrimenti, perché preoccuparsi tanto? Ero stata molto bene con lei: era raro incontrare una persona interessante, divertente e anche capace di ascoltare. Non è che tutti i giorni si conoscono nuove amiche simpatiche come lei, ed era possibile avere amiche diverse per ragioni diverse, no? Non tutte potevano conoscermi a fondo come Vic, ed esserci per ogni problema. Gretchen sarebbe stata una perfetta complice, una compagna di cocktail e caffè.

"Ancora amiche."

8

È l'odore, credo, questo odore di ospedale che non riesco a sopportare. Chiudo gli occhi e cerco di respirare a fondo dalla bocca.

Tom, accanto a me, non ce la fa a stare seduto tranquillo; freme e si fa prendere alternativamente da panico, angoscia e senso di impotenza. Avverto lungo il braccio ogni suo movimento perché ci stringiamo forte le mani, come se da questo dipendesse la nostra vita. Ci troviamo nella saletta riservata ai parenti – misericordiosamente vuota – con le pareti di un verdino slavato. Credo faccia freddo perché sto tremando malgrado i grandi e antiquati radiatori di ghisa. Per tutta la stanza sono sparsi inutili dépliant, alcuni anche sul distributore automatico delle bevande. Ci sono sette sedie e un tavolino appoggiato alla parete, vicino a me. Tom è alla mia sinistra.

Siamo entrambi così spaventati che per la prima volta non abbiamo nulla da dirci. Comincio a battere i denti; cerco di smettere ma non ci riesco. Nessuno dei due può sopportare il pensiero di ciò che potrebbe accadere nella stanza in fondo al corridoio. L'unica immagine che ho è quella linea rossa e piatta che divide in due lo schermo del monitor: come una sentenza definitiva. Cerco di pensare a qualcos'altro, per qualche strana ragione immagino me, Fran e Phil bambini, mentre giochiamo su una giostrina: Phil ci spinge sempre più forte con il piede, ma all'improvviso la linea rossa appare ai bordi dell'immagine e la penetra con violenza fino al centro, tagliandoci tutti a metà.

Proprio in quel momento si apre la porta e un'infermiera assolutamente reale entra nella stanza. L'immagine della linea svanisce all'istante. Disperata, scruto il volto di lei, in cerca di indizi: sorride? Ha la fronte corrugata in un'espressione di solidarietà perché sta per dire: "Sono veramente spiacente, abbiamo fatto tutto il possibile, ma..."?

Si avvicina e siede accanto a noi. Poi tutto succede prima che io abbia il tempo di immaginare altro.

«Gretchen ha avuto un problema al cuore» esordisce. «Un arresto cardiaco.»

Il mondo rallenta di nuovo attorno a me; questa volta è come se mi avessero immerso in un bagno gelato. Le sue parole mi paiono irreali: la fisso in volto, ma mi sembra che parli sott'acqua. Stringo così forte la mano di Tom che probabilmente gli faccio male.

«Il battito è di nuovo normale» continua l'infermiera, e la sua voce mi giunge più chiara, come se fossi tornata in superficie. «Ma è comunque preoccupante che sia successo: mostra la potenza dei farmaci che ha assunto e l'effetto devastante che hanno avuto su di lei.» Corruga preoccupata la fronte e fa una breve pausa. «Comunque non era cosciente. Non le ha provocato angoscia.» Fa un'altra pausa, come se questa notizia cambiasse qualcosa. Non cambia niente.

«Adesso sta bene?» chiede Tom: l'unica cosa che importa veramente.

«Siamo riusciti a stabilizzarla.»

Lui guarda con coraggio l'infermiera. «Potrebbe succedere di nuovo?»

«Sì, certo. È giovane e forte, e questo gioca sicuramente a suo favore. Non appena hanno finito vengo a chiamarvi, okay?» Sorride rassicurante con la calma dell'esperienza. «Sapete, in realtà tutto questo è più difficile per voi che per lei.»

Trattengo a fatica una risata isterica. La osservo invidiosa mentre lascia la stanza: si liscia i capelli con i colpi di sole, ed esce dall'incubo incurante e decisa.

Tom si alza e infila la mano in tasca per estrarre qualche spicciolo. Poi si avvicina al distributore delle bevande e introduce una moneta; sistema un bicchiere sotto il beccuccio, ma il liquido marrone non arriva neppure a metà. Quindi versa tre bustine di zucchero e mescola con il bastoncino di plastica.

«Prova a mandar giù questo.» Me lo porge. «Aiuta.» Il tè ha un colore simile a catrame sbiadito ed emana l'aroma amaro di pneumatici bruciati. Però è caldo, e io mi ci curvo sopra bevendone addirittura un piccolo sorso. Tom si lascia cadere accanto a me; ha esaurito la carica di adrenalina.

Rimaniamo in silenzio ancora qualche attimo. «Gli hai detto tutto di Gretchen? Vero?» La sua mente continua a girare in tondo.

«Cosa? Che questa non è la prima volta che ci prova?»

È come violare un luogo sacro. Parlare di segreti tanto intimi e dolorosi del passato di Gretchen, come se dicessi: "Intendi se era allergica all'aspirina?", mi fa sentire invadente e indelicata. So che Tom non lo vuole tanto quanto me.

Annuisce, stanco. «Quindi sanno che...»

Mi gira la testa. «Tom, ho detto tutto quello che potevo.» Il che, a rigor di termini, è vero.

«Non ho intenzione di torturarti, Al: cerco solo di pensare a qualcosa, qualsiasi cosa, che possa aiutarla.»

Vederlo lottare disperatamente per dare un senso a tutto questo mi spezza il cuore. Poso il bicchiere, prendo una rivista e la sistemo in grembo, ma le lacrime mi riempiono gli occhi e annebbiano il volto sorridente della modella. Minacciano di piovere sulla copertina consunta, ondulata come dune di sabbia: sopra vi sono finiti e si sono asciugati mille liquidi diversi. Tom mi mette un braccio sulle spalle e mi avvicina a sé, mentre con l'altra mano mi sfila via delicatamente la rivista. Mi sfugge un singhiozzo. «St» sussurra. «Andrà tutto bene, vedrai.»

Ma io non vedo, non vedo assolutamente come possa andare bene, e il fatto che mi consoli mi risulta quasi insopportabile. Dopo tutto quello che gli ho fatto passare... come se non fosse abbastanza; e adesso questo. Che genere di persona sono?

«Sua madre e suo padre» continua Tom, sforzandosi ovviamente di essere razionale «dovrebbero proprio essere qui. Bailey li ha...» Si irrigidisce pronunciando il suo nome.

«Penso di sì. Ne sono sicura.»

Il suo braccio mi stringe più forte: sento che è teso. «Be', dici così, ma...»

«Tom!» esclamo in un tono che lui fraintende.

«Non dirmi "Tom" in quel modo!» sbotta arrabbiato. «Se fosse andato da lei quando doveva...» Mi lascia. «L'avrebbe trovata solo ubriaca. Prima che facesse quello che ha fatto!»

«Tom, sei ingiusto. Non è colpa di Bailey se...»

«Certo che lo è, cazzo!» esplode. «È tutta colpa sua! Non c'era quando aveva detto che ci sarebbe stato. Si preoccupa soltanto di se stesso; non si ferma mai a pensare agli altri e alle conseguenze delle sue azioni.» Stringe il pugno con tanta forza da far sbiancare le nocche. «Questo è tipico da parte sua, cazzo!»

Aspetto un istante e poi dico con voce calma: «Ha solo perso l'aereo, Tom. Tutto qui. Tu hai ogni diritto di essere arrabbiato con lui per» fatico a trovare le parole giuste «altre questioni. Ma lui non avrebbe mai permesso che le accadesse una cosa del genere. Quando gli ho parlato, poco fa, era estremamente preoccupato.»

Silenzio. Tom serra le mandibole. «Gli altri riescono a essere affidabili, a fare quello che devono fare: perché lui no? Cos'ha di tanto speciale quello stronzo?»

Pronuncia l'ultima frase quasi urlando, lì nella saletta riservata ai parenti, e io abbasso gli occhi vergognosa, perché non so se la sua è una domanda retorica o se me lo sta chiedendo veramente.

9

"Alice Johnston!" La voce di Gretchen arriva allegra dal telefono. "Sono io. Vengo subito al punto: sei libera stamattina?"

"Posso esserlo." Mi girai nel letto: lo spazio vuoto accanto a me rivelava che Tom era già uscito per l'allenamento di calcio. "Avevo in programma di andare a correre. Perché?"

"Correre? Perché diavolo vuoi fare una cosa del genere?"

"Perché è marzo! Sono mesi che nascondo sotto maglioni abbondanti gli effetti dell'alimentazione forzata di Natale a cui ci ha sottoposto mia madre, e sabato prossimo ci spingerà giù per la gola anche una vagonata di uova di Pasqua. In un batter d'occhio arriverà il momento della prova bikini e a me verrà voglia di suicidarmi."

"Al, non dire cretinate" tagliò corto Gretchen. "Correre è una rottura. Invece, vieni a fare colazione con me. Tra un attimo vedo mio fratello e voglio che ci sia anche tu, così gli puoi parlare dei suoi contatti. Ci ho messo solo quattro mesi, ma la tua pazienza, mia cara, è stata premiata."

"Era ora!" esclamai. "Perché, nel frattempo, ho faticato non poco a esserti amica..."

Rise. "Lo so, sono una stronza. Scusa. Comunque, meglio tardi che mai."

"Gretch" dissi con uno sbadiglio "vengo molto volentieri a prendere il caffè perché mi fa piacere conoscere finalmente tuo fratello, non per altre ragioni. Vuoi accompagnarmi in centro, dopo? Devo comprare delle cose."

"Cose divertenti, o pallosissime cose fotografiche?" domandò sospettosa.

Risi. "Cose fotografiche, ma se ti fa piacere, possiamo anche andare a curiosare in qualche negozio carino."

"Okay!" accettò lei allegra. "Mi piace l'idea. Mi vedo con Bailey alle dodici e mezzo circa: ce la fai per quell'ora?"

In realtà, se non fosse stato per mia madre che mi aveva fatto perdere tempo al telefono con i suoi sproloqui – Frances aveva citato per danni la titolare di una piccola lavanderia a causa di uno strappo sull'orlo dell'abito da sposa: cosa molto imbarazzante perché la signora in questione era una conoscente di mamma, che voleva che telefonassi a Fran per farla ragionare –, sarei stata addirittura in anticipo.

In questo modo emersi dalla metropolitana appena in tempo per raggiungere l'indirizzo che mi aveva dato Gretchen. Un sole pallido cercava di far capolino da una nuvola incerta, mentre i negozi cominciavano a essere più piccoli, più raffinati e più costosi. Avevano tutti lucenti insegne dipinte da mani esperte e vendevano cose di cui non avevi bisogno, ma che desideravi: cioccolatini artigianali, cappelli, bottiglie di vino ricco e setoso, gioielli moderni... Un angolo di Londra definito dai residenti raccolto e simile a un paesino, ma che compare sempre sulle pagine mondane degli inserti dei quotidiani.

Non mi sentivo molto a mio agio nelle gelide ballerine inzuppate d'acqua, che si erano dimostrate le scarpe meno adatte per l'acquazzone che mi aveva investito all'uscita della metropolitana.Volevo avere un look da Primavera a Parigi, ma in realtà con quella stupida giacca leggera congelavo. Arrivare al caffè fu un grandissimo sollievo, malgrado dovessi ancora sostenere una breve baruffa con la pesante porta, che sembrava essersi gonfiata per l'umidità. Irruppi nel locale con più energia di quanto intendessi.

Il profumo inebriante di caffè tostato mi avvolse in un caldo abbraccio. Clienti ben carburati dalla caffeina erano tutti concentrati a leggere il giornale sopra piatti di deliziosi pasticcini; le cameriere frenetiche e accaldate tentavano di tenere i cappuccini in equilibrio su vassoi instabili mentre facevano accomodare nuovi clienti. Mi guardai attorno e in fondo alla sala vidi Gretchen agitare la mano.

Indossava logori anfibi di cuoio sbiadito ad arte sulle gambe nude, lisce e abbronzate, e una specie di camicione folk di cotone color panna. Sopra, uno spesso cardigan di maglia dava l'impressione di scivolare da un momento all'altro dalle spalle esili. Al collo, un lungo filo di perle dai colori vivaci ondeggiava impigliandosi nei capelli sciolti. Teneva le mani strette attorno a una tazza fumante di caffè e sembrava felice di vedermi. Come sempre, sia uomini che donne cercavano di non fissarla, ma anche se ne era consapevole, lei non lo dava a vedere.

Balzò in piedi posando il caffè in modo maldestro, e mi avvolse in un abbraccio impulsivo ed entusiasta. "Ciao! Tempismo perfetto: stavo quasi per soccombere e ordinare uno di quei meravigliosi croissant alle mandorle. Li hai visti i dolci laggiù?" Indicò con il dito e io guardai incuriosita. Era vero, avevano un'aria invitante. Grandi ciambelle zuccherate di lucida pasta sfoglia, grassi bignè che esplodevano di crema, crostatine alla ciliegia e all'angelica.

Mi sedetti di fronte a lei, dirimpetto alla porta. "Oggi sei molto pimpante" commentai. "Hai buone notizie su quella proposta americana della danza sul ghiaccio?"

Fece una smorfia. "Noooo. Però ieri mi hanno chiesto di partecipare come ospite a 'Caccia al fantasma'."

"Oh. Hai risposto di sì?"

"Perché? Per stare in un qualche baraccone buio e fatiscente in culo al mondo con una troupe che riprende con gli infrarossi, mentre l''esperto' si scaglia sul tavolo per poi sostenere di essere stato attaccato da un fantasma?" Sollevò un sopracciglio. "Non arrivo ancora a tanto, anche se nessuno mi aveva avvisato che il passaggio dalla tivù per ragazzi a quella degli adulti sarebbe stato così difficile. Comunque, cosa vuoi prendere?"

"Non aspettiamo tuo fratello?"

Fece un cenno liquidatorio con la mano. "È già qui. Al cesso. Oh, aspetta: parli del diavolo... e spuntano le corna." Guardò sopra la mia spalla e sorrise. "Bay, lei è la mia amica Alice: te ne ho fatto una testa così. Alice, questo è Bailey, mio fratello."

Mi voltai e di fianco a me vidi un ragazzo alto dal sorriso cordiale. I capelli arruffati color sabbia coprivano in parte occhi verdi assonnati. In effetti sembrava essere appena stato buttato giù dal letto. Indossava una maglietta bianca con un'immagine molto sbiadita di un'onda, e quando tese la mano per presentarsi notai una pallida cicatrice lungo l'avambraccio abbronzato. Immaginai se la fosse procurata mentre scalava una parete, faceva rafting o qualsiasi cosa da adrenalinodipendente: era il tipo. Vide che la osservavo. "Gretchen mi ha spinto via da una navicella spaziale perché non la lasciavo provare" confidò. "Mi sono fatto lo squarcio su un sasso." Il che non era esattamente quello che mi aspettavo. Sbadigliò e si stirò come un gatto.

"Ohi, ohi" dissi, imbarazzata per essere stata beccata a fissarlo. "Doveva essere un taglio molto profondo; quanti anni avevi?"

"Ventisei." Fece un sorriso sconcertante. "Piacere di conoscerti, Alice. Scusa lo sbadiglio." Si sporse sul tavolo, e mentre mi dava un rapido bacio graffiandomi la guancia con la barba ispida, sentii un profumo di dopobarba costoso. "È il jetlag."

"Non dargli retta, Al" intervenne Gretchen. "Siediti e piantala di esibirti, Bay."

Bailey spalancò le braccia in arrendevole protesta, mentre si sedeva. "Allora, Grot mi ha detto che sei una fotografa?" Allungò la mano verso la sorella e le prese il caffè. "Carino da parte tua aspettare me e Alice" disse, graffiante. "Maleducata." Mentre posava la tazza i suoi occhi guizzarono di nuovo interessati su di me per poi spostarsi altrettanto in fretta. "Ah, quello è il nostro cameriere?" domandò guardando sopra la mia spalla.

"Ti spiace non chiamarmi 'Grot'?" sospirò Gretchen. "Lo sai che non ho più sei anni, o no? Sei stato un secolo al cesso: pensavo ci fossi caduto dentro. Faccio venire qualcuno. Aspetta."

Scattò in piedi e si diresse verso l'ingresso del caffè. Un

cameriere la osservò, ammirato, e con lui tutto il tavolo che stava servendo. Notai che una ragazza seduta a quel tavolo si copriva la bocca con la mano e bisbigliava qualcosa all'amica. Questa fissò Gretchen con aria assente; quando la riconobbe sgranò gli occhi e a sua volta sussurrò qualcosa. Cominciavo ad abituarmi alla gente che parlava apertamente di Gretch come se lei non fosse presente, ma non ero ancora arrivata allo stadio in cui riuscivo a ignorarlo, al contrario di lei.

"Che palle, vero?" commentò Bailey seguendo il mio sguardo. "Grazie a Dio non è famosa come Tom Cruise. Non so se le dà fastidio; lei sostiene di no. La prima volta che ho letto su Internet dei commenti su di lei da parte di emeriti sconosciuti, avrei voluto andare a scovarli tutti e riempirli di botte. Fottuti bastardi. Sai che sono le donne a scrivere le cose più cattive? Alla faccia della solidarietà femminile!"

Mi strinsi nelle spalle e sorrisi augurandomi di apparire enigmatica, perché non mi veniva in mente niente di intelligente o penetrante da dire.

"Penso che tu abbia scelto la parte giusta della macchina fotografica" continuò con disinvoltura. "Allora che genere di foto fai?"

"Al momento?" Mi schiarii la voce. "Praticamente tutto: prodotti, gente, posti. Ho lavorato per un grosso studio, ma di recente sono diventata free-lance."

"Tanto di cappello" commentò. "Sta andando bene?"

"Abbastanza, grazie. Tranne che, avendo bisogno di guadagnare, continuo ad accettare lavori che non mi fanno impazzire; e poi non ho tempo di andare in cerca di quello che mi interessa veramente."

"I viaggi? Già, me l'ha detto Gretchen. Be', ti darò molto volentieri i nomi di alcuni direttori di giornali per cui lavoro. Quanto potranno esserti utili non saprei, ma è pur sempre una possibile porta aperta, no?"

"Certo" risposi riconoscente. "È molto gentile da parte tua."

Si strinse nelle spalle. "Figurati, sono felice di darti una mano."

Riapparve Gretchen. "Il cameriere arriva tra un attimo. Ho proprio bisogno di fare pipì. Torno subito."

Bailey lanciò un'occhiata alla sua schiena che scompariva. "Allora, da quanto tempo conosci mia sorella?"

"Mmh, una roba come quattro mesi, più o meno." Lo osservai prendere distratto un tovagliolo con le lunghe dita magre, e mettersi a giocherellare con i bordi. Le sue mani erano incredibilmente raffinate. "Ci siamo incontrate in occasione di un servizio fotografico a Los Angeles... verso la fine di novembre."

"Ah." Si appoggiò allo schienale e mise il braccio sulla sedia vuota di Gretchen: la sua T-shirt si sollevò leggermente per rivelare una striscia di stomaco piatto e abbronzato. Lui non si sforzò di nasconderlo e si accorse che lo stavo guardando. "Siete andate sulle colline? Là si possono fare delle belle camminate."

"In realtà avevamo a disposizione pochissimo tempo" dissi subito, mentre pensavo a noi spaparanzate a bere champagne nella vasca riscaldata dell'hotel. "Bisogna che lo faccia la prossima volta. Immagino che un aspetto fantastico dell'essere giornalista di viaggi sia sapere quali sono i posti più belli da visitare e le cose da vedere."

"Più o meno. Mi dà una splendida scusa per esplorare il mondo, che è grande, bellissimo." Sorrise guardandomi dritto negli occhi. "Anche se vivessi fino a cent'anni, non ce la farei mai a vedere tutto quello che voglio. Sono appena tornato dalla Tanzania. Sei mai stata in Africa?"

Annuii. "Però non in Tanzania. Com'è?"

"Incredibile. Ho passato un paio di notti sulle montagne seduto davanti al fuoco sotto le stelle, con un'aria fredda e trasparente come cristallo. Al mattino siamo andati nel cratere di Ngorongoro che ha un diametro di circa dieci chilometri; enorme, pieno zeppo dei più incredibili animali – elefanti, ippopotami, leoni –, tutti quelli che ti vengono in mente... allo stato brado, liberi."

"Accidenti. Che fortuna."

"Lo so!" Scosse la testa, incredulo. "Mentre ci spostavamo in Jeep alle cinque del mattino, io, seduto sul sedile posteriore con il binocolo stretto in mano, pensavo: 'E per questo mi pagano anche?'. La vita è bella. Sono un uomo fortunato." Sorrise di nuovo, poi spostò lo sguardo su un cameriere che si stava avvicinando. Gli lanciai un'altra occhiata furtiva e vidi sul braccio levigatissimo i contorni di un tatuaggio che faceva capolino dalla manica della maglietta. Mi chiesi se, come Gretchen, anche lui pensava che era stato un sbaglio; non riuscivo a vedere il disegno. Le sue braccia erano muscolose. Sollevai lo sguardo e mi resi conto che si era accorto del modo in cui lo guardavo.

"Hai un fantastico bicipite... cioè tatuaggio!" mi corressi, inorridita.

Bailey rise, ma prima che potesse rispondere arrivò il cameriere. "Saaalve!" disse con la penna alzata e un marcato accento straniero che non riuscivo a identificare. "Cosa prendiamo oggi?"

Mi sentii avvampare sotto lo sguardo divertito di Bailey. "Per me un caffè e una pala, grazie" scherzai. "Vorrei scavarmi una fossa e questo non è adatto." Sollevai il cucchiaino da tè di Gretchen davanti al cameriere perplesso. Bailey sorrise.

"Okay." Il cameriere era chiaramente confuso. "Intende un cucchiaio di media grandezza?" Parlò tanto in fretta che lo capii a stento.

"No, no. Dicevo che mi serviva un cucchiaio... diverso."

"Questo è sporco?" chiese lui, mortificato. Con fare sospettoso mi prese di mano l'oggetto incriminato e lo sollevò verso la luce. "Signorina! Sono veramente spiacente!"

"Lei voleva dire che le serviva un altro tipo di cucchiaio" spiegò Bailey, e intanto indicava quello in mano al cameriere. "Questo è troppo piccolo."

"Ah!" esclamò il cameriere illuminandosi. "Capisco. Lo porto subito. Caffè anche per lei, signore?" Bailey alzò i pollici e il cameriere scarabocchiò sul suo taccuino. "E da mangiare, signorina?"

"Solo un *muffin*, grazie."

"Cioco o liscio?"

Lo guardai con aria ebete. "Scusi?"

"Cioco o liscio?" ripeté.

Bailey si sporse verso di me. "Al cioccolato" tradusse premuroso.

"Ah!" Sorrisi; finalmente ci ero arrivata. "Mi scusi! Liscio, grazie!"

Il cameriere se ne andò, e noi rimanemmo un attimo in silenzio. "È una vera sfortuna" dissi infine "che la mia battuta non sia stata colta subito: è stata completamente smontata."

Bailey annuì. "Lo so. Mi sentivo a disagio per te. Anche il povero cucchiaio era imbarazzato."

Risi. "Ma dài! Non era poi tanto male."

Mi fissò di nuovo. "Hai un sorriso veramente delizioso" disse. "Ah. Ecco il caffè, di già! Accidenti che rapidità! Grazie!" Spostò la tazza di Gretchen in modo che il cameriere potesse orgogliosamente posare la nostra ordinazione, nel mentre mi chiedevo quali parole avessi frainteso.

Il mio caffè era accompagnato da due cucchiaini da tè in equilibrio sul piattino e da un *muffin* ai mirtilli. Quando Gretchen tornò un secondo dopo, noi stavamo ridendo.

"Cosa c'è di tanto divertente?"

"Oh, niente." Bailey fece un gesto liquidatorio con la mano. "Era una specie di commedia complicata sulle posate. Troppo intellettuale per i tuoi gusti."

"Raccontatemi!" insistette. "Odio essere tagliata fuori."

"In tutta sincerità, Gretch, era veramente una stronzata" dissi con tono di scuse.

"Ti prego, non fargliela ripetere, era penosa!"

"Ma dài!" replicai io fingendomi indignata. "Non era peggio della tua 'Avevo ventisei anni ah, ah, ah'."

"Però hai riso!"

"Solo per gentilezza!"

Gretchen ci guardò entrambi e si strofinò il naso, piuttosto sdegnata. "Sembra sia stato esilarante. Proprio da non perdere."

Bailey ridacchiò. "Oh, non fare l'offesa, solo perché ti senti esclusa. Se proprio vuoi saperlo, riguardava un cucchiaio e..."

"Per la verità non me ne frega niente" interruppe lei con

aria indifferente. "Anzi, puoi anche ficcartelo in culo quel cucchiaio."

Io emisi un gemito e Bailey rise.

"Adesso, basta con le battute sulle posate" concluse lei, tronfia, e sorseggiò il caffè.

Rimanemmo a chiacchierare tutti insieme ancora un'ora, poi Bailey controllò l'orologio. "Bene, signore, devo andare a finire il pezzo sulla Marathon Des Sables, una gara folle attraverso il deserto; sei giorni e duecentoquaranta chilometri. Con quel caldo, incredibile, eh? Un tizio che vi ha partecipato mi ha detto che quasi ci lasciava la pelle, ma... magari l'anno prossimo partecipo anch'io."

Gretchen sbuffò. "Scommetto cinquecento sterline che non ci vai." Lui le tese la mano, ma prima che lei potesse stringerla, la ritrasse rapidamente e le fece il segno della vittoria. "Grazie a tutte e due per la piacevole colazione." Si chinò a baciare Gretchen, poi allungò la mano sulla tasca posteriore per estrarre un grosso rotolo di banconote. Ne posò una sul tavolino. "Questo dovrebbe coprire la mia parte." Gretchen fece per prendere la borsa, ma lui alzò la mano. "Non preoccuparti del resto. Alice, mi faccio dare il tuo numero da Gretchen e ti mando un SMS con quei nominativi, okay?"

"Grazie" dissi convinta. Ci salutò con la mano e lo osservai uscire dal locale.

"Dice un sacco di stronzate" commentò Gretchen con la bocca piena di pane tostato ormai freddo. "Duecentoquaranta chilometri in sei giorni. Non lo farebbe mai. È come Tigro di Winnie the Pooh: si butta sempre in cose che crede gli piacciano e poi scopre che non è così. Scusa, l'ha tirata per le lunghe con i suoi viaggi."

"Affatto, è stato interessante. Una bella chiacchierata, ottimi dolci e caffè. Direi che è stato un sabato perfetto." E lo pensavo.

"Lo è proprio, vero?" concordò con un sorriso, allungando la mano per darmi un pizzico sul braccio. "Non mangi quell'ultimo pezzo di *muffin*? Dài, è microscopico." Si sporse verso di me e invertì i piatti.

"Tuo fratello è molto carino."
Alzò lo sguardo. "Sì? Be', al momento è single." Mi fece l'occhiolino. "Vuoi che ci metta una buona parola?"
Avrei dovuto rispondere: "Be', veramente, sai che ti ho detto che avevo una vaga storia con il mio coinquilino? In realtà è una frottola, perché lui è il mio ragazzo da due anni, viviamo insieme e lui vuole che ci compriamo una casa e ci sposiamo; quindi, no grazie", ma dalla mia bocca non uscì niente. Attesi di sentirla aprire, udire me stessa pronunciare quelle parole, ma con mia sorpresa questo non accadde.
Non dissi assolutamente nulla. Rimasi seduta là a chiedermi se essere evasivi equivaleva a mentire.
Gretchen aspettò. "Stai ancora con quel tizio, Tom? O è proprio finita?"
"È proprio finita."

10

"Cosa diresti se ti confessassi di aver fatto una cosa molto brutta?" chiesi a Vic a bassa voce, incapace di trattenermi un minuto di più.

"Direi: 'Dài, cattivona, raccontami'" rispose lei prendendomi sottobraccio.

Stavamo passeggiando nei lussureggianti giardini di Versailles immersi nel tiepido sole di aprile. Qualche passo davanti a noi, Tom e Luc chiacchieravano con aria seria, e da un quarto d'ora io cercavo di intavolare con Vic il discorso sulla mia terribile bugia. Era già scorretto non aver detto la verità a Gretchen, ma aver mentito sul mio rapporto con Tom era sconvolgente e ne ero rimasta confusa nel momento stesso in cui le parole mi erano uscite di bocca.

"Allora Gretchen..." cominciai, e Vic mi guardò subito di traverso.

"Sarebbe quella Gretchen stupida e insignificante con cui sei sempre in giro quando telefono? Che nome di merda. Ti fa venire in mente la sorella minore di Heidi. Ha le capre anche lei?"

Pensai a Gretchen. "Ehm, no. Niente di più lontano da lei. Sai, ho la sensazione che non ti sia simpatica" la provocai.

"La odio dal profondo del cuore" sbottò "per avermi palesemente rubato la mia migliore amica. È incivile, ecco cos'è."

Sorrisi. "In realtà, ti piacerebbe moltissimo."

Vic rifletté. "Invece no" replicò. "La odio, questo è sicuro."

Mi schermai il viso con una mano mentre mi voltavo a guardarla. "Scusa, non ricordo bene: chi è che si è trasferito abbandonandomi per un medico da strapazzo? Oh, devi essere stata tu."

"Sì, sì" risposeVic allegra, ma poi il sorriso si spense. "Comunque mi manchi proprio, Al. Moltissimo. Il fatto che io sia qui non significa che non ti pensi sempre. Non rimpiazzarmi del tutto."

La guardai di sottecchi. "Non penserai sul serio che lo stia facendo, vero?"

"A volte" confessò. "Be', no, non è esatto; però ultimamente parli solo di Gretchen. L'altro giorno ho sentito Jess, la quale mi ha riferito che non sei andata a una cena con lei e le altre compagne di università perché eri subissata dal lavoro. A quanto pare, però, il tempo per stare con *quella lì* lo trovi."

Aveva ragione. Però questo succedeva perché Gretchen era sempre disponibile a fare due chiacchiere quando avevo un momento tranquillo durante il giorno, in ore in cui chiunque altro era al lavoro. Per noi due era facile vedersi, e ci divertivamo insieme. Non era premeditato.

"Io non voglio che ti senta sola senza di me" precisò Vic. "Però non voglio neppure che tu abbia un'amica a cui vuoi più bene che a me."

"Impossibile." Le sorrisi. "E lo sai." Ne ero convinta: lei e Gretchen mi piacevano per motivi completamente diversi, però mi ripromisi di telefonare a Vic molto più spesso.

"Dimmi un segreto che lei non conosce" ordinò, con tono nuovamente leggero.

"Be', è quello che stavo per raccontarti prima." Mi assicurai che i nostri ragazzi fossero ancora fuori dalla portata d'orecchio. "Ho conosciuto il fratello di Gretchen, per un caffè, e quando se ne è andato le ho detto che lo trovavo simpatico. Mi riferivo al fatto che avevamo parlato di varie cose – lui è un giornalista di viaggi ed è stato dappertutto –, ma Gretchen ha accennato che era single e con fare complice mi ha chiesto se doveva metterci una buona parola."

"Cosa?" Vic mi guardò perplessa. "Lei sa di Tom, no?"

"Ehm." Mi grattai il collo imbarazzata. "Più o meno. Pensa che abbia una vaga storia con il mio coinquilino."

"E perché lo pensa?"

"Perché gliel'ho detto io." Mi resi conto d'un tratto di non poterla guardare negli occhi. Cadde il silenzio. "E mi ha chiesto se stavo ancora con lui o se era finita, e la mia bocca ha detto che era finita."

"Alice!" Era sconcertata. "Perché diavolo hai detto una cosa del genere? È una bugia enorme."

"Lo so" replicai con un filo di voce. "Non so perché l'ho fatto ed è questo che mi preoccupa."

"Non capisco. Quando hai conosciuto Gretchen, non le hai detto che avevi un ragazzo?"

Esitai nel rendermi conto che ciò che stavo per dire non mi avrebbe messo in una buona luce.

"So che è proprio penoso" confessai "ma quando eravamo a Los Angeles erano tutti così cool che mi sono fatta un po' contagiare. Volevo apparire un po' meno prevedibile e sistemata, e un po' più irrequieta... Lo so, lo so: non c'è bisogno che tu mi dica che è patetico." Alzai una mano sulla difensiva, mentre Vic si ritraeva un poco per guardarmi con il naso arricciato. "Uno penserebbe di essere uscito da quelle stronzate adolescenziali, invece eccomi qui a raccontare palle a ventotto anni. Che testa di cazzo."

"Ventinove, adesso" precisò Vic con un sospiro. "Non avrai mire su Gretchen, vero? Perché le hai raccontato che eri single? Stai cercando di dirmi che sei diventata lesbica?"

"Piantala, dico sul serio. Come ti ho accennato, io e Tom avevamo parlato di accendere un mutuo e di sistemarci, e di quella tremenda festa di fidanzamento a cui eravamo invitati. Mi sentivo la personificazione della banalità." Sospirai. "Volevo solo giocare a essere qualcun'altra, una persona interessante, non pensavo che saremmo diventate amiche, e dopo non ho trovato il coraggio di confessare la verità."

"Che scema!" esclamò Vic con una risata. "Mi chiedo se Madonna si faccia tanti scrupoli ogni volta che si reinventa. Ascolta, non è un gran problema. Al, capisco che cosa ti dà lei – spiritosa, vivace, affascinante e frivola –, e questo è fantastico: goditela e basta. Non c'è niente di cui preoccuparsi."

"Ma quando lei ha accennato a un eventuale flirt con suo fratello, ho dichiarato che tra me e Tom era finita. Non puoi dirmi che va tutto bene. Mi sento talmente in colpa che non riesco quasi a raccontartelo. A cosa diavolo stavo giocando? Non è da me, e adesso, come se non fosse abbastanza, continuo a pensare a lui e... mi sento confusa."

"Per 'lui' intendi il ragazzo con cui stai da due anni, Tom, che ha organizzato questo viaggio a sorpresa per il tuo compleanno, perché pensa di dover essere più spontaneo e romantico..."

"Ti ha detto questo?" Sbalordita mi riparai il viso dal sole con la mano e la guardai di sottecchi mentre il mio senso di colpa cresceva a dismisura.

Vic annuì. "Oppure intendi il tizio del caffè di cui è evidente che ti sei presa una bella cotta?"

"Pensi che sia tutto qui?" chiesi speranzosa. "Una cotta?"

Lei fece una smorfia. "Certo! Com'è fisicamente?"

"Alto..."

"Se adesso dici bruno e affascinante, ti mollo un pugno" mi interruppe.

La ignorai. "È biondo, un tipo che sta all'aria aperta; infatti lavora molto fuori. Sai, sembrava che fosse arrivato fino alla porta del caffè cavalcando un'onda per poi saltare giù dal surf all'ultimo momento. Penso comunque che sia un po' irrequieto: scrive per una rivista di viaggi, e aveva un enorme..."

Vic sorrise. "Oh là là!"

"Rotolo di soldi" continuai, lanciandole un'occhiata "nella tasca posteriore dei pantaloni. Ha anche degli occhi verdissimi, un bel culo, e..."

"Oh, ti prego!" tagliò corto lei con una risata. "Hai solo voglia di scopartelo, tutto qui. Non essere ipercritica con te stessa per questo! A tutti piace ogni tanto andare per vetrine. Io mi sono presa una cotta per un tizio che incontro tutti i giorni in metropolitana, e non ho ancora finito di disfare le valigie a casa di Luc. Lui è la mia scopata immaginaria, anche se sono quasi certa che sia gay perché ha un fisico troppo perfetto."

"Davvero?" chiesi io euforica, sollevata, mentre controllavo di nuovo che Tom non potesse sentirci. "Perché non riesco proprio a togliermelo dalla testa. Continuo a pensare a come era simpatico; è creativo, interessante, viaggia moltissimo e" avvampai "mi ha detto che avevo un sorriso delizioso, ma forse aveva solo voglia di flirtare un po', credo. È anche divertente, Vic... c'è stata come una specie di scintilla, sono sicura."

"Accidenti." Vic si bloccò di colpo. "È spiritoso?"

Annuii.

"E hai sentito la scintilla?"

Annuii un'altra volta, arrossendo come una quindicenne.

"Oh, merda" sospirò. "Povero Tom. Come si chiama, tra l'altro, quest'uomo perfetto?"

"Bailey" risposi con aria sognante, e lei si lasciò sfuggire un "Ah!" così forte che i ragazzi si voltarono e io dovetti in pratica spingerla in una fontana per farla stare zitta. "I loro genitori devono proprio odiarli, non ti pare?" disse cercando di reprimere un'altra risata. "Bailey... che razza di nome è?"

"Il suo" risposi seria, e lei, saggiamente, lasciò perdere.

"Quindi, mi stai dicendo che pensi di farci qualcosa?"

"Certo che no!" esclamai. "Probabilmente ha un milione di donne che gli cadono ai piedi tutti i momenti. Ed è il fratello di Gretchen! Ci sono delle regole per situazioni come queste."

"Io non avrei problemi se tu avessi un flirt con mio fratello."

"Vic, tuo fratello è sposato con tre figli." Guardai Tom e immaginai Bailey al posto suo, davanti a me, a parlare con Luc. Quella semplice fantasia mi fece stare malissimo.

"Se fosse libero, volevo dire. Io, comunque, tuo fratello non lo voglio."

Feci una smorfia. "Non ti biasimo. I miei genitori dovranno pagarla una donna che si faccia carico di Phil, oppure dovranno trasferirsi in un paese dove c'è ancora la leva obbligatoria. Tra poco comincia gli esami; Dio solo sa dove andremo a finire se non li passa. Mamma e papà sono terrorizzati dall'idea che lui rimanga a vivere con loro per sempre."

"Perché devi sentirti in qualche modo coinvolta nelle cazzate di Phil? Lascia che se ne occupino i tuoi; non è un problema tuo, Al. Dovresti essere un po' più egoista."

Rimasi in silenzio. Di tanto in tanto Vic si esprimeva così sulla mia famiglia. Adorava i miei, lo sapevo, ma pensava anche – ed era stata molto chiara al riguardo – che si appoggiassero sempre a me per risolvere i loro problemi.

"Comunque, ti rendi conto che Tom non rientra affatto tra i motivi che citi per non buttarti su Bailey?" chiese Vic, dopo una breve pausa. "In teoria – si potrebbe obiettare – lui non dovrebbe essere in cima al tuo elenco?" Trasalii inorridita, rendendomi conto che aveva ragione.

Facemmo qualche passo in silenzio.

"Com'è il sesso?" chiese dopo un attimo.

"Una specie di abbraccio particolare con uno che ami. Chiedi a Luc di mostrartelo."

Sospirò. "Ah, ah. Scherza quanto ti pare; so che stai evitando di rispondermi. Intendevo tra te e Tom."

"Non male" dissi. "Piacevole." Il che era vero... quando lo facevamo. Era un po' come guardare la replica di un episodio di "Friends": rassicurante e prevedibile dall'inizio alla fine.

"Mmh" replicò dubbiosa. "Solo piacevole?"

"Vic, stiamo insieme da un paio d'anni. È normale, anzi va bene."

"Okay. Be', magari la tua è solo una reazione dettata dalla paura perché Tom ti ha proposto un passo più impegnativo e tu non sei ancora pronta."

Scossi la testa. "Non ha più toccato l'argomento da mesi, altrimenti te l'avrei detto. Era tutto eccitato all'idea di cominciare a guardarsi attorno per comprare qualcosa, ma poi Paulo si è trasferito da noi, ed è come se quella conversazione non fosse mai avvenuta."

"Al" Vic misurò le parole "pensi che ci sia la possibilità per te di non essere mai pronta... per Tom?"

"Io... non lo so."

La mia risposta aleggiò leggera attorno a noi, ma io mi sentii all'improvviso incredibilmente pesante e triste, perché nel momento in cui quelle parole mi uscivano di bocca, mi resi conto per la prima volta di nutrire seri dubbi su me e Tom. Non perché lui mi irritava con la sua attenzione maniacale ai dettagli, o perché io lo frustravo con il mio atteggiamento superficiale nelle questioni pratiche, ma perché era un problema reale, vero. Eppure sapevo con certezza di volergli bene. Sì, assolutamente. Pensai alle persone che amavo – mamma, papà, Fran, Phil, Vic – e mi accorsi che era lo stesso sentimento che provavo per Tom.

Guardai di nuovo davanti a me. Lui e Luc si erano fermati ad aspettarci lasciandosi cadere sull'erba. D'un tratto rimpiansi di aver parlato, di aver fatto diventare reale una cosa che avrei dovuto ignorare. Per questo, forse, la mia bocca aveva mentito all'inizio: mi stavo costringendo ad affrontare una questione scomoda.

"Lo so che vuoi bene a Tom" continuò Vic, prudente, come se mi leggesse nel pensiero. "Anch'io gli voglio bene. Voglio bene a entrambi. Però sai, penso anche che lui ami te più di quanto tu ami lui, e in realtà non sono sicura che la cosa possa funzionare seriamente."

La guardai, scioccata.

"Scusa. Non mi sarei mai permessa di dire nulla se ti avessi vista felice, perché, chi sono io per giudicare la vostra storia? Ma ovviamente ora c'è qualcosa che non va. Bailey non c'entra: lui è solo un sintomo, non la causa."

Rimasi zitta. Non sapevo cosa dire; mi sentivo molto confusa.

"E indubbiamente tutto si complica con Tom, così bello, piacevole e in pratica sempre disponibile."

"Ma è così negativo?"

"No, solo che in questo modo è ancora più difficile, perché lui è perfetto al novanta per cento. Sarebbe facile rompere se fosse un gran bastardo."

"Oh, dài, Vic, nessuno è perfetto al cento per cento."

Rifletté. "Sai, hai ragione. Se lui non va bene, non va bene e basta. È del tutto accademico cercare di stabilire di quanto uno manchi il segno: venti per cento, due per cento? Chissenefrega. Resta il fatto che non ha colpito il centro. Tu e Tom siete entrambi deliziosi e meritate di stare con la persona giusta, anche se non lo siete l'uno per l'altra. E non chiedermi come si fa a sapere se lui è quello giusto, perché se hai bisogno di chiederlo, lui non lo è. Più semplice di così."

Il discorso finì lì perché avevamo raggiunto i ragazzi, ma in ogni caso per me era già troppo. Avevo la sensazione che un enorme peso si fosse posato sulle mie spalle. Ciò che era iniziato come una confidenza leggera su una cotta si era all'improvviso trasformato in una cosa completamente diversa: un genio scuro che saltava fuori dalla bottiglia e riempiva di fumo denso l'aria attorno a me.

Cercai di sorridere a Tom. Aveva tolto calze e scarpe, e si godeva il sole sui piedi. "Ho un caldo pazzesco" disse. "Non riesco a credere che sia solo aprile. Evviva il riscaldamento globale. Penso che dovremmo andare a bere qualcosa di fresco per festeggiare." Lanciai un'occhiata ai suoi piedi e notai che aveva un'unghia piuttosto lunga: che volgare.

"Dovresti tagliarla" dissi, indicandola con un cenno della testa.

"Ma poi come farei a suonare la chitarra?" rispose veloce come un fulmine, e io risi. Capite, lui sapeva anche essere spiritoso! E Vic aveva ragione: era gentile, premuroso, affidabile...

Eppure in qualche modo sapevo che non saremmo mai più stati gli stessi. La mia impacciata confessione sulla cotta per Bailey aveva portato a questo.

Le cose erano già cambiate in modo irreversibile e io non sapevo come o se saremmo stati capaci di ritornare come eravamo.

11

«Non è solo egoista» strepita Tom scattando in piedi, mentre la sedia dell'ospedale scivola indietro e va a urtare contro la parete. «È addirittura *pericoloso*. Forse alcune decisioni da prendere ora per Gretchen sono rinviate perché lui non è qui! Come mai...»

Sto per perdere la pazienza. «Ha perso l'aereo, Tom! Ti prego! Per l'amor di Dio!»

«Vedrai» dice lui scuotendo la testa. «Arriverà in ritardo e si scoprirà che quel bugiardo figlio di puttana non era neppure in Spagna, maledizione. È totalmente responsabile di...»

«Oh, Tom!» esplodo con la voce incrinata. «Piantala!»

Siamo interrotti da un'infermiera apparsa sulla porta. «Potete rientrare in camera, ora» ci comunica guardando Tom e poi me, un po' incerta, perché ovviamente ha udito il nostro battibecco. «Se siete pronti.»

Tom mi fulmina con lo sguardo. «Prontissimi.»

Ma io no. Non ho nessuna voglia di tornare là dentro. Non riesco. Non posso farlo. Non posso stare seduta accanto a Gretchen con lui, ad aspettare senza sapere cosa sia successo davvero. E quel che è peggio, Bailey dovrebbe arrivare da un minuto all'altro. Come reagirà Tom quando lui entrerà?

Mi alzo sulle gambe vacillanti, e usciamo insieme dalla saletta per percorrere lentamente il corridoio. La camera si fa sempre più vicina, il cuore comincia a martellare e mi sento pervadere da un malessere misto di nausea e panico.

Poi entriamo, ed eccola lì, di nuovo. Tutto mi appare sfocato, ma riesco a sedermi accanto al letto, e Tom accanto a me. Non diciamo nulla. L'infermiera appunta qualcosa sulla cartella in fondo alla stanza. Tutto ha riacquistato un senso di calma efficienza.

In effetti, Gretchen non sembra diversa da prima che suonasse l'allarme. Le lunghe ciglia sfiorano le guance e le braccia sono stese lungo i fianchi, sopra il lenzuolo. È assolutamente immobile. Una flebo con uno strano liquido trasparente alimenta un ago infilato in una vena sul dorso della mano. Cerco di concentrarmi su una bolla che sale in superficie nella soluzione della sacca appesa alla piantana: svanisce, senza lasciar traccia. Dio aiutami, come vorrei che lei facesse altrettanto.

«Va bene se la tocco?» chiede Tom all'infermiera, quasi in un sussurro, e lei annuisce.

«Benissimo.»

Lui esita. «Non le faccio male?»

«No» risponde lei, gentile.

Lo osservo allungare la mano per accarezzarle la guancia pallida: lo fa con molta delicatezza, con un tocco leggero, come a un neonato addormentato. Poi abbassa la mano per prendere la sua, che però è floscia, inerte. Gretchen resta immobile. Vedere Tom che la tocca è doloroso, ma non sono nella posizione di poter dire alcunché. Distolgo lo sguardo per concentrarmi su un pezzetto di un addobbo luccicante, rimasto da Natale in un angolo del soffitto. Non riesco a immaginare come ci si sente a passare qui il giorno di Natale. Spero che chiunque era sdraiato in questo letto ora stia bene; guarito, a casa con la sua famiglia.

«Non l'ho mai vista così tranquilla.» Tom abbozza una risata, ma non è altro che un debole, tristissimo suono, simile al ghiaccio di una pozzanghera poco profonda che si rompe quando qualcuno ne calpesta la superficie. Sotto non c'è niente, nessun calore. «Non capisco, Al» sussurra. «Aveva davanti a sé un futuro radioso. Aveva tutto. Le cose stavano prendendo una buona piega. Per quale motivo compiere un gesto del genere?»

«Non lo so. E probabilmente neppure lei.»

Non appena la bugia esce dalla mia bocca avverto un senso di nausea. Non posso guardarlo. Mi dico che questo è ciò che Gretchen avrebbe voluto.

«Come sta adesso?» chiede Tom preoccupato all'infermiera.

«In realtà non ci sono cambiamenti. Non appena arriva un familiare...»

«Sì, lo so» taglia lui, con un tono stanco. L'infermiera lo guarda comprensiva, e siede in silenzio in fondo alla camera; la sua fede sottile brilla alla luce.

«A quest'ora potrebbe già aver fatto andata e ritorno» ricomincia Tom con un sussurro a denti stretti.

"Oh, ti prego!" Gli rivolgo, mio malgrado, una feroce occhiata d'avvertimento e lui si zittisce. Sollevata, abbasso gli occhi sulle mie mani.

«Così, quando l'hai trovata» dice lui all'improvviso, come avesse bisogno di focalizzarsi su qualcosa «sembrava aver preso molte pillole? Immagino di sì, per ridursi in questo stato.»

«Ho già detto tutto a loro.» Lancio un'occhiata all'infermiera. «Non preoccuparti.»

«Sì, ma a me nessuno dice niente» ribatte sconsolato. «Era il suo litio? Perché quello è proprio pericoloso.»

«Non so com'è fatto il litio. Erano pillole qualsiasi. Ho dato le boccette a quelli dell'ambulanza. È successo tutto così in fretta, Tom... non c'era tempo per pensare.»

«Boccette? Ce n'era più d'una?»

«Non so, non ricordo» Comincio a sentirmi stordita, il sangue mi scorre veloce nelle vene. «Era priva di sensi... ero spaventata.»

L'infermiera dà un colpetto di tosse. «Forse è meglio parlare di questo fuori» dice, e Tom risponde: «Okay, okay... scusi». Lei abbassa la testa, e riprende a scrivere.

«Grazie a Dio, sei passata a casa sua.» Allunga la mano per afferrare la mia, la stringe forte e la lascia andare. «Sei proprio una vera amica per Gretch. Per lei faresti qualsiasi cosa, vero?»

Sento che la penna dell'infermiera si ferma. Può essere soltanto una coincidenza. Fisso il pavimento senza guardare nessuno dei due.

«Almeno quello stronzo di Bailey è riuscito a farne una giusta» continua lui. «Pensa cosa sarebbe successo se non ti avesse telefonato per chiederti di passare da lei a dare un'occhiata.» Rabbrividisce.

Cade il silenzio.

Poco alla volta Tom si fa pensieroso e assume un'espressione perplessa. «Aspetta un attimo...» dice. «Come hai fatto a entrare in casa sua se era priva di sensi?»

"Oddio."

Con la coda dell'occhio vedo l'infermiera alzare veloce lo sguardo verso di noi, e io mi passo una mano tremante sul viso. «Io...»

Con mio grande sollievo, tuttavia, la porta si apre all'improvviso e non ho il tempo di rispondere. Ci voltiamo tutti, ed ecco Bailey sulla soglia, trafelato, proprio come lo era Tom. Tom fa una smorfia e si volta dall'altra parte. Invece il mio cuore sussulta di gioia. Scatto in piedi. Bailey indossa una felpa con il cappuccio sotto la giacca, jeans larghi e scarpe da ginnastica. Ha una grossa borsa a tracolla, e sul viso abbronzato si legge panico e stanchezza.

«Scusatemi tanto!» Si avvicina in fretta, e mentre mi stringe in un abbraccio scocca un bacio in un punto imprecisato dei capelli. Vedo Tom abbassare lo sguardo sul pavimento e contrarre lievemente la mandibola. «Sono venuto il più in fretta possibile.» Si stacca da me e muove due passi verso il letto dove giace Gretchen. «Oh, merda!» esclama scioccato alla vista della sua sorellina, e si porta le mani alla testa con i gomiti aperti. «Gretch, cosa diavolo hai combinato questa volta?»

12

"A proposito del servizio di domani..." Gretchen camminava senza fretta dietro di me, fumando languidamente una sigaretta per strada. "A che ora è? Non me lo ricordo."

"Alle due" risposi distratta mentre mi fermavo a scorrere la lista dei materiali da comprare. Ero un po' stressata. Dal rientro da Parigi non avevo una vita facile: esteriormente non era cambiato nulla, ma dentro di me mi sforzavo di far chiarezza sulla mia storia con Tom. Era un continuo altalenare tra il pensiero di essere ridicola a farmi sconvolgere così tanto da una sbandata, e la preoccupazione che non bastasse nascondere la testa sotto la sabbia per far scomparire i miei sentimenti. Ero molto confusa, non sapevo cosa fare o pensare, ma non riuscivo neppure a non tormentarmi. Anche quando concentravo tutta la mia attenzione su qualcos'altro, quel pensiero riaffiorava continuamente.

Siccome Vic era in vacanza in Spagna, chiamai Fran e combinammo di vederci per pranzo: speravo che sfoderasse qualche buon consiglio da sorella maggiore. Invece mi fece il bidone all'ultimo momento a causa di un qualche virus che si era beccata in ufficio.

"Be', posso venire a trovarti a casa, allora" chiesi speranzosa. "No, a meno che tu non voglia passare tutta la mattina nel cesso a tenermi indietro i capelli e vedere cosa ho mangiato a colazione" rispose senza risparmiarmi i particolari. "Mi sento di merda, Al. Mi dispiace, ma qualunque cosa sia dovrà aspettare."

Stavo quasi per chiamare la mamma, ma visto che era un membro del "Tom fan club" e in più di un'occasione aveva protestato rattristata per l'ingiustizia di essere l'unica componente del gruppo di yoga overcinquanta a non avere nipoti, non la reputai in grado di darmi consigli obiettivi.

"Al, hai quasi finito?" sbadigliò Gretchen lasciando cadere il mozzicone per terra per poi schiacciarlo con il tacco. "Adoro andare in giro con te, ma questo non è il modo più eccitante di trascorrere una mattinata. Non si porta la cliente ad acquistare le attrezzature di scena che si usano nel servizio su di lei, sai." Mi allungò una gomitata e io non potei fare a meno di sorriderle. Avrei proprio voluto confidarmi con lei, ma non sapevo da che parte cominciare... Bailey era suo fratello.

"Non sei al centro del mondo" la stuzzicai.

"Che peccato. Dài, allora. Cos'è rimasto nella tua piccola lista, Tappo?"

La guardai, confusa.

"Come l'amico del cuore di Winnie the Pooh" spiegò lei. "Hai presente Christopher Robin? Dovresti conoscerlo: 'C'è il cambio della guardia a Buckingham Palace, disse Alice'."

"Me lo dice sempre mio nonno" commentai deliziata.

"Ah. Che bello. Ma adesso diamoci da fare... lista, concentrazione." Lo studio televisivo aveva introdotto un'altra ragazza per alternarsi a lei nel ruolo di presentatrice e così le avevano imposto un giorno di libertà. Sapevo che era annoiata, lo vedevo. Era stufa di seguirmi come un cagnolino tanto per passare il tempo.

"Okay, okay, okay. Adesso ho solo più bisogno della fune" dissi. "Per i lazi. Le ragazze delle PR mi manderanno i costumi delle bambine, compresi i cappelli e le maschere da cavallo. Ancora mezz'ora e andiamo a pranzo, va bene?"

"Uffa!" esclamò Gretchen con un gemito teatrale. "Odio la mia vita. Perché devo farmi fotografare circondata da una massa di bambine vestite da cowgirl e da cavallini?"

"Perché quelli della rivista – letta ogni mese da circa

seicentomila persone –, che hanno avuto l'idea del servizio fotografico, pensavano fosse una trovata 'carina'." Piegai l'elenco e lo infilai nella tasca posteriore dei jeans. "Almeno sono io a fare gli scatti: avrebbe potuto andare molto peggio. Prometto che ti farò apparire bellissima. Questo potrebbe essere veramente positivo per tutte e due, sai. Sei stata tu a insistere per avere me?"

"No, a dire il vero no" rispose lei, sincera. "È stata la mia agente a fare il tuo nome; il servizio l'hai ottenuto per meriti tuoi. Allora, ripetimi cosa faremo esattamente domani."

"Travestiremo da cowgirl dodici bambine di cinque anni, e Gretchen da cowgirl adulta e sexy, perché lei è una cazzo di presentatrice per bambini che fa furore in America" risposi, imitando la stylist con cui avevo parlato al telefono poco prima. "Questa rivista sta per saltare sul vostro carro per Los Angeles."

"Sì, ma io in quel dannato Texas non ci vado, vero?" esclamò Gretchen. "Questa faccenda di 'andare in America' sembrava proprio una bella idea, ma a me non è arrivata nessuna offerta concreta, e ora le riviste per cui lavoro sembra vogliano travestirmi tutte da Grande Mela o da Statua della Libertà."

"In effetti erano le idee numero tre e sei dell'elenco" commentai con una risata. "Ma sono riuscita a farle cancellare entrambe."

"Be', grazie a Dio c'eri tu" disse sbigottita Gretchen prendendomi sottobraccio. "Possiamo sbrigarci a comprare questa fune, così mi ci posso impiccare? Il mio lavoro fa proprio schifo. Oh, guarda che carino il vestito in quella vetrina! Facciamo una pausa di cinque minuti... dài!" Senza attendere la mia risposta mi trascinò sul marciapiede di fronte.

Mezz'ora dopo eravamo riuscite a trovare un posto dove comprare il necessario per il set, e fu una fortuna, perché Gretchen aveva già perso ogni interesse per i negozi che non vendevano abbigliamento. Malgrado si lamentasse di morire di fame, mentre ci incamminavamo verso un caffè – dove giurava facessero la pizza migliore mai mangiata fuori dall'Italia – svoltò improvvisamente a sinistra per fermarsi davanti a un piccolo negozio di scarpe che non avevo neppure visto.

"Adoro questo posto, avevo dimenticato che era qui! Abbiamo cinque minuti?" chiese speranzosa.

"Sì, certo" risposi, anche se tutti quei suoi cinque minuti cominciavano a diventare troppi. Entrammo, mi misi a sedere paziente, piuttosto felice di poter appoggiare da qualche parte il pesante rotolo di corda.

"Allora, sei stata un po' troppo evasiva circa il tuo viaggio a Parigi." Passò in rassegna le scarpe, ne prese una dallo scaffale, scalciò via con noncuranza la sua e infilò il piede nel potenziale nuovo acquisto. "Spiegami ancora come mai mi avevi detto che con quel tizio, Tom, era 'proprio finita', e poi lui ti ha fatto fare un misterioso viaggio romantico in Francia." Sollevò un sopracciglio e mi guardò dritta negli occhi. "Per la cronaca, non te ne puoi andare via così: non è stato divertente qui, senza di te."

Sorrisi, poi esitai, chiedendomi se non fosse il caso di confessarle la verità. Be', magari non proprio tutta. Magari una versione edulcorata.

"Siamo solo andati insieme a trovare la nostra ex coinquilina. Un viaggio per il mio compleanno, piuttosto che un viaggio romantico. È stato molto carino da parte sua."

"Molto carino, veramente, vista la situazione. Dovete essere rimasti in buoni rapporti dopo la rottura."

Distolsi lo sguardo sentendomi in colpa. "Sì, lui per me è molto importante."

"Mmh" disse lei con tono ironico. "Quindi non si è messo in ginocchio davanti a te all'ombra della Tour Eiffel?"

Sbiancai. "Dio, no!"

"Ti piacciono queste?" mi chiese agitando il piede.

Non erano niente di speciale. "Non male" risposi con aria assente. "Ma ne hai un paio simili con la fibbia?"

"Vero" ammise "ma quelle che ho sono marroni. Queste sono nere." Mi rivolse uno sguardo malizioso e io scoppiai a ridere.

"Be', allora c'è una bella differenza."

Sorrise allegra, poi tornò a guardarsi allo specchio. "Sai

cosa penso?" domandò, allusiva. "Penso che tu mi stia nascondendo qualcosa."

Rimasi esterrefatta. Ce l'avevo scritto in faccia? Ma quel suo piccolo tentativo di indagine fu quello che ci voleva: non vedevo l'ora di confessarle tutto, anche se fino a quel momento non me ne ero resa conto.

"Hai indovinato? Come hai fatto? Okay, potrei essermi presa una piccola sbandata per uno."

"Cosa?" Per un attimo parve perplessa, poi sgranò gli occhi. "Davvero? Brutta cattivella! Chi è? Prendo queste, grazie." Sorrise radiosa alla commessa, scalciò via le scarpe con nonchalance e si voltò verso di me, impaziente.

Io inspirai a fondo. "Tuo fratello" confessai; poi mi strinsi nelle spalle, e attesi con un sorriso.

Ma diversamente dalla complicità che mi aveva mostrato quel giorno al caffè, si limitò a fissarmi per un attimo con uno sguardo vacuo. "Ah, bene." Si voltò di scatto e si mise a passare in rassegna con aria indaffarata un'altra fila di scarpe. Prese un paio di sandali viola tacco sette. "Mi dia anche questi, il trentasette, per favore" ordinò alla commessa che si teneva in disparte, piuttosto a disagio.

"Non vuoi provarli prima per vedere se ti vanno?" chiesi. "Ricordi le Louboutin?"

"No, grazie" tagliò corto senza guardarmi. "Anzi" gridò alle spalle della commessa che si era allontanata velocemente. "Le prendo anche nere."

"Sei incazzata con me?" chiesi cauta, sapendo che lo era, senza in realtà capire perché. Mi aveva incoraggiato e offerto di metterci una buona parola. Cos'era cambiato? Il mio cuore accelerò un po' quando mi resi conto di aver del tutto involontariamente provocato il primo dissapore della nostra amicizia. "Ho fatto qualcosa che non va?"

Alzò lo sguardo su di me, gli occhi spalancati, innocenti. "No!"

"È a causa di quello che ho appena detto? Su Bailey?"

Rise, disinvolta. "Non penserai di essere la prima delle mie amiche a cui piace mio fratello! È così da quando avevo quindici anni, forse anche meno." Prese un'altra scarpa, la studiò e la lasciò cadere con noncuranza. Mi sentivo incredibilmente stupida. "Comunque, odio essere l'ambasciatrice di brutte notizie, ma lui ha cominciato a uscire con una tizia."

"Ah." Il mio cuore pieno di aspettative sussultò di delusione per poi precipitare sotto la suola delle mie vecchie scarpe.

"È brasiliana" aggiunse, osservandomi con uno sguardo risoluto. "Di Rio, credo."

"Bene." Abbassai gli occhi sul rotolo di corda appoggiato sulle mie gambe. "Be', sono contenta per lui."

Dopodiché restammo in silenzio fino al ritorno della commessa, che posò sul bancone tre scatole e preparò il conto. La stampa della ricevuta della carta di credito di Gretchen ruppe il silenzio nel piccolo negozio. "Ottimo acquisto" commentò la ragazza guardando imbarazzata Gretchen, e poi me.

Gretchen spalancò con eccessivo vigore la porta, che sbatté contro il muro e quasi mi urtò nel rimbalzo. "Oh! Mi scusi tanto!" disse immediatamente alla commessa facendo una faccina dispiaciuta. "Sono un po' troppo eccitata per le mie scarpe nuove!"

Quando fummo di nuovo in strada, proposi: "Senti, andiamo a pranzo, così parliamo...".

"Non posso, temo" rispose brusca. "Abbiamo impiegato più di quanto pensassi per procurarci tutta la tua roba. Devo tornare allo studio adesso."

"Ma è il tuo giorno libero!" La guardai, aggiustandomi meglio la fune sulla spalla. "Gretch, ho la sensazione che ce l'abbia con me..."

Sbuffò. "No, non è vero. Devo proprio andare."

"Ma io..."

"E che cazzo, Alice!" esplose. "L'unico problema è che tu continui a dire che c'è un problema quando non c'è, accidenti. Sto benissimo, ma adesso farò tardi a una riunione di lavoro. Proprio come hai fatto notare prima a me, neanche tu sei al centro del mondo."

"Gretchen" replicai incredula "di che cavolo stai parlando? Scherzavo quando l'ho detto. Non possiamo solo..."

"Ascolta, ti prego." La sua voce tremò all'improvviso. "Perché non la piantiamo lì? Mi dispiace. Non intendevo essere stronza. Sono solo... solo un po' stressata, okay?"

"Che c'è?" chiesi prontamente, dimenticando le mie faccende. "Puoi dirmelo."

"Niente. Niente di grave, comunque, giuro. Sono solo stanca."

La guardai con aria critica. A dire il vero, malgrado il trucco aveva proprio un'aria esausta. "C'è qualcosa che posso fare per te? È il lavoro?"

"Sul serio" insistette lei. "Non pensarci più... sono solo una stronza; ignorami e basta."

Andò in mezzo alla strada, sventolò la mano e un taxi sterzò subito verso di lei con la freccia lampeggiante.

"Ci vediamo domani, okay?" Si sporse in avanti, mi baciò sulla guancia e saltò sul taxi. Sbatté la portiera con un luccichio negli occhi, e d'un tratto mi resi conto che era vicina alle lacrime.

Osservai le sue labbra muoversi mentre si lasciava cadere contro lo schienale e dava l'indirizzo. Picchiettai sul vetro per farla fermare. Stava succedendo qualcosa di molto brutto: non l'avevo mai vista così. Mimai il gesto di abbassare il finestrino, ma lei finse di non notarlo. Sorrise e mi salutò allegramente con la mano, anche se una lacrima – ero certa – le rigava il viso. Il taxi partì di scatto e io mi feci istintivamente da parte. Si stava obbligando a guardare davanti per evitare il mio sguardo. Poi scomparve dietro l'angolo, lasciandomi sul marciapiede con la fune stretta nella mano.

13

Non rispose alle mie chiamate per tutto il pomeriggio, e quando riprovai da casa, al mio rientro, il suo cellulare era staccato.

"È circa la settima volta che ti vedo controllare il telefono stasera" disse Tom mentre ci preparavamo ad andare a letto. "Qualcosa non va?"

"Gretchen ha la luna storta" confessai. "Sono preoccupata, e non risponde al telefono."

"Vedrai che non è nulla." Sbadigliò. "O così credo, visto che non la conosco." Tirò su il piumone e allungò la mano sul suo libro. "Dio, sono esausto! Non ho mai avuto un'agenda così piena... guadagnerò un bel po' di soldi." Mi toccò la mano e sorrise. "Vedrai. Comunque, so che è una mancanza da parte mia non aver ancora incontrato Gretchen. Quando le cose si calmano un po', lo faccio, promesso."

"Non è un problema, davvero" risposi prontamente. Visto che Gretch credeva che lui fosse solo il mio coinquilino, non avevo certo fretta di farli incontrare.

"Domani vado in palestra dopo l'ufficio e rientrerò tardi. Perché non la inviti a casa nostra per cena, o qualcosa del genere?"

Scossi la testa. "Domani faccio un servizio con lei, e la vedrò allora... Sono sicura che hai ragione: probabilmente non c'è niente di cui preoccuparsi. Suppongo sia andata a letto presto per essere in forma domani."

Tuttavia dovevo avere ancora un'aria preoccupata, perché posò il libro e tese una mano verso di me. "Vuoi un abbraccio?"

Ma prima di andare a letto volevo struccarmi, e quando uscii dal bagno Tom era addormentato, con il libro aperto sul petto. Lo chiusi, sollevata, e mentre spegnevo la luce scivolai accanto a lui.

Dormii male; sognai anelli di fidanzamento infilati nelle dita che mi facevano esplodere le mani, così la mattina successiva andai a preparare lo studio stanca morta, con la sensazione di aver bisogno di almeno altre tre ore di sonno per affrontare la giornata. Non sapevo come trattare Gretchen. Dovevo comportarmi come nulla fosse? Non parlare del giorno precedente? Non volevo che pensasse che non mi interessavano i suoi problemi, ma allo stesso tempo non volevo farla arrabbiare di nuovo, soprattutto non prima di aver finito il servizio.

Ma poi scoprii di avere un problema più urgente: in studio avevano già consegnato tutti i costumi per il servizio fotografico. Quando aprii la custodia, scoprii che non erano quelli giusti. Era pieno di costosissimi abiti esotici d'alta moda, destinati – controllai l'etichetta – alla rivista "Coco". Per un momento fui presa letteralmente dal panico, ma poi inspirai a fondo e controllai l'ora: era abbastanza presto. Avevo molto tempo per risolvere il problema.

E per fortuna, perché quando telefonai all'agenzia che aveva inviato l'appendiabiti, non avrebbero potuto fregarsene di meno. "Le etichette si staccano in continuazione" disse con indifferenza una ragazza al telefono. "Suppongo che siano state scambiate e 'Coco' abbia ricevuto la sua roba. Potremmo mandarla a prendere e consegnarla domani, penso."

Cosa? Un giorno dopo? Un'ora più tardi cercavo di calmarmi sul retro di un taxi assurdamente caro che attraversava la città a tutta birra, perché avevo chiesto al conducente di raggiungere la sede di "Coco" il più in fretta possibile. Io non avevo mai lavorato per loro, ma sapevo che volevano che la loro fosse considerata la rivista che anticipa le tendenze; il loro settore moda era costituito da talent scout e muse ispiratrici che battevano il mondo intero alla ricerca dei designer più originali e di donne che tessevano raffinatissime stoffe a lume di candela in cima a montagne raggiungibili soltanto con un viaggio di cinque giorni a dorso di cammello. E io dovevo spiegare che sull'appendiabiti di vestiti di alta moda che pensavano di avere c'erano in realtà dodici mini costumi da cowgirl e patetiche maschere da cavallo.

Estrassi faticosamente l'appendiabiti dal retro del taxi di fronte all'elegante edificio di vetro dal quale uscivano con passo leggero persone di straordinario fascino. Mi fissavano con freddezza mentre io, paonazza, mi spingevo attraverso le porte in direzione della reception minimalista, raffreddata dall'aria condizionata.

"Potrei parlare con qualcuno del settore moda di 'Coco'?" chiesi ansimando alla receptionist, cool oltre ogni dire, che esibiva una frangia asimmetrica. Quando alzò un gelido sopracciglio su di me, sudata e incombente sul bancone, sembrava un'illusione ottica.

Alla fine, dopo la mia imbarazzata spiegazione, fui accompagnata fino a un grande ascensore con la rassicurazione che qualcuno mi avrebbe ricevuto al quarto piano. Uscii in un corridoio tappezzato di centinaia e centinaia di copertine della rivista, tutte incorniciate e attraversate dalla fulgida scritta COCO. Non c'era anima viva, così spinsi l'appendiabiti fin dietro l'angolo... per finire in un ufficio molto simile a un carnaio: un open space con circa trenta scrivanie. Da una di queste, al centro, provenivano le urla di un uomo al telefono: "Robert, non mi importa. Ho un sacco di plaid bloccati in Marocco e li stanno aspettando in mezzo a quel maledetto deserto". In un altro angolo, alcune donne in fibrillazione, ammassate attorno a un uomo molto appariscente, ripetevano come oche: "Chi è il festeggiato?" mentre lui apriva dei regali. Estrasse da un pacchetto un paio di enormi occhiali da sole e gridò: "Oh, mio Dio... Divini, li adoro! Sono così maledettamente 'Coco'!". Li inforcò e – incredibile – le donne si misero a cantare: "Deve essere... tanto 'Coco'; deve essere... tanto 'Coco'" sull'aria di *So Macho* di Sinitta.

Avrei voluto andarmene. All'istante.

Un'altra donna mi passò vicino urtandomi; aveva una pila di fogli in mano che buttava uno a uno dietro la spalla a mano a mano che li scartava. "No, no..." borbottava "assolutamente no, ha le gambe storte... magari questa qui; di' all'agenzia di farle muovere il culo e spedirla qua." Lanciò la fotografia a una ragazza dall'aria timida che le trotterellava di fianco. La ragazza annuì e corse via come il Coniglio Bianco.

Nessuno mi notò.

Alla fine, dopo un tempo che pareva infinito, una tizia sollevò gli occhi dalla scrivania e chiese con tono annoiato e senza un sorriso: "Desidera?".

Spiegai la situazione e, dopo molte risate, alla sezione moda – che risultò essere costituita dal gruppo di donne canterine e dal tizio gay – scambiammo gli appendiabiti.

"Sa, questo è semplicemente geniale" commentò il gay trafelato, mentre si asciugava le lacrime, abbandonandosi contro lo schienale della poltrona, esausto per tutto quel movimento. "Lei aveva un intero appendiabiti di McQueen sul retro di un taxi e noi avevamo un carico completo di abiti da mini Dolly Parton... e nessuno se ne era accorto! È semplicemente divino! Trotta trotta cavallino!" Alzò sul viso la famigerata maschera da cavallo, e tutti scoppiarono in una risata.

"Parlando sul serio" continuò mentre abbassava la maschera "mi è appena venuta un'idea da urlo." Drizzò la schiena e parve fissare un punto in lontananza. Nell'ufficio si diffuse un improvviso mormorio. Tutti tacquero come in attesa del momento epocale. "E se... facessimo un servizio sul cuoio, una rivisitazione del concetto di cowgirl... l'evoluzione della pelle? Potremmo appendere questi suoi buffi vestitini in miniatura" fece un cenno con la testa verso di me "a tre rami. Insieme alle maschere da cavallo. Dio, sarebbe strizzare l'occhio al kitsch: il Selvaggio West che incontra *Il padrino*, che incontra la guerriglia urbana. In sella, cowgirl, papà è tornato in città!" Esultante, batté con forza la mano sulla scrivania. "Qualcuno trovi subito una fattoria, mi serve per domani. Forza, gente: riusciamo a farlo? 'Coco' può" gridò, e tutti si lanciarono in un'attività frenetica. "Cara, possiamo appropriarci dei suoi deliziosi piccoli costumi ancora per un giorno?" domandò voltandosi verso di me.

D'un tratto ricordai con chiarezza perché volevo dedicarmi alla fotografia di viaggi.

Quando arrivai al mio studio, all'una e quarantadue, dopo aver strappato letteralmente gli abiti dalle sue mani fresche di manicure e dopo essermi sentita dare della troia insensibile che offendeva la sua vista, trovai ad aspettarmi dodici bambine sovreccitate con relative accompagnatrici, la stylist e una parrucchiera-truccatrice. Ero stanca e affamata, e non avevamo neppure cominciato. Avevo voglia di piangere.

Ma proprio mentre stavo prendendo in considerazione l'idea della fuga, entrò Gretchen.

Indossava un abito Lucky rosso vivo – di quelli che si trovano solo tramite liste d'attesa – che con le sue graziose maniche a palloncino sarebbe apparso castigato se non lo avesse abbinato a un paio di vertiginose décolleté di vernice nera, aperte sulla punta. Sembrava Cappuccetto Rosso con in mente un programmino che non prometteva nulla di buono per il lupo. Riempì la stanza di sorrisi e di sonori "Ciaoooo!" e "Scusate tanto il ritardo...". "Salve, ragazze!" gridò alle bambine, che balzarono in piedi e la raggiunsero di corsa per raggrupparsi attorno a lei, esclamando felici: "So chi sei! Ti ho visto in tivù!" e "Gretchen, Gretchen! Vieni a vedere il mio vestito!". Una di loro, in piedi accanto a me, si mise a saltare su e giù tre volte. "È lei, è lei!" urlava, e poi mi vomitò sul piede.

Gretchen lasciò cadere a terra il suo borsone, che si aprì rivelando parecchi sacchetti di carta zeppi di ogni tipo di caramelle.

"Oh, che tenera" esclamò una delle accompagnatrici. "Le ha portate per le bambine?"

"Mmh, sì" rispose Gretchen. "Se volete, fatevi sotto, ragazze!"

Strillando come maialini, compresa quella che mi aveva appena vomitato addosso, le bambine si fiondarono tutte sul borsone per poi mettersi a battibeccare. Gretchen rise e venne verso di me con la sua espressione di sempre.

Non appena mi fu vicina, aggrottò la fronte con aria preoccupata. "Ehi, Al, tutto bene?"

"Sono reduce da una discussione con un odioso coglione di 'Coco'" dissi con una risata, che però mi uscì troppo acuta e stridula.

"Cos'è successo?" Gretchen mi ascoltava con attenzione, mentre avvicinava una sedia per me allo specchio del trucco. "Bisogna che tu ti tolga quella scarpa, Al... è piena di vomito."

"Una cosa stupidissima; non vale neanche la pena parlarne. Loro avevano i nostri vestiti, e noi i loro. Il tizio voleva tenere i costumi delle bambine per ragioni tanto cretine che non meritano di essere menzionate, ma, quando mi sono rifiutata di lasciarglielo, mi ha dato della troia e tutto l'ufficio si è zittito per ascoltare. Mi ha detto che non avrei più lavorato nella moda." Controllai il tono mentre sfilavo la scarpa. "E chissenefrega." Gretchen prese un fazzoletto di carta, raccolse la scarpa e si precipitò a buttarla nel bidone della spazzatura. "Questa è amicizia" disse dandomi una pacca sulla spalla. "Per nessun altro mi farei venire i conati di vomito." Scrutò la mia gamba. "Non mi sembra che ce ne sia sul pantalone. Grazie a Dio esistono i pantaloncini corti, eh? E adesso piantala di pensare a quella stupida checca: probabilmente avrà una vita tristissima, sarà sempre a dieta perché è troppo grasso."

"Be', oggi è il suo compleanno" commentai. "Quindi spero che qualcuno gli abbia portato una torta enorme che non può permettersi di mangiare."

"Ah, questo spiega tutto. È più vecchio di un anno... Ti sei trovata nel posto sbagliato al momento sbagliato. Speriamo che la torta gli vada di traverso. Bastardo."

"Grazie" dissi riconoscente. Lei mi considerava la sua migliore amica? Che bello! Avevo voglia di abbracciarla ma mi sentivo anche a disagio per averle scaricato addosso il mio stress, quando era lei che il giorno prima era andata in crisi. "Comunque, basta parlare di me. Tu stai bene?"

Agitò allegra la mano. "Sì, scusami per ieri... scusami proprio se non ti ho neppure richiamato: ero in preda alla sindrome premestruale. Anzi, oggi puoi usare ogni trucco del mestiere? Sono tanto gonfia che mi sembra di essere la donna cannone, e muoio dalla voglia di zucchero." Abbassò la voce e sussurrò: "Ma quelle orribili mocciose mi stanno facendo fuori tutte le caramelle!".

Risi. "Facciamoci forza e superiamo insieme questa prova, ci stai?"

Gretchen annuì. "Ma solo se dopo che abbiamo finito andiamo a scolarci un paio di bicchieri."

"Affare fatto" accettai. "Ma sono senza scarpe."

"Ci verrà in mente qualcosa. Come sempre."

Alle quattro meno un quarto, la corsa allo zucchero delle bambine non dava segno di rallentare. Erano fuori da ogni controllo e scorrazzavano per lo studio come piccoli diavoli della Tasmania, non aiutate dal fatto che la stylist aveva messo a tutto volume la colonna sonora di "High School Musical" e loro avevano comiciato a ballare e a cantare come matte. Tuttavia, Gretchen si era calata nella parte con determinazione e aveva anche dato spettacolo saltando come una folle, tra i gridolini deliziati delle bambine.

Alle cinque, lei era ancora nel pieno delle forze, mentre le bambine si stavano velocemente spegnendo.

"Sei stata incredibile, oggi" dissi abbracciandola riconoscente. "Ottimo lavoro. Penso che dovremmo andare a berci quel bicchiere... Io ho tutto quello che mi serve."

"Tranne una scarpa." Indicò il mio piede, mentre ballava ancora sulla musica di sottofondo. "La stylist mi ha chiesto come mai ne avevi solo una addosso, e io le ho risposto che era una tua 'velleità' creativa; e l'ha bevuta... che stupida. Perché non prendiamo un taxi e facciamo un salto a casa tua prima di andare al bar, così puoi cambiarti?"

Mi andava benissimo, anche perché Tom sarebbe stato in palestra.

Circa mezz'ora dopo accostavamo davanti al mio portone. Appena entrata in casa, rovistai alla ricerca di un paio di scarpe adatte, con la fretta di chi pensa al tassametro del taxi che gira veloce. Stavo infilando un paio di scarpe da ginnastica, quando Tom apparve in cima alle scale. "Ciao" gridò verso di me.

"Cosa ci fai qui?" chiesi stupita, alzando lo sguardo.

"Be', carino da parte tua!" esclamò con una risata. "Anch'io ti amo. La riunione è finita presto e non volevo tornare in ufficio a prendere tutta la mia roba da ginnastica che è rimasta sotto la scrivania. Andrò a correre domani. E tu?"

"Gretchen e io stiamo schizzando a bere un meritato drink."

"È qui?" chiese subito. "Bene, scendo a salutarla."

"No! Lascia perdere, noi stiamo solo...." cominciai, ma lui era già a metà della scala e praticamente fuori dalla porta. Lo seguii in preda al panico.

Gretchen aveva abbassato il finestrino e Tom tese la mano nell'apertura. "Salve, Gretchen, io sono Tom" si presentò con naturalezza.

Lei osservò il suo abito elegante e professionale. "Oh, ciao! Alice mi parlato molto di te."

Tom rise e disse la cosa più ovvia: "Bene, spero!".

Trattenni il fiato. Lei sapeva che qualcosa c'era stato – magari c'era ancora – tra Tom e me, ma sapeva anche che mi ero presa una sbandata inopportuna per suo fratello. Eppure replicò prontamente: "Certo... così bene da non crederci quasi". Resse il suo sguardo, decisa. "Per oggi hai finito, quindi?"

"Sì, lavoro in centro per una società di consulenza."

"Ah, quale?"

"Holland & Grange" rispose Tom con le mani in tasca. Piena di sensi di colpa, corsi all'altro lato del taxi e aprii bruscamente la portiera. Non vedevo l'ora di allontanarmi.

"Ci vediamo dopo" dissi. "Scusa la fretta: tassametro eccetera." Controllai che Gretchen non stesse guardando e gli soffiai un rapido bacio.

"Divertitevi. Piacere di averti conosciuto, Gretchen."
"Altrettanto."
Partimmo, e lei, incuriosita, voltò la testa per guardarlo rientrare in casa.
"Be'" commentò "non è assolutamente come me l'aspettavo."

14

"Sul serio, Al, non intendevo niente in particolare: era solo una considerazione buttata lì."

"Okay, allora *come* te lo aspettavi?" insistetti. Mi irritava che non volesse rivelarmi l'idea che si era fatta di Tom. Di sicuro non gliel'avevo mai descritto, perché di lui non avevo quasi parlato! Evidentemente immaginava il mio "coinquilino" un tipo di gran lunga meno... convenzionale.

"Oh, lascia perdere. Fammi fare un salto veloce in bagno, poi prendo da bere. Bottiglia di bianco?"

Ci impiegò un'eternità. Posò pesantemente sul nostro tavolo la bottiglia e i bicchieri. "Allora hai un debito con me" disse.

Allungai la mano sul portafoglio. "Hai ragione, scusa. Quanto ti devo?"

"Cosa?" Sembrò confusa, poi capì. "Non per il vino: ho appena chiamato Bailey e gli ho detto della tua cotta."

La fissai allibita. Aveva fatto *cosa*?

"La ragazza di Ipanema è stata solo un flirt" disse lei, allusiva, mentre mi riempiva il bicchiere per poi passarmelo.

Malgrado lo choc e il panico perché a mia insaputa gli eventi avevano preso una piega inaspettata, non riuscii a trattenermi. "E lui cos'ha detto?" sussurrai.

"Era molto lusingato."

Mi sentii mancare. Volevo morire per l'imbarazzo tremendo. Lusingato? Pareva una risposta studiata per un fan: "Mr

Clooney è molto lusingato che lei gli abbia inviato la foto del suo seno e di qualche capo di biancheria intima, ma fino alla fine del 2008 sarà impegnato in un film e non potrà accettare la sua gentile offerta di sposarlo nel corso dell'anno".

Gretchen doveva aver notato la mia espressione, perché continuò: "Non è una cosa brutta, Al. C'è posto nella tua vita, ti dico solo questo".

Quale posto? Nessuno: c'era già Tom a occuparlo. "Ma Gretchen..."

"Zitta, Al, ho tutto sotto controllo" disse compiaciuta.

"Ma..."

"Ah, fantastico!" esclamò mentre notava qualcosa oltre la mia spalla. "Guarda, stanno preparando il karaoke!"

Lanciai un'occhiata a un piccolo palco del locale dove un uomo armeggiava con un microfono. "Canti una canzone con me, vero?" chiese euforica.

Per un attimo mi vidi intonare con voce lamentosa *I Will Survive* illuminata da un faretto solitario: tra il pubblico, Tom tradito e ferito mi fissava furioso; Bailey con un braccio buttato attorno a una ragazza che sembrava una modella mi faceva un sorriso di commiserazione per poi mandarmi un bacio e allontanarsi. Orribile. Ah, perché cazzo Gretchen gli aveva detto che mi piaceva?

"No, grazie" risposi con un filo di voce.

Ma per Gretchen "no" non era una risposta. Un'ora dopo insisteva ancora. "Dài, ti preeeego!"

Nel frattempo il bar si era riempito e faceva un caldo infernale. Ero già un po' accaldata per il vino e cominciavo ad avere la sensazione di essere chiusa in una sauna. Avevo un bisogno disperato di aria. Anzi, volevo andare via.

"Potremmo chiudere qui la serata, Gretch."

"Oh, guarda!" Con un cenno del capo indicò deliziata quattro ragazze sul palco che saltavano da una parte all'altra piene di energia sul ritmo di *Wake Me Up Before You Go Go*. "Si stanno divertendo da pazzi. Dài!"

"Gretch, ti prego! Non ho proprio voglia."

"Sai cosa ti dico?" Trangugiò l'ultimo sorso di vino. "Vado a cantare con loro."

"Non le conosci neppure!"
"Non si faranno problemi. Mi aspetti qui?" Mi porse il bicchiere vuoto.
"Va bene" risposi riluttante. "Poi però andiamo, okay?" Per soffrire della sindrome premestruale, sembrava in perfetta forma. Avrei preferito starmene sdraiata sul divano a piangere sugli spot contro il maltrattamento degli animali, mentre davo fondo a un pacco intero di biscotti e me la prendevo con Tom senza alcuna ragione.
Corse via, e io la osservai salire sul palco con i tacchi alti e il vestito rosso tra i fischi ammirati del pubblico. Qualcuno estrasse subito il cellulare per rubarle una foto. Lei circondò con il braccio una ragazza, che subito apparve un po' sorpresa ma poi si aprì in un sorriso, introducendo nel gruppo la sua nuova amica celebre... e molto probabilmente sbronza.
Gretchen, ovvio, aveva deciso di cantare come solista, e si diresse verso il microfono; la cosa non parve infastidire le ragazze, a parte la leader del gruppo che sembrava un po' irritata. Per fortuna la canzone stava per finire, e mentre cominciavano a scrosciare gli applausi, io controllai nella borsa se avevo abbastanza soldi per un taxi. Ma poi udii Gretchen dire al microfono: "No, no... rimetti di nuovo questa!".
Alzai gli occhi e vidi le ragazze scendere dal palco lanciandole strane occhiate. Gretchen ignorò del tutto il tizio che poco prima aveva preparato il karaoke e che ora si tendeva verso di lei nel tentativo di parlarle. "No!" disse categorica al microfono. "Proprio questa qui, di nuovo... forza. Ancora una volta!" Si sporse in avanti e con un gesto rapido premette un tasto sul monitor. Alle prime note di *Wake Me Up* si sollevarono alcuni fischi e urla di disapprovazione, ma lei li ignorò e iniziò a cantare.
Il tizio allungò indispettito la mano e spense il monitor. La musica finì. "Ehi!" fece Gretchen seccata. "Rimettila... subito." Il microfono le scivolò tra le mani e ne uscì un suono attutito; poi una sorta di stridio, quando cominciarono a gesticolare e lei lo agitò per aria. Il tizio cercò di strappar-

glielo di mano, ma Gretchen si scostò agilmente. "Benissimo" urlò. "Be', io non ho bisogno della musica... canterò comunque e tu non puoi impedirmelo."

Cosa stava facendo? Non riuscii a trattenermi dal sorridere... Che matta. Misi una mano sulla bocca e cercai di non ridere mentre lei si lanciava in una versione senza accompagnamento musicale di *Wake Me Up*. Tra il pubblico si sollevarono grida come "Togliti dai piedi" e "Dacci un taglio, bionda", ma lei non vi badò, e mentre cantava cominciò ad agitare le braccia e a slanciare le gambe verso l'alto. Mi ricordava mio padre leggermente brillo quando ballava *New York, New York* alla fine dei ricevimenti di nozze, solo che lei era un po' più coordinata e aveva gambe molto più belle.

Cominciava ad ansimare. L'organizzatore salì sul palco e le posò una mano sul braccio. Lei si bloccò all'istante. "Non toccarmi" gli urlò con uno sguardo feroce. Allarmato, l'uomo indietreggiò verso il bordo con le mani alzate, e fece un cenno al barista. Questi annuì e alzò il ricevitore del telefono.

Nel frattempo, Gretchen era diventata stranamente immobile e continuava a cantare al centro del palco con il microfono stretto nella mano e gli occhi chiusi. Non capivo cosa volesse fare: forse voleva decidere lei quando era ora di smettere? Non che avesse una brutta voce, anzi, era bellissima, incredibilmente bassa e sensuale, ma capii che qualcosa non funzionava. Stringeva il microfono come se da questo dipendesse la sua vita. Il pubblico aveva smesso di urlare e bisbigliava incuriosito. La guardavano tutti. Vidi una ragazza darsi colpetti su una tempia e alzare gli occhi al cielo con un'amica.

"Uh uuuh uh uh uh, uuuh uh uh uh uuuuuuh..."

Aveva cominciato a fare l'assolo di chitarra e mi resi conto che non intendeva smettere. Non era più divertente. Riacquistai di colpo la lucidità: da una porta in fondo alla sala apparvero due buttafuori dall'aria cupa e determinata. Afferrate le borse mi feci largo tra il pubblico per raggiungere il palco. Il barman stava dicendo qualcosa ai buttafuori con il dito puntato su Gretchen. Loro annuirono e si avviarono verso di lei. Io però li precedetti e allungai la mano sul suo braccio. Stava ancora cantando.

"Gretch? Gretchen. Ora basta."

Mentre tutti gli occhi erano puntati su di noi, uno dei buttafuori salì i gradini sulla sinistra del palco. La afferrai protettiva per tirarla verso di me. Lei lasciò andare il microfono e aprì gli occhi: pareva sbalordita di trovarsi là. "Voglio solo cantare" disse. "Lasciatemi cantare."

"Non metterle le mani addosso!" avvertii, mentre il buttafuori avanzava verso di noi e io la trascinavo giù dal palco. Passai tra la folla tirandomela dietro; lei vacillava su tacchi alti. La spinsi su per le scale, oltre i bagni, e lei cominciò a ridere in modo incontrollato come se stessimo facendo un gioco. La guidai fuori, e appena piombate in strada fummo investite dall'aria fredda della sera. Inciampò, e io le afferrai la mano per mantenerla in equilibrio. "Gretchen, va tutto bene?" chiesi preoccupata.

Alzò lo sguardo verso di me, e alla luce dell'insegna al neon del bar vidi che le sue pupille erano enormi, come pozzanghere. Si limitò a fare un altro risolino. Capii con rammarico perché si era trattenuta in bagno tanto a lungo: era strafatta.

Alla fine riuscii a trovare un taxi; Gretchen aveva ricominciato a cantare sottovoce. Diedi il mio indirizzo, poi mi abbandonai esausta contro lo schienale, senza dire nulla per alcuni minuti. Avevo così tante cose da chiederle che non sapevo da che parte cominciare. Ripensai al giorno precedente, quando era sul punto di piangere: sindrome premestruale, che palla; si trattava di ben altro, qualcosa che mi teneva nascosto. Mi scervellai. Forse c'era di mezzo un uomo? Ma l'ultima persona con cui era uscita era stato quel coglione della band, e la cosa risaliva a secoli prima.

Gretchen guardava fuori dal finestrino con gli occhi che brillavano, come in attesa di un nuovo gioco divertente. "Allora, stiamo andando a casa tua?" disse infine in modo garbato, come se rientrassimo dopo una piacevole serata a teatro.

La guardai, incredula. "Sì." Chiusi gli occhi per un momento. Volevo solo che la giornata finisse. Ne avevo abbastanza.

"Oh, guarda!" esclamò all'improvviso, eccitata. "C'è una chiesa! Fermiamoci ed entriamo!" allungò la mano sulla portiera.

"Ah!" disse delusa perché la maniglia era bloccata. Il tassista lanciò un'occhiata infastidita nello specchietto retrovisore. "Non riesco a uscire. Prova tu, Alice, voglio fare una chiacchierata con Dio. Ho bisogno di dirgli delle cose. Andiamo a trovare Dio immediatamente."

"Gretchen!" Cercai di fermarla. "La macchina è in movimento! Basta... è pericoloso!"

Ma lei continuava ad armeggiare furiosamente con la maniglia e alla fine dovetti afferrarle la mano e tirarla via. Rise, mentre si buttava ansimante contro lo schienale e le sue dita tamburellavano veloci sulla gamba. Poi ricominciò a canticchiare a bocca chiusa.

La guardai incredula, spaventata. Cosa diavolo aveva preso in quel bagno? Non ero tanto ingenua da pensare che chi lavorava nel suo settore fosse immacolato come la neve, però lei stava praticamente delirando. Voleva parlare con Dio?

Comunque, non appena la chiesa uscì dalla nostra visuale si tranquillizzò. Arrivammo a casa mia nel giro di cinque minuti e, con voce forzatamente calma, la convinsi infine a entrare. Sapevo che Tom era già a dormire perché era un giorno feriale: quindi, pericolo scampato. Paulo invece era ancora sveglio, si allenava i bicipiti con enormi manubri davanti alla tivù.

Quando entrammo alzò lo sguardo e, alla vista di Gretchen, posò subito i pesi intrigato. Scostò dal viso gli scuri capelli madidi di sudore e le tese la mano dopo averla asciugata sulla maglietta. "*Hola*" disse, disarmante. Vidi Gretchen osservare le sue spalle larghe – troppo, a mio parere – e lo stomaco assurdamente piatto. "Io sono Paulo."

"Salve, Paulo. Mi fermo qui stanotte" rispose lei con un sorriso seducente e una risatina.

Oh, no, no. Era l'ultima cosa di cui avevamo bisogno. "'Notte, Paulo" tagliai corto e presi Gretchen per mano. La condussi in corridoio e chiusi velocemente la porta di camera nostra in modo da non svegliare Tom. Lei vide solo la sagoma del suo corpo sul letto mentre sbirciava nella stanza buia al di sopra della mia spalla. "È molto carino, Alice" disse lentamente. "Visto che tu non lo vuoi, posso prendermelo io?" Aveva la voce impastata. "Secondo me, è perfetto." Tom? Perfetto? Dio, Gretchen era proprio fuori di testa. "Oppure mi prendo quell'altro come-si-chiama... Mario? Fa lo stesso. È molto carino. È single?"

"Sì, ma adesso è ora di andare a letto, Gretch" dissi calma. "Puoi dormire qui."

Aprii la porta della mia vecchia stanza – ora il mio studio – e sgomberai dalle cianfrusaglie il letto disfatto.

"Bella 'camera da letto'." Mimò con le dita le virgolette e rise sguaiatamente lasciandosi cadere sul materasso. Poi fece uno sbadiglio e spalancò la bocca tanto da mostrare gli ultimi molari. "Adesso voglio dormire."

Forse era solo sbronza, dopotutto. "Allora pensi di riuscire a riposare un po'?" chiesi, e lei annuì.

"E tu? Tu dove dormi?"

"Dormo sul divano" mentii, e nella mente mi feci l'appunto di alzarmi presto l'indomani, prima di lei, in modo da non farmi beccare. "Parliamo domani mattina, allora; vuoi?" dissi, coprendola con un piumone. Non aveva la fodera, ma a lei non pareva importare: le sue palpebre erano già abbassate. Mi chiusi piano la porta alle spalle.

La mattina seguente mi svegliai di soprassalto dopo un sonno troppo lungo. Tom era già andato al lavoro. Mi alzai in fretta con la testa che martellava e infilai con fatica la vestaglia. Di sicuro lei non si era ancora alzata, e dormiva come un ghiro. Controllai l'ora: avevo un servizio nel pomeriggio, per fortuna. Questo mi dava la possibilità di svegliarla e scoprire cosa diavolo fosse successo la sera precedente.

Mi avvicinai in punta di piedi al mio studio e socchiusi la porta.

Il letto era completamente vuoto... Svanita.

15

Era sparita. In soggiorno non trovai alcun biglietto, niente di niente, solo le sue scarpe di vernice... che sporgevano da sotto il divano: un'inquietante reminiscenza della Strega Cattiva del *Mago di Oz*. Gettata accanto alle scarpe c'era la sua borsa: mi misi carponi e controllai scrupolosamente sotto il divano, ma come prevedibile lei non c'era. Dove poteva essere andata senza le scarpe e la borsa?

Tornai in ingresso e mi imbattei in Paulo, vestito con una maglietta attillata, pantaloni della tuta maliziosamente calati sui fianchi ed enormi scarpe da ginnastica. "*Hola*, Alice" mi salutò.

"Hai per caso visto Gretchen..." cominciai, ma lui tamburellò sull'orologio e disse: "Molto tardi per la palestra, scusa". Lanciò un'occhiata veloce verso camera sua, scese di corsa le scale, e poi uscì sbattendo la porta d'ingresso.

Perché era stato così evasivo? Non l'avevo mica accusato di aver portato Gretchen in camera sua con la complicità del buio...

Oh, merda!

No, impossibile. Lei non avrebbe potuto farlo: la sera prima gli aveva rivolto poco più di una frase! Si erano solo presentati.

Ciò nonostante mi avvicinai incuriosita alla stanza di Paulo.

Mi tenni chiusa la vestaglia con una mano e con il fiato

sospeso aprii molto molto adagio la porta cigolante. Sbirciai dentro.

Il letto era disfatto, ma vuoto. Dio ti ringrazio. Sospirai sollevata.

Comunque questo non chiariva dove diavolo fosse finita. Nel nostro appartamento non c'erano abbastanza stanze da potersi perdere.

Guardai dappertutto e, anche se sapevo che era inutile – non stavamo giocando a nascondino e lei non avrebbe sporto tutta allegra la testa da sotto il lavandino per esclamare: "Ho vinto io!" –, guardai ancora.

Si era semplicemente dissolta nell'aria. Sprofondai nel divano e provai a elaborare un pensiero razionale. Non riuscii, così chiamai Tom.

"Be', stamattina quando mi sono alzato lei non c'era di sicuro nella tua vecchia camera" mi spiegò. "Aspetta un attimo, Al... sì, sono da voi tra un secondo" disse a qualcuno. Sentii telefoni squillare nel trambusto dell'ufficio; poi lui tornò a me. "Al, devo andare, qui stamattina c'è un casino da fare. Ti chiamo dopo, bacio." Riagganciò.

Rimasi seduta a valutare se fosse il caso di chiamare la polizia, ma con quale spiegazione? "La mia migliore amica la notte scorsa era sbronza e probabilmente anche fatta, l'ho messa a letto e adesso non c'è più." Mi avrebbero mandata al diavolo.

Raccolsi la sua borsa e vi sbirciai dentro: cellulare, portafoglio, qualche trucco, un cerchietto per capelli; niente che mi desse qualche indizio. Allungai la mano sul cellulare, acceso.

E poi mi venne in mente. Bailey. Potevo telefonare a lui. Sua sorella era scomparsa e io ero preoccupata. Lui doveva esserne informato.

Oh, ma come facevo a chiamarlo? Lui sapeva di piacermi. Rischiavo di fare la figura dell'adolescente molesta. "Grazie infinite, Gretch, accidenti a te" pensai arrabbiata mentre scorrevo la sua rubrica e il nome di lui saltò ai miei occhi. Mi fermai. Non volevo proprio farlo, ma lei era scomparsa... Inspirai a fondo, e prima di cambiare idea premetti CHIAMA.

"Dài Grot, 'fanculo" rispose una voce addormentata. "Sono ancora a letto..."

Oddio... magari non era solo...

"Veramente, sono Alice" mi scusai, cercando di concentrarmi sul motivo per cui lo avevo chiamato. "Ci siamo conosciuti al caffè, ricordi?"

"Ah, sì" rispose subito, e lo immaginai mentre si metteva seduto. "Scusami tanto! Aspetta un attimo... tu mi stai telefonando dal cellulare di mia sorella, vero?"

"Sì." Presi un profondo respiro. "Temo che sia successo qualcosa..."

Lo attesi nervosa al caffè stringendo la borsa di Gretchen, in cui avevo infilato le sue scarpe. Alle dieci e trenta la porta si aprì e lui entrò con aria avvilita e un po' stanca.

Non potei evitarlo: non appena lo vidi, avvertii un tuffo al cuore. Scostai nervosamente dal viso i capelli appena lavati e lisciai una piega sul mio top nero scollato-appena-un-po'-più-del-normale mentre cercavo di non pensare che Gretchen gli aveva riferito della mia infatuazione per lui. Al momento c'erano cose di gran lunga più importanti di cui preoccuparsi. Mi alzai, impacciata, e non ero ancora in piedi che gli porgevo già la borsa.

Abbozzò un sorriso. "Ciao, Alice! Ah, questa è sua, vero? Grazie." Prese la borsa dalle mie mani e la posò sul tavolo in mezzo a noi. Poi scostò la sedia e vi si lasciò cadere pesantemente. "Mi dispiace proprio che tu sia stata coinvolta in tutta questa faccenda."

"Non c'è problema."

"Veramente il problema c'è, eccome." Si appoggiò allo schienale e mi fissò. "È molto frustrante e, be', triste, direi. Da un pezzo non aveva ricadute: riesci quasi a convincerti che sta bene, ma poi..." sospirò "ti viene ricordato che non sta bene affatto. Povera piccola."

Non riuscivo a capire di cosa stesse parlando.

"Deve averlo smesso se è partita in questo modo. È da un pezzo che non fa stupidaggini."

"Smesso cosa?" chiesi.

"Il litio" rispose, sorpreso dalla mia aria confusa.

Dovevo avere un'espressione da ebete, perché mi fissò e poi aggiunse: "Ah, merda: non te l'ha detto, vero?".

"Litio?" ripetei, mentre quella parola mi evocava qualcosa. "Ne ho sentito parlare."

Aveva abbassato lo sguardo e coperto il viso con le mani. "Merda, merda, merda" stava mormorando. Sospirò, sollevò la testa e disse semplicemente: "Gretchen è una maniaco-depressiva. Pensavo lo sapessi. Scusami tanto".

Lo fissai, ammutolita.

"Immaginavo..." la sua voce si spense, imbarazzata. "È che lei parla molto di te, dice che per lei sei molto positiva. Pensavo te l'avesse confidato. Di solito è piuttosto esplicita, anche se in passato le è costato molte amicizie. Forse è per questo che non ti ha detto niente: temeva la tua reazione. Cazzo, sono proprio un coglione!" Era furioso con se stesso. "Dov'è il cameriere? Ho bisogno di uno dei tuoi cucchiai enormi" disse per alleggerire l'atmosfera, ma il suo tentativo fallì miseramente.

La mia mente riavvolse il nastro della notte precedente: lei che cantava, cercava di uscire dal taxi in movimento... Quindi non era ubriaca o sotto l'effetto della droga? Era una maniaco-depressiva? Perché non me l'aveva detto?

Bailey mi stava osservando. "Sembra che ti abbia colto di sorpresa. Non prenderla nel modo sbagliato. Tu sai cos'è un maniaco-depressivo, giusto? Non devi spaventarti, Alice: Gretchen non è pazza."

Rimase in attesa, ma io non dissi nulla. Riuscivo solo a vedere le mani di lei che continuavano ad armeggiare freneticamente con la maniglia del taxi. E se non fosse stata bloccata? E se...

"Posso cercare di spiegarti?" continuò Bailey, garbato. "Tu sai com'è quando si è fatti, giusto?"

"Non esattamente" risposi. "Mi sono fatta qualche *blowup*, o come si chiama, all'università."

"Intendi quando qualcuno ti soffia in bocca il fumo? Il cosiddetto *blowback*?" Sorrise debolmente al mio errore. "Il motivo per cui lo chiedo è..." fece una pausa e inspirò a fondo.

Rimanemmo entrambi in silenzio, mentre lui sembrava raccogliere i pensieri.

"Immagina" disse infine "di aver preso una droga. Ti fa sentire in estasi, felice; come se amassi tutto il mondo. Ti sembra che non ci sia nulla di impossibile per te. Non hai bisogno di dormire, hai tanta di quella energia da non riuscire a stare ferma. Ti vengono in mente idee fantastiche, progetti che prima non avresti mai ritenuto realizzabili... Senti che è possibile qualsiasi cosa. I soldi, gli altri: è tutto irrilevante. Perdi ogni inibizione, niente e nessuno ti ostacola. Anzi, ti senti al massimo del tuo fascino: tutti vogliono parlare con te; ti senti seducente e desideri essere sedotta. Hai solo voglia di ballare e ballare, poi correre, correre. È come sfrecciare a tutta velocità su una decapottabile in aperta campagna, con il vento tra i capelli."

Rimasi con il fiato sospeso; mi sembrava meraviglioso. Avrei voluto fare tutte quelle cose. Con lui.

"Ma poi" continuò "cominci ad andare troppo veloce. È come se il piede si fosse incollato all'acceleratore e tu non riuscissi a staccarlo. Attraversi incroci pericolosi a tutta velocità, le tue idee cominciano a mescolarsi, confondersi. Sei spaventata e la gente intorno a te ti irrita o ti terrorizza.

"Di punto in bianco ti ritrovi sotto le nubi più cupe e minacciose che tu abbia mai visto, ma non hai idea di dove ti trovi o di come ci sei arrivato. Tutta quella frenetica energia comincia a mulinare in un vortice sempre più alto... il cielo sopra la tua testa è scosso dal rombo di un tuono; scoppia un fulmine e tu credi di sentire e vedere cose che non sai più se sono reali. Avverti la paura e la confusione della pazzia premere su di te con tanta forza che ti metti a gridare, ma poi altri allungano la mano e ti immobilizzano. Non sai chi sono, così cerchi di proteggerti: meni colpi, ma loro ti tengono ferma anche se cerchi di lottare per avere il controllo..."

Rimasi impietrita. Il rumore di sottofondo del caffè sembrava cessato. Percepivo solo lui e le sue parole.

"Poi, sotto questa pioggia forte e insistente che non si arresta, ti svegli e non ricordi come ti sei addormentata; ti senti triste e smarrita come mai in vita tua. Cominci a ricordare tutte le cose terribilmente imbarazzanti che hai combinato mentre eri fatta; ti vergogni da morire e non vuoi vedere nessuno. È come se non avessi niente da offrire al mondo e il mondo non avesse niente da offrire a te."

Una cameriera con un sorriso dolce si materializzò accanto a noi. "Volete ordinare?" domandò in tono allegro e cantilenante.

"Ehm, caffè, per favore" farfugliai, presa alla sprovvista dalla sua interruzione.

"Anche per me" aggiunse Bailey. "Macchiato. Grazie."

La ragazza si allontanò rapidamente e noi restammo in silenzio.

"Il cervello di Gretchen fa tutte le cose che ti ho appena descritto. Da solo." Bailey sostenne il mio sguardo e continuò determinato: "Per provocare queste sensazioni lei non ha bisogno di prendere niente, anche se senza dubbio le droghe e l'alcol di cui abusa non aiutano. Praticamente nel suo cervello c'è uno squilibrio chimico, che però non si sa da cosa sia determinato, né perché si manifesti all'improvviso. Potrebbe essere di carattere ereditario, chissà. Comunque, tre anni fa le hanno diagnosticato una psicosi maniaco-depressiva".

"Era già sparita altre volte come adesso?" riuscii infine a domandare.

Annuì.

"Allora sai dov'è?"

Scosse la testa. "Non ci resta che aspettare. Sperare che ci chiami, o che chiami qualcun altro. Più di così non si può fare." Si strinse avvilito nelle spalle.

Lo squadrai: come mi sarei sentita se Phil, confuso e vulnerabile, si fosse perso da qualche parte, dove nessuno di noi poteva raggiungerlo, recuperarlo, proteggerlo? Bailey abbassò lo sguardo sul tavolo.

"Bisogna solo aspettare?"

Annuì.

"Dev'essere molto difficile."

Gli uscì una risata disperata. "Da non crederci: aspetti

con ansia una telefonata, ma nello stesso tempo ne sei terrorizzato, in caso, Dio non voglia..."

Tacemmo. Quel silenzio pareva interminabile. Desideravo allungare la mano, posarla sulla sua, ma temevo che fraintendesse il mio gesto.

"Quindi, quando si fa viva, cosa succede?" domandai infine in tono incoraggiante.

"Cerco di riportarla in un ospedale psichiatrico."

Inspirai a fondo: pareti bianche, corridoi echeggianti, finestre con le sbarre e camicie di forza affollarono la mia mente. Non potei fermare quelle immagini.

"Non è come pensi tu" chiarì subito, intercettando la mia espressione. "È una scelta del tutto volontaria, ed è una clinica privata. Non viene internata contro la sua volontà, ma deve andarci perché a un certo punto del ciclo di cui ti ho parlato non ha più il controllo del suo stato d'animo, e c'è il rischio che tenti il suicidio, magari senza neppure esserne cosciente. Non voglio entrare nei particolari, ma ti basti sapere che questo è già successo."

Ricomparve la cameriera, che, inesperta, posò i caffè in modo maldestro rovesciandone un po' sui piattini. "Oh!" disse. "Ecco a voi!" e scomparve di nuovo.

Il racconto di Bailey mi aveva atterrito. Non riuscivo quasi a crederci. Gretchen? La bella, divertente, impavida Gretch? Era come entrare in un ascensore e scoprire che l'ascensore non c'era: solo un profondo spazio vuoto sotto i piedi.

"È una semplice precauzione, Alice" si affrettò ad aggiungere. "Sembra tremendo, ma lei c'è già stata e ne è uscita.

"È probabile che le accada di nuovo in futuro e, malgrado tutto quello che ti ho detto, la cosa è veramente gestibile. Giuro. Lo squilibrio può essere corretto con i farmaci: finché li prende e ha un supporto psicologico regolare, lei è una persona del tutto normale. Fidati, sono un esperto, ormai: credo di aver letto ogni libro e studiato ogni sito web sull'argomento." Abbozzò un sorriso.

Stentavo ad assimilare le sue parole. "Ieri sera... lei si comportava... in modo decisamente strano. Secondo te, era per questo? Perché aveva smesso di prendere le medicine?"

“Così sembrerebbe, sì” rispose. “Scusami se sono stato privo di tatto e ho vuotato il sacco in questo modo: lei mi ucciderà.” Aveva un’aria distrutta. “Gretchen è così riservata. Accidenti! E io sono un vero coglione!” Si coprì il viso. “Solo che non mi ha mai sfiorato l’idea che potesse non avertene parlato. Tu sembri così equilibrata, proprio il genere di persona su cui lei può contare.”

“In realtà non ci conosciamo da molto. Siamo molto amiche, ma...”

“Pensavo che le ragazze parlassero di tutto” azzardò coraggiosamente lanciandomi un’occhiata, e per un attimo credetti che si stesse riferendo alla mia attrazione per lui. Invece il suo sorriso svanì in fretta. “Ma in fin dei conti, quando è il momento giusto per parlare di cose del genere?”

Infatti, quando? Povera, povera Gretchen.

“Tu non hai intenzione di voltarle le spalle, vero?” mi chiese preoccupato. “Lo so che vuol dire farsi carico di un fardello pesante, e questo lo sembra davvero, ma adesso lei ha bisogno di avere attorno buoni amici, Alice.”

Lo guardai. “Certo che non le volterò le spalle.”

“Grazie.” Apparve enormemente sollevato. “Supererà tutto questo. Promesso. E grazie per avermi chiamato... e incontrato.” Fece una pausa e poi aggiunse: “In realtà avevo intenzione di chiamarti io comunque”.

Il mio cuore cominciò a battere forte, pieno di aspettativa. La sua mano era posata sul tavolo di fronte alla mia. Cosa avrei provato se mi avesse toccato?

“Gretchen mi ha detto...” cominciò.

“Sì, be’” mi affrettai a interromperlo, rossa in viso “non avrebbe dovuto. Vorrei solo precisare che di solito non adotto tattiche da quindicenne, come ‘Tu piaci da matti alla mia amica’.”

“Stavo solo per dire che Gretchen mi ha raccontato che tu e il tuo ragazzo avete rotto.”

“Ah.” Mi chiesi se nelle vicinanze vi fosse un buco in cui poter sprofondare.

Rise. “Non fare quella faccia... okay, okay. Devo essere sincero. Può darsi che mi abbia parlato di te: credo per accertarsi che io non perdessi di nuovo una chance. Stavo per chiamarti il giorno dopo che ci siamo visti, ma Gretchen mi ha spiegato che avevi una relazione seria. Hai ragione: lei non avrebbe dovuto interferire, ma io sono felice che l'abbia fatto."

Io avevo una relazione seria? Aveva capito della mia storia con Tom molto più di quanto pensassi?

"Perché non andiamo a sederci fuori?" propose. "Hai tempo?"

Ero pronta a fermarlo per lui.

Pagò il conto e mi precedette verso l'uscita. Spalancò la porta e con grande sollievo uscimmo al sole. Trovammo una panchina in Leicester Square, tra gruppetti di londinesi seduti sull'erba, intenti a scartare i loro panini per pranzo. Con il viso girato come un fiore verso il sole, si godevano riconoscenti qualche attimo di pace lontano dallo squillo dei telefoni e dalle e-mail in arrivo.

"Allora" iniziò Bailey, tentando di adottare un tono più allegro. "Quale argomento inappropriatamente pesante vuoi che scegliamo quando ti porto fuori? Magari la questione dei diritti civili in Cina?"

"Sembra tu riesca a mantenere sempre la calma" dissi, mentre pensavo: "Quando mi porti fuori?".

"Devo. Qual è l'alternativa?" Abbozzò un sorriso debole, incerto. Credo sia stato quell'attimo di nuda vulnerabilità a farmi superare la paura di essere fraintesa. Istintivamente allungai la mano verso la sua e la strinsi: sapevo che ne aveva bisogno.

Non parlò. Rimanemmo così, seduti in silenzio tenendoci per mano. Non mi muovevo perché temevo che altrimenti mi avrebbe lasciato andare, ma non successe.

Poi qualcosa cambiò: quello che era nato come un innocente gesto di consolazione da parte mia prese a trasformarsi in qualcosa che mi faceva pulsare il sangue all'impazzata. Gli stavo ancora tenendo la mano. Stavamo tenendoci per mano. Guardavo con indifferenza la piazza attorno a me senza quasi riuscire a respirare. La gente seduta ai tavolini fuori dai caffè rideva e fumava rilassata. Se avessi stretto gli occhi escludendo dalla visuale i taxi neri, le cassette per le lettere e i bicchieri da una pinta sui tavolini, avrebbe potuto essere Parigi. Pensai a Parigi e subito mi venne in mente Tom.

Mi voltai verso Bailey. "Devo andare."

"Okay." Mi guardò, e mi resi conto all'improvviso di quanto eravamo vicini. "Grazie per avermi preso la mano." Sorrise. "Era tanto tempo che qualcuno non mi ascoltava così. È stato molto carino da parte tua. E anche tu sei molto carina."

Poi successe.

Si sporse verso di me e mi baciò, proprio là in piazza, come se non ci fosse stato nessun altro. Per un attimo raggelai, poi, molto esitante, risposi al bacio e dimenticai tutto, tranne le mie sensazioni. La mia bocca cominciò a fremere mentre i muscoli tesi delle spalle si rilassavano e percepivo sulla gamba la sua mano leggera. Sentivo l'odore della sua pelle, il suo calore; cominciavo a cadere... Per un secondo soltanto mi abbandonai completamente senza preoccuparmi se qualcuno stava guardando, se tutta Londra si era fermata a guardarci. Se al mondo fossero rimasti solo dieci secondi prima di esplodere, io sarei morta felice lasciandomi trasportare sulle ali di quel bacio. Era come se ogni singolo nervo del mio corpo si fosse messo in funzione e lo implorasse di non smettere.

Ma Tom? Tom? Mi ritrassi all'improvviso e lui mi guardò, completamente disorientato.

"Non dovremmo" dissi sentendomi in colpa.

"Perché?"

Mi bloccai. "Gretchen è sparita e..."

"No, no" mi tranquillizzò lui. "Devi cogliere questi attimi di felicità quando li trovi. Lo so che non è esattamente la situazione ideale, ma sono convinto che Gretchen sarebbe entusiasta dell'esito della sua tresca."

Mi tornò in mente il nostro dialogo nel negozio di scarpe, e non ne fui tanto sicura. Eppure aveva detto a Bailey che Tom e io non stavamo più insieme, e che lui mi piaceva... Mi sentii confusa, ma a quanto pare anche lei lo era stata, poverina. E continuava a esserlo.

"Voglio rivederti" disse Bailey. "Possiamo? Una volta che avrò sistemato Gretchen?"

Annuii istintivamente.

"Promesso?"

"Promesso."

"Allora ti chiamo. Non appena lei si fa viva, così sai che è sana e salva, organizziamo qualcosa per noi."

Noi. Saremmo stati un "noi".

Mi alzai, stordita per quello che era appena successo e per quello che sarebbe successo. "Non vedo l'ora" riuscii a mala pena a sussurrare. Poi mi voltai e mi allontanai.

Percepivo il suo sguardo su di me: che bella sensazione.

16

"Hai fatto cosa?" chiese Vic incredula.

Chiusi gli occhi e mi lasciai cadere sulla moquette della camera da letto. "Ho baciato Bailey."

"Quando?"

Mi feci piccola. "Due giorni fa."

"Due giorni fa?" Sentii un rumore sordo sulla linea, poi una pausa seguita da un'imprecazione sottovoce. "Eccomi, scusa. Ho rovesciato il bicchiere. Ma che cazzo ti è venuto in mente?"

"Tu non c'eri, e mica potevo chiamarti laggiù, dov'eri in vacanza, ti pare? Vic, sono uscita di testa. Non sai che senso di colpa: pazzesco. Lui ha appena chiamato per chiedermi di uscire."

"Adesso? E tu?"

"Niente. Ha lasciato un messaggio perché io non ce l'ho fatta a rispondere. Diceva: 'Gretchen è tornata, tu sei libera domani sera?'. Cosa devo fare?"

"Gretchen è tornata? Dov'è stata? In vacanza anche lei?"

"Non esattamente..." Mi interrompo perché sento Tom gridare: "Ciao, sono a casa. Dove sei?".

"Merda, è arrivato Tom" mi affretto ad avvisarla. "Aspetta un attimo."

"Al! Guai a te se riagganci!"

Tom apparve sulla soglia con un'aria euforica che non vedevo da mesi.

"Ho una notizia sbalorditiva. Come vorresti..." pausa teatrale "come vorresti passare i prossimi... Ah, sei al telefono. Scusa."

"Digli che sto piangendo, che ho appena litigato con Luc" mi istruì Vic.

"Vic ha litigato con Luc."

Tom fece una smorfia. "Ti va una tazza di tè?" Feci segno di no con la testa. "Non metterci troppo, okay? Voglio finire quello che stavo per dirti prima che torni Paulo."

"Se n'è andato" sussurrai a Vic non appena lui si allontanò.

"Bene. Raccontami di nuovo cos'è successo."

Dieci minuti più tardi, nel pieno di un infervorato dibattito, Vic si disse assolutamente convinta che tutto sarebbe finito in lacrime.

"D'accordo, è stato un bacio perfetto. Che resti così, affidato alla memoria. Tu però battitela al più presto. Senti, siccome dai tuoi racconti sembra che lui sia un tipo splendido, perfetto, adorabile, è impossibile che sotto sotto non nasconda qualche grave problema."

"Assolutamente no! È fantastico" insistetti io. "Che ne è della tua famosa frase 'Meriti di essere felice, anche se non sarà con Tom'?"

"Tu lo conosci appena questo tizio!"

"E tu conoscevi appena Luc" controbatto. "Eppure tre mesi dopo ti sei addirittura trasferita in un altro paese per lui."

Pausa.

"Ma lui è il fratello di Gretchen!" esclamò lei cambiando tattica. "Cosa succederà se tu e Mister Perfetto alla fine rompete? Gretchen ne sarà coinvolta, tu vorrai chiederle che cosa combina lui, chi si scopa, e lei non te lo dirà per lealtà nei confronti del fratello... Oppure lui si rivelerà un coglione che ti tocca vedere ogni volta che lei compie gli anni o fa una festa. Finirà per incasinare la vostra amicizia. Non che me ne freghi un beneamato cazzo, tra l'altro."

Sospirai. "Lo so che a te Gretchen non piace."

"Non la conosco" si affrettò a precisare.

"Be', ci sono novità anche su quel versante." Ripetei a Vic quello che Bailey mi aveva raccontato della sorella.

"Oddio, Alice."

La porta della camera si riaprì adagio. "Hai finito?" chiese Tom. "Ho proprio bisogno di parlarti." A questo punto suonò il campanello della porta. Tom alzò gli occhi al cielo. "Ma che ca... Ci penso io." Si allontanò silenziosamente.

"Ti prego, evita di metterti con il fratello di questa ragazza" implorò Vic. "Ti prego."

"Ma qualcosa è già successo, quindi devo assolutamente dirlo a Tom, non credi? Non voglio tradirlo e non voglio essere scorretta con lui."

"È solo un bacio, Alice, non una scopata pirotecnica, e di sicuro non merita la chiusura di un rapporto. Non siete bambini, e lui è uno dei tuoi – anzi dei nostri – migliori amici!"

"Ma ho promesso a Bailey di rivederlo!" Fissai il soffitto. "E tra l'altro ne ho anche voglia. È questo il problema: non si tratta solo di quello che ha significato il bacio in quel momento, ma di dove porterà, e io non posso fare a Tom una cosa del genere. Tu lo conosci... sai che ne soffrirebbe da morire." Rimasi un attimo in silenzio. "Ogni azione ha le sue conseguenze, e io devo assolutamente affrontarle. Me ne sto qui seduta come se dovessi prendere una decisione, mentre in realtà l'ho presa nel momento in cui ho baciato un altro."

"Bene, piantalo allora, però non raccontargli che c'è un altro; servirebbe solo a farlo sentire di merda. Lo perderesti anche come amico. Devi mentire, dirgli che non c'è nessuno, ed evitare di incontrare Bailey in pubblico per almeno un paio di mesi."

"Ma questa è proprio la scappatoia più comoda, no?" osservai mordicchiandomi un'unghia.

"Certo che no, testa di cazzo! Tu hai voglia di confessargli che hai baciato un altro solo per alleggerirti la coscienza, il che non è giusto nei suoi confronti. Devi convivere con quello che hai combinato e rendergli le cose meno dolorose possibile. È questo che si fa quando si vuole bene a qualcuno. La sai una cosa, Al? Non bisognerebbe mai troncare una relazione per mettersi con un altro. La si chiude perché non funziona, perché non si è felici, non solo per passare dal vecchio al nuovo. Non funziona mai. Lo sai di che colore è l'erba del vicino? Semplicemente verde. Tutto qui. Gretchen è a conoscenza della storia?" chiese all'improvviso.

"Non ne ho idea. Bailey, nel messaggio, ha detto solo che è tornata. Quando l'ho visto, mi ha accennato all'intenzione di ricoverarla in ospedale psichiatrico per qualche tempo. Immagino che sia lì, però non le ho ancora parlato."

"Gesù."

"Non dirlo a nessuno, comunque. Non avrei dovuto parlarne neppure con te, per la verità." Feci un respiro profondo. "D'accordo, non racconto a Tom del bacio. Mi limito a fare la cosa più giusta e lo lascio."

"Trovo pazzesco questo tuo atteggiamento: sembra che due anni con lui non significhino nulla. Come puoi tagliare la corda in questo modo, e..."

Mi stavo ponendo la stessa domanda da due giorni ed ero tutt'altro che vicina a una risposta, a parte la necessità di essere sincera. "Ho baciato un altro" ripetevo a occhi chiusi. "Se fossi stata davvero felice, non avrei fatto una cosa del genere. Per nulla al mondo."

"Ma è stato lui a baciare te! E capita. Ci si ubricaca, poi..."

"Vic, io ero assolutamente sobria. Fammi solo gli auguri."

"Auguri" disse con tristezza prima di chiudere la telefonata.

Mi alzai, mi sistemai la gonna e andai in soggiorno. Stavo davvero per farlo?

"Tom" esordii, ma le parole si spensero sulle mie labbra nel vedere, con massimo stupore, Gretchen appollaiata sul bordo del divano e Tom basito al centro della stanza con la bocca socchiusa, una fetta di pesce in una mano e una salvietta nell'altra. Mi fissava come se mi vedesse per la prima volta.

"Ciao, Al!" mi salutò Gretchen tutta allegra, come se ci fossimo lasciate solo il giorno prima e nel frattempo non fosse accaduto nulla di strano. Bailey non aveva forse detto che aveva bisogno di essere ospedalizzata non appena fosse ricomparsa? Sembrava assolutamente normale; peraltro non sapevo bene che aspetto avrebbe dovuto avere una malata di mente. "Stavo per l'appunto dicendo a Tom che a lui e a me non dovrebbe importare se tu e mio fratello uscite insieme, adesso. Bisogna comportarsi da adulti, giusto?"

Sentii lo stomaco attorcigliarsi, annodarsi e poi esplodere. Esterrefatta, mi sentii sul punto di svenire. Tom non aveva mosso un muscolo.

Gretchen passò con lo sguardo da me a lui. "Che c'è?" chiese con aria innocente.

Non ricordo chi le abbia detto di andarsene. Credo sia stato Tom.

Dopo il rumore dei suoi passi frettolosi giù per le scale e quello del portone sbattuto, quando rimanemmo soli ai lati opposti della stanza, uno di fronte all'altra, Tom parlò: "Qualsiasi cosa salti fuori adesso, ti prego di non mentirmi, Alice".

Sentii un piccolo gemito e mi accorsi che proveniva da me.

"Cosa diavolo succede? Di cosa parla quando dice che tu e suo fratello uscite insieme?"

Scossi la testa disperata. "Non ne ho idea! L'ho incontrato per un caffè, tutto qui! Perché, lei cosa ti ha raccontato?"

"L'hai incontrato per un caffè?" Con tutta la sagacia di un futuro genio dell'economia acchiappò al volo l'informazione. "Quando?"

"Due giorni fa."

"Non me l'hai detto!"

"Ma non ti ho quasi visto!" risposi sinceramente. "Te ne avrei parlato stasera, ma poi ha telefonato Vic... noi due non abbiamo neppure avuto modo di salutarci!"

Mi guardò esitante, teso, però determinato a credermi. All'improvviso compresi la teoria di Vic sulla bugia a fin di bene e vidi la possibilità di recuperare la situazione. "Ti assicuro, Tom, che qualsiasi cosa possa averti raccontato, Gretchen si sbaglia. Io ho detto a suo fratello che ero disposta a incontrarlo per parlare di lei, che non sta bene, infatti ho appena scoperto..."

Lui mi ignorò. "Dunque si è trattato solo di un innocente caffè?"

Con la coda dell'occhio vidi un filo di fumo uscire dalla parte superiore del forno. Non so che cosa Tom stesse cucinando, ma di sicuro cominciava a bruciare.

"Il forno, Tom."

"È soltanto una pizza, lascia perdere." Mi fissava. "È stato soltanto un innocente caffè?"

Sentii gli occhi riempirsi di lacrime. Me lo stava chiedendo senza tanti giri di parole. "Sì" risposi, il che era vero in un certo senso, perché quella era stata la mia intenzione.

"Non è successo assolutamente nulla?"

Rimasi lì impalata come un coniglio accecato dai fari. Non sapevo se mentire per proteggere entrambi oppure affrontare la verità e le sue inevitabili conseguenze. Esitai un secondo di troppo.

Mi guardò incredulo. "Qualcosa è successo allora?"

Annuii lentamente, e quando sussurrai: "Sì" la salvietta gli scivolò tra le dita e cadde a terra.

Vidi il suo petto sollevarsi e abbassarsi. "Spiega."

"L'ho baciato."

Sussultò come se l'avessi colpito fisicamente, e un'espressione di dolore e sorpresa gli balenò sul viso. Si appoggiò al traballante tavolino che ci avevano regalato i suoi genitori quando se ne erano comprati uno nuovo, ed evitò di guardarmi. "Tom, avevo intenzione di dirtelo che l'avevo incontrato" esplodo. "Giuro! Chiedi a Vic!"

Non appena quelle parole uscirono dalla mia bocca mi resi conto di aver commesso un errore madornale. Tom sollevò di scatto la testa. "Ne hai già parlato con altri?"

"Solo con Vic" gemetti, mentre lui si prendeva la testa tra le mani.

Dal forno usciva ormai molto fumo. "Tom, la pizza..." azzardai timidamente.

"'Fanculo la pizza!" urlò, facendomi sobbalzare. "Sai cosa mi è successo oggi? Mi hanno finalmente offerto una trasferta di sei mesi a New York. All'inizio hanno lasciato intendere che avevo buone possibilità di ottenerla prima di Natale, e io ero felicissimo perché tu eri appena tornata entusiasta dall'America, e pensavo che sarebbe stato splendido per noi: tu puoi lavorare ovunque, avremmo passato sei mesi in un altro paese, con un appartamento gratuito e senza tasse, e avremmo potuto risparmiare un sacco di soldi per comprare qualcosa di nostro una volta rientrati. Non ti ho detto niente perché non volevo illuderti, ma mi sono fatto un culo così per dimostrare che sono la persona giusta per New York, e oggi, *oggi*, scopro che hanno dato l'okay: vogliono che inizi a maggio. Ho detto loro che prima volevo parlarne alla mia ragazza, ma immaginavo che saresti stata al settimo cielo. In sostanza ho risposto che avrei accettato, a patto che tu fossi d'accordo. Cristo!"

"Oh, Tom..." Per questo non aveva portato avanti l'idea del mutuo o di contattare un'agenzia immobiliare: aveva lavorato come un matto per farmi una sorpresa fantastica. Tesi la mano e gli andai vicino. "Ma tesoro, cioè, sarebbe... tra due settimane? Non potrei proprio piantare tutto in asso e partire" dissi convinta, cercando di barcamenarmi. "Ho dei servizi già fissati. Mi sono impegnata a fondo per..."

Scattò indietro. "Non mi toccare" ordinò con voce rotta. Inorridii nel vedere i suoi occhi riempirsi di lacrime. "Io mi facevo in quattro mentre tu eri occupata a baciare il fratello di Gretchen e poi a raccontarlo a Vic?" mormorò incredulo. Una lacrima di rabbia gli scese lungo la guancia.

Mi spinse di lato per uscire a grandi passi dalla cucina. Lo seguii in camera da letto, dove afferrò un borsone dal fondo dell'armadio e iniziò a buttarci dentro cose a caso, tra cui una sola scarpa da ginnastica, mentre l'altra rimase sotto il letto. Non se ne accorse, e io non glielo feci notare.

"Cosa stai facendo? Non vorrai andartene, spero. Rimani, ti prego; dobbiamo parlare. Tom, è stata la prima e unica volta che è successo. Soltanto un bacio! Te lo giuro!"

Mi ignorò e marciò deciso fuori dalla stanza. Prese chiavi e portafoglio dal tavolino in cucina, e si fermò un solo istante davanti al forno per spegnerlo.

"Apri subito la finestra, altrimenti scatta l'allarme antincendio" disse.

Prese il borsone e mi schivò.

"Tom, ti prego, non lasciarmi!" lo scongiurai. Se ne stava andando sul serio? "Tom, per favore, aspetta!" Sentii i suoi passi sulle scale e, qualche secondo dopo, la porta di casa che sbatteva. Se n'era andato.

Rimasi attonita nella casa muta e fumosa finché l'urlo stridulo e assordante dell'allarme antincendio non mi fece sobbalzare.

17

L'acuto *bip* meccanico echeggia tra le pareti dell'ospedale, e i miei occhi sono dilatati dalla paura quando l'allarme lacera l'aria. Comincio a tremare. No, oddio, non un'altra volta. Il viso di Tom è cereo mentre guarda prima l'infermiera che armeggia con i tubicini sopra la testa di Gretchen e poi la stessa Gretchen, l'unica a rimanere imperturbata.

Bailey appare assolutamente pietrificato. È appena entrato nella stanza, e non ha neppure avuto il tempo di sedersi. «Niente panico!» ci rassicura l'infermiera ad alta voce, mentre si sposta rapida verso l'altro lato della stanza per premere un pulsante. Il suono insistente cessa all'istante. «Non è il cuore, ma solo un tubo che si è staccato» spiega. «L'allarme parte solo per avvertirci, tutto qui.»

Qualche secondo più tardi, mentre ci stiamo riprendendo, entra un medico per fare a Bailey un resoconto dell'accaduto e aggiornarlo sulle attuali condizioni di Gretchen, per cui Tom e io veniamo di nuovo accompagnati nella saletta riservata ai parenti. Tom è estremamente agitato. Non è l'unico.

«È ridicolo! Bailey non è certo in grado di ricordare tutto quello che gli dicono!» Cammina avanti e indietro per la stanza. «È appena arrivato, e non ci vuole un genio per capire che non può afferrare tutto. Uno di noi dovrebbe stare con lui: se non io, almeno tu.» La proposta deve costargli parecchio.

«Pazienza, Tom. Tornerà tra un minuto.»

«Pazienza?» Mi guarda incredulo. «Se fosse il tuo...» Si morde la lingua per evitare di concludere la frase.

L'infermiera fa capolino dalla porta. «Tom? Vuole tornare dentro?»

Senza aspettarmi, Tom quasi la spinge di lato per uscire. Io sto per seguirlo ma l'infermiera mi blocca gentilmente, e con tono determinato e ragionevole, mi dice: «Lasciamoli soli un minuto».

Torno a sedere, consapevole all'istante che c'è qualcosa sotto.

Anche l'infermiera si siede. «Allora, da quand'è che lei e Gretchen siete amiche?» chiede con fare confidenziale mentre gira la fede matrimoniale.

La guardo spaventata, con diffidenza. «Più di un anno, ormai. Perché?»

«Non da molto, dunque.» Inclina la testa di lato, in attesa, e io noto i capelli chiari lucenti.

«Però siamo molto intime» preciso, per riempire il silenzio. «Ha presente quando scatta subito qualcosa con una persona?»

Sorride. «Sicuro! Affinità elettiva eccetera. Io e la mia migliore amica ci conosciamo dai tempi della scuola. Le voglio un bene dell'anima, però a volte mi fa diventar matta. Immagino che a lei capiti lo stesso con Gretchen, giusto?»

Non rispondo subito, e guardo fuori dalla finestra. «A volte sì» ammetto infine. «In certi momenti è davvero difficile... ma in fin dei conti è una maniaco-depressiva.» Mi volto verso l'infermiera. «Anche se sono certa che lo sapete già. Spesso non riesce a controllarsi.»

«Comprendo. Deve essere molto dura per lei, Alice.»

Non immagina quanto. «Più dura per Gretchen, credo.»

«Certo, però è assai penoso vedere una persona cara faticare tanto per andare avanti, soprattutto quando sembra non averne nessuna voglia. L'ha trovata lei, Gretchen, vero? In casa sua?»

«Sì.» Me l'aspettavo. La mia voce è ridotta a un mormorio. «La porta era scostata. Sono entrata, ed eccola lì.»

«Chissà perché ha lasciato la porta aperta.»

«Non c'era con la testa» mi affretto a rispondere.

«Le aveva parlato, quindi?»

Lancio un'occhiata alla porta. «No, cioè, però immagino che fosse completamente fuori per fare una cosa del genere.»

Mi alzo di scatto. Desidero solo andarmene. Lei alza la mano. «È una situazione davvero orribile per chi la vive, Alice, ma anche angosciante per le persone vicine. Io le sto solo offrendo l'opportunità di parlarne. Potremmo metterla in contatto con un gruppo e...»

«È lei quella che ha bisogno di aiuto» mi affretto a precisare. «Si suppone che sia capace di tenere sotto controllo la cosa, non dovrebbe essere così.» D'un tratto mi ritrovo a parlare con più foga del dovuto data l'ora tarda, tanto più dopo quel che è successo. «Può essere curata. Le pillole aiutano a stabilizzare l'umore, a non passare da un eccesso all'altro... mi vengono in mente cose ben peggiori. Diventa un problema soltanto quando non prendi i farmaci, quando sei tanto egoista da smettere perché credi di non averne bisogno, anche se le persone che ti vogliono bene e gli altri, i medici, ti dicono che sono indispensabili.»

L'infermiera appare alquanto sorpresa del mio sfogo, ma non disorientata. «È del tutto normale provare rabbia, Alice.» Mi rendo conto all'improvviso di stringere i pugni al punto che le nocche delle dita sono diventate bianche. «È una reazione normale, e...»

Troppo tardi. Sono precipitata nel dirupo. Lo choc, la paura e la rabbia mi hanno investito in pieno. La rivedo accasciata in soggiorno, poi immobile nel letto d'ospedale... Sento il sangue pulsare nelle tempie e in gola.

«È puro egoismo!» esplodo infine, in lacrime. «Lei sa cosa sta facendo; non è una cosa che non riesce a evitare! Di proposito decide di non seguire le cure, anche se conosce le conseguenze. Sa che Bailey e Tom e... oh, merda!» Frugo alla ricerca di un fazzolettino di carta perché mi cola il naso. Devo avere una faccia spaventosa tra il muco e le calde lacrime di frustrazione e rabbia. Sono talmente furibonda con Gretchen e me stessa che tremo.

Ho la netta sensazione di aver detto troppo, e voglio smetterla, voglio allontanarmi da questa infermiera. Avanzo incerta sulle gambe fino alla porta e quasi mi precipito in corridoio. Sento che lei mi chiama, ma la ignoro.

In camera, trovo soltanto Tom e una nuova infermiera. Non ho idea di dove sia Bailey.

«Tutto bene?» Tom guarda con curiosità il mio viso rigato dal pianto mentre mi lascio cadere sulla sedia accanto a lui.

«Benissimo.»

«Sai per caso qualcosa che io non so?» chiede guardingo. «Bailey è ancora dai medici. Che c'è? Cosa c'è, Al?» Tende la mano per stringermi il braccio.

«Niente, Tom» sospiro senza più forze, esausta. "Chi dice una bugia non è figlio di Maria..." Niente che non va? Mai la mia vita è stata un tale casino.

Siedo china in avanti con la testa tra le mani per tentare di ricompormi. Che cavolo ci faccio qui? Com'è successo tutto quanto? Tom si sporge ad accarezzarmi la schiena per un secondo. Appare imbarazzato. Mi rimetto eretta.

«Meglio?» chiede lui esitante, e io annuisco, anche se per la verità non va affatto meglio.

«Probabilmente hai bisogno di mangiare qualcosa. Credo che...»

Ma io non lo ascolto perché in quel preciso momento, anche se credo di averlo immaginato, vedo l'impercettibile movimento di un dito sul lenzuolo.

"Gretchen ha mosso la mano? Oddio."

Comincio a tremare, però mi sforzo di apparire normale, come se non avessi notato niente. Niente di niente. Sta riprendendo conoscenza? Non può essere. Assolutamente no!

«Sei molto pallida» osserva Tom. «Insomma, secondo me, ti farebbe bene mandare giù anche soltanto una barretta di cioccolato. Vuoi qualche spicciolo?»

Si presenta sulla soglia l'infermiera che mi ha appena interrogato. «Alice, posso solo...»

A quel punto vediamo tutti, senza possibilità di errore, che Gretchen muove lievemente la testa. Parte di nuovo l'allarme mentre io spingo indietro la sedia e balzo in piedi come colpita da una scarica elettrica. La sedia sbatte violentemente contro il muro con un rumore di plastica che si rompe. Non le sopporto queste cazzo di sirene che partono ogni secondo: mi stanno facendo impazzire.

«Merda!» esclama Tom sconvolto, dopodiché un enorme sorriso gli illumina il volto. «Hai visto?» Si volta verso di me, poi, tutto eccitato, di nuovo verso Gretchen. «Si è mossa!»

Mi copro la bocca con la mano ed esco di corsa dalla camera. Sento che l'infermiera mi chiama di nuovo.

Mi precipito lungo il corridoio in direzione dei bagni ed entro scossa da conati di vomito. Batto i denti. Mi pare di gemere: "Cazzo, cazzo, cazzo...", ma non ne sono sicura. Dalla porta esterna l'infermiera mi cerca: «Alice?», questa volta con tono meno concitato. Poi spinge la porta – non l'ho chiusa a chiave – che, dato lo spazio esiguo, mi urta contro il braccio. Vedo il suo viso nella fessura.

«Alice, tutto a posto?»

«Sta riprendendo i sensi? Sì, vero?» sbotto disperata. Poi lo dico; le parole mi sfuggono dalla bocca prima che io riesca a fermarle. «Non può svegliarsi... non può!»

L'infermiera non appare sbigottita. Si limita a dire, molto lentamente: «Lei è molto stressata, in una situazione di grande tensione, ma...».

La sento appena. Rivedo Gretchen che ingoia le pillole. Oddio, oddio. Questo non fa di me una cattiva persona, no. Me l'ha chiesto lei di aiutarla...

«Aiutarla?» ripete l'infermiera, e allora mi rendo conto di averlo pensato ad alta voce.

Segue un silenzio che sembra durare un'eternità.

«Alice» dice lei infine, «lei non ha *aiutato* Gretchen a farlo, vero?»

Mi accorgo che, sotto la calma apparente, la sua mente passa in rassegna tutte le frasi dei libri di testo: "... suicidio assistito... aiutare a morire una persona in grave stato di depressione, per quanto le intenzioni siano buone... reato... comporta una condanna superiore ai dieci anni di reclusione... il suicidio non è un reato... lo è aiutare qualcuno a suicidarsi".

«Per questo non vuole che Gretchen si risvegli, Alice?»

Produco un verso strozzato e poi esplodo: «Non l'ho mai voluto».

«Certo che no» mi consola lei. «Quello che prova è assolutamente normale, Alice.»

No che non lo è! Non c'è niente di normale in tutto questo, proprio niente; è un casino pazzesco! Come fa a dire che quello che provo è normale?

«Ha ragione» prosegue, come se stesse avvicinandosi di soppiatto a un gatto pericoloso per convincerlo con l'inganno a entrare in una cesta. «Questo non fa di lei una cattiva persona. È molto difficile vedere soffrire e lottare qualcuno che ci è caro.»

Scivola pian piano verso di me e all'improvviso mi crolla addosso tutta la stanchezza del mondo. Adesso basta. Non reggo più. Sto così male.

«Credevo... lei aveva questo piano, e io le ho detto che era una stupidaggine, un errore.» Mi sforzo di tirare fuori le parole, deglutisco, tremo. «E lei ha insistito che l'avrebbe fatto comunque, e io dovevo aiutarla... le ha inghiottite... e io non l'ho fatto. Lei aspettava, ma io non l'ho fatto. Sono rimasta lì e...» Ansimo. «Oddio, oddio. Lei continuerà a riprovarci. Continuerà a farsi del male e a fare del male a chi le vuole bene. È sbagliato non volere che succeda?»

Guardo l'infermiera, sempre più terrorizzata.

«Gretchen le ha chiesto di aiutarla a morire? Per questo non vuole che si svegli, perché teme che si sappia la verità?»

Scuoto la testa con veemenza. «No! Lei...»

A questo punto sento aprire la porta. L'infermiera si volta. «Sono Tom. È qui Al?» chiede una voce maschile.

«Sì!» esclamo disperata. L'infermiera si scosta e Tom apre la porta. «Tutto a posto! L'allarme è scattato perché lei ha mosso la testa, ma questo è un buon segno, tesoro, davvero ottimo. Non avere paura! Andrà tutto bene.» Mi guarda con il viso contratto dall'ansia.

Tiro su con il naso e butto indietro la testa sforzandomi con tutta me stessa di riprendere il controllo. «Scusa!» Sento di nuovo salire le lacrime.

«Non essere ridicola. Sei scossa, è notte fonda... dài, su. Torna nella camera con me.»

Non ce la faccio! Si sta svegliando! Però non posso neppure restare qui, tanto meno con questa infermiera.

Tom mi tende la mano e io mi insinuo nello spazio libero senza guardarla ed esco dal bagno. Mi chiedo cosa ha in mente questa donna, e a chi ha intenzione di dirlo. Comunque io in realtà non ho ammesso niente, vero? Ci sono andata vicino, d'accordo, ma non l'ho fatto.

Grazie a Dio c'è Tom.

18

Il corridoio fino in camera mi sembra infinito. Metto un piede davanti all'altro guardando dove mi porta. So bene che lei non sarà certo in grado di mettersi seduta a chiacchierare, che sarà intontita e confusa, ma non impiegherà molto a rendersi conto di dov'è. Devo andare, devo...

Svoltato l'angolo, vediamo Bailey. Ascolta con attenzione un medico dai tratti spigolosi, annuisce e ripete: «Capisco». Il dottore appare brusco e distaccato, e il suo viso è troppo duro, ma la nuova infermiera in fondo alla stanza sembra intimidita e distratta, quindi è probabile che lui sia il figo dell'ospedale. Il medico lancia una veloce occhiata a Gretchen, che grazie al cielo è di nuovo immobile. Ho l'immediata sensazione che lui consideri irritante la comparsa di alcuni sintomi. Per lui Gretchen è solo un corpo tra tanti, un agglomerato di cellule, e noi dei rompiscatole.

«Dunque, è tutto qui, direi.» Scorre rapidamente gli appunti sul foglio che ha in mano prima di mormorare con voce flautata: «Grazie, infermiera» e passarglielo come fosse un bicchiere vuoto di Martini.

Si prepara a uscire in fretta dalla camera quando Tom lo interpella con voce chiara e ferma. «Dunque Gretchen sta mostrando qualche segno di miglioramento dopo la paura che ci ha fatto prendere?»

Il medico lo guarda come se al circolo del golf l'avesse avvicinato qualcuno dall'aria vagamente familiare di cui peraltro gli sfugge il nome e lo status sociale, ma che di sicuro non merita alcuna attenzione. Guarda con aria interrogativa Bailey, che si affretta a rassicurarlo. «Non c'è problema. Preferisco che siano informati di tutto.»

Noto un lampo di irritazione sul viso del dottore, costretto a ripetere tutto un'altra volta. Ma poi, altrettanto in fretta, assume un'espressione etichettabile come PARTECIPE RASSICURAZIONE, che ha pescato nel cassetto con la scritta FACCE DI DOTTORI PER AMICI E PARENTI NON IMPORTANTI.

«Salve.» Fa un cenno di saluto. «Sono il dottor Benedict. Gretchen ha ingerito una dose massiccia di farmaci e alcol» dice in fretta. «Hanno indotto il primo stadio di coma e, come avete già visto, questo purtroppo implica un rischio significativo di arresto cardiaco. C'è anche un certo numero di effetti collaterali negativi, tra cui il pericolo di depressione respiratoria, e insufficienza renale. Peraltro è un segnale positivo che si sia mossa e...»

Si interrompe perché è scattato un altro allarme, ma è la terza volta che succede, quindi ci siamo ormai abituati.

«Ecco, che tempismo!» commenta lui alquanto seccato, e guarda alle sue spalle mentre l'infermiera si precipita da Gretchen. «I parametri sono crollati» dice. «Dovrò aspirarla.»

«È un bene o un male?» Bailey fissa il dottor Benedict alla ricerca spasmodica di una rassicurazione, ma lui guarda il monitor mentre l'infermiera è concentrata su un apparecchio con un tubo e una specie di pompa.

«Okay, signori. Devo chiedervi di uscire un momento, così possiamo liberarle le vie aeree» ordina il dottore con fermezza. Tom e io conosciamo abbastanza la procedura per muoverci all'istante, mentre Bailey si fa prendere dal panico. «Perché? Non riesce a respirare? Credevo si stesse svegliando!»

Compare un'altra infermiera. «Per favore, potete aspettare fuori?» ripete il dottor Benedict, dopodiché si rivolge all'infermiera con tono irritato. «Spenga quell'allarme!»

Bailey lo ignora e guarda Gretchen. «Dài, sorellina! Respira!» geme disperato.

«Bailey, forza!» Tom lo afferra per il braccio. «Lasciamoli in pace, così possono aiutarla!»

«Piantala!» Bailey lo spinge via bruscamente. «Non farmi questo, Gretch!» esclama con tono minaccioso, fissandola con gli occhi pieni di lacrime. «Guai a te se mi fai una cosa del genere!» Solleva il pugno chiuso e se lo morde con rabbia. «Lo so che mi senti!»

Tornati nella nauseante sala verdolina, aspettiamo in silenzio. Tom e Bailey non si rivolgono la parola, come ovvio, e io non ho niente da dire. Intorpidita, con i piedi piantati per terra e le mani in grembo, mi limito a fissare davanti a me.

Non so per quanto rimaniamo seduti così. Perdo la nozione del tempo. Siamo tutti allineati lungo una parete e io mi sento scomodamente incuneata tra loro due, come legata in un traballante vagoncino da ottovolante. Sono sopravvissuta a una serie di discese vertiginose e giri della morte ma sento che questa corsa in avanti, lungo i binari piatti e rettilinei, sta per finire. Stiamo riacquistando velocità.

Come previsto, riappare infine il dottor Benedict, accompagnato dall'infermiera che mi ha seguito in bagno. Il medico spiega con tono pacato che le condizioni di Gretchen sono purtroppo "significativamente peggiorate". Mi rendo conto che l'infermiera non mi stacca gli occhi di dosso.

Nessuno dice nulla, ma uno dei ragazzi, non so quale, deglutisce spaventato.

Il dottore aspetta un secondo, poi prosegue. «Purtroppo spesso sorgono complicanze secondarie, e Gretchen manifesta difficoltà respiratorie. Abbiamo rimosso un tappo di muco. Aveva il raffreddore, l'influenza, forse un'infezione polmonare prima di...» Si interrompe un secondo: chiaro che sta cercando il modo per evitare di dire: "Tentare il suicidio", e poi opta intelligentemente per "Essere ricoverata".

Tom annuisce. «Era raffreddata.»

«È anche una fumatrice, vero? Quando un paziente è in coma e ventilato è impossibile liberare le formazioni di muco derivate da un'infezione, cosa che di norma si fa ripulendo la gola. Anche i risultati dell'emogasanalisi non erano buoni, e abbiamo dovuto portare l'ossigeno al sessanta per cento.»

«Ma si stava svegliando!» esclama Tom precipitosamente. «L'abbiamo vista muoversi!»

Gli occhi di Benedict si posano su di lui. «Come ho detto, è insorta una complicanza secondaria. Si stava riprendendo dagli effetti dell'overdose e dalla crisi cardiaca di poco fa, ma ora dobbiamo sedarla perché non vogliamo che appena riprende conoscenza rifiuti l'intubazione, cioè il tubo nella bocca che le consente di respirare» aggiunge, poiché Bailey lo guarda con aria interrogativa. «In questo momento abbiamo nuove priorità.»

Bailey impallidisce. «Rischia di morire? Queste complicanze potrebbero ucciderla?»

Benedict lo guarda negli occhi con espressione decisa. «Sì, è molto grave.» Segue un silenzio doloroso. «Domattina avremo un quadro più preciso della situazione.» Mentre lo dice, abbassa lo sguardo.

Non riesco a impedirmi di chiedere per quanto dovrà restare sedata.

«Fintanto che richiede un significativo apporto di ossigeno» risponde Benedict. «Poi, se tutto procede bene, potremmo abbassare la dose erogata e gradualmente ridurre i sedativi fino a eliminarli del tutto. A quel punto potremo togliere la ventilazione. Comunque rifaremo il punto domani.» Abbozza un sorriso che ho l'impressione voglia essere preoccupato e al tempo stesso rassicurante. Mi chiedo se non si esercitino a casa, davanti allo specchio. Io non ci casco.

Tom e Bailey balzano in piedi, e io d'istinto faccio altrettanto. «Grazie» dice Bailey con tono incolore, e uno alla volta usciamo.

Sono a metà del corridoio quando mi accorgo di aver dimenticato la borsa sotto la sedia, quindi torno indietro da sola. Ho il passo leggero e stanco. I proprietari delle due voci che mi arrivano chiaramente non mi hanno sentito avvicinare. Mi fermo. Sono il dottor Benedict e l'infermiera.

«Ho parlato con la sua migliore amica...»

L'infermiera ha abbandonato il precedente tono consolatorio. Mi sento gelare.

«Ho l'impressione che possa avere avuto un ruolo nel tentato suicidio. Ha accennato a un "piano" che avevano, ma poi è entrato il suo ragazzo, solo che non è il suo ragazzo, e...»

«Infermiera» la interrompe Benedict con tono annoiato «muoio di fame e a casa mi aspettano per cena. Che cosa vuole dirmi, di preciso?»

«L'amica, che si chiama Alice, ha detto che non voleva che Gretchen soffrisse ancora.» Non sembra affatto intimorita dal tono brusco del medico: anzi, appare determinata, convinta. «Ha detto che non voleva che si svegliasse. E non credo che Gretchen fosse davvero priva di conoscenza quando Alice l'ha trovata... Sostiene che la porta di casa era aperta, ma a me sembrava una bugia... E poi si è agitata quando io ho alluso a un suo coinvolgimento.»

Sento Benedict sbuffare. «Non mi sorprende. I parenti tendono a risentirsi un pochino quando sono oggetto di accuse infondate di natura molto seria.»

«Dottor Benedict, io non l'ho accusata di un bel niente. Credo fosse sul punto di confessare che l'aveva aiutata a farlo. Il che corrisponde a una morte assistita... un omicidio!»

Benedict si lascia andare a una risatina di superiorità. «Non crede di guardare troppi telefilm?»

«Ma io ho il dovere di dirlo se credo si stia verificando qualcosa di illecito, oppure se temo che qualcosa o qualcuno possa danneggiare un paziente» insiste l'infermiera. «Quindi lo sto dicendo a lei!»

Benedict sospira. «Okay, mi racconti dall'inizio la vostra conversazione.»

Oh, no. No, no, no!

«Ha esordito dicendo che avevano un piano! E se fosse consistito nell'aiutare Gretchen a morire? Ha detto che Gretchen le aveva chiesto aiuto.»

Non è vero! Oppure sì?

«Aiuto a farlo o a non farlo?» A giudicare dal tono, immagino che il dottore abbia scrollato le spalle mentre guarda l'infermiera come se fosse una deficiente. «Che cosa ha detto esattamente la ragazza? Ha detto: "L'ho aiutata a suicidarsi"?»

«No, ma...»

«Insomma, cosa ha detto?»

«Niente di preciso, però...»

«Niente di preciso» ripete lui, scettico.

Sospiro di sollievo... non le crede.

«Le ho chiesto se l'aveva aiutata e lei ha detto no, poi stava per...»

«Quindi l'ha negato?»

«Ma non pensa...»

«No» ribatte lui seccato. «Cerco di evitarlo, se non è strettamente necessario.»

Faccio per andarmene, sollevata, ma poi la sento dire con tono fermo e insistente: «Dottor Benedict, so che c'è sotto qualcosa». Segue un momento di silenzio, e immagino che lui si sia fermato per voltarsi a guardarla.

Lui sospira. «Okay, okay. Tenga d'occhio la situazione se questo la fa sentire meglio. Controlli la ragazza.»

«Lo farei volentieri, ma sto per finire il turno, e proprio per questo ho voluto parlargliene.»

«D'accordo, la controllo io, e prima di uscire passerò l'incarico a qualcun altro. Non si preoccupi.»

A questo punto scappo via: tornerò dopo a recuperare la borsa. Ripercorro in fretta il corridoio. Grazie a Dio quell'impicciona di un'infermiera se ne va. Ma il dottore mi starà con il fiato sul collo? E poi al momento di uscire ne parlerà a qualcun altro? Dava l'impressione di averlo detto tanto per farla tacere, però...

Tom e Bailey fissano Gretchen, che adesso appare molto calma e tranquilla, non certo tra la vita e la morte. Mi siedo anch'io.

Il solo suono è il *bip* delle macchine e i passi fuori dalla stanza. Cerco di focalizzarmi su questo per non pensare alle infermiere. I rumori della vita che continua all'esterno di queste sottili pareti anonime mi fa sussultare. Conto fino a sette *bip*, poi Bailey esplode all'improvviso: «Lo sapevo che avrei perso l'aereo. Ieri sera abbiamo fatto una festa per la fine delle riprese, stamattina mi sono svegliato tardi e ho capito che non ce l'avrei fatta, così mi sono fatto mettere in lista d'attesa per il volo successivo».

Tom lo guarda incredulo. «E questo è successo perché sei andato a una festa?»

«Se potessi tornare indietro, prenderei quell'aereo e risparmierei questa storia a tutti noi, te l'assicuro.» Lancia a Tom un'occhiata di traverso. «Non puoi biasimarmi più di quanto non lo faccia già da solo, per quel che vale.»

Sento che sto per mettermi a piangere vedendolo seduto lì a sentirsi responsabile quando so che non è affatto colpa sua. "Oh, che cosa abbiamo combinato, Gretchen?"

«Sei andato a una cazzo di festa!» ripete Tom, che non crede alle sue orecchie.

«Sì, ma...»

Io arrivo al limite della sopportazione. Scatto in piedi, e grido: «Piantatela, per favore!».

Sbatto indietro la sedia e scappo via dalla camera.

19

"Mi dispiace moltissimo" sussurrò Gretchen così flebilmente che non riuscii quasi a sentirla. Era sdraiata sul divano letto a casa di Bayley, e io sedevo davanti a lei. "Non mi sono resa conto. Non volevo creare tutto questo casino..."

Non la vedevo dalla sua apparizione a casa nostra quando aveva provocato un terremoto. Dopo due settimane di clinica psichiatrica mi sembrò un po' più magra, fragile e avvilita, una sorta di versione smorzata di se stessa, ma era anche la prima volta che la vedevo senza un filo di trucco, con una semplice T-shirt e pantaloni che sembravano quelli di un pigiama. Sembrava esausta, a pezzi.

"Lo so che non volevi" replicai, mentre cercavo di mettermi comoda e apparire più rilassata di quanto non fossi.

"È che tu mi avevi detto che voi due non avevate una storia seria, e io non credevo..." si interruppe; sembrava distrutta. "Ma non avrei dovuto dire niente. Mi dispiace moltissimo."

Ricordai immediatamente le parole di Bailey: "Gretchen mi ha spiegato che avevi una relazione seria".

Comunque, se c'era stato quel fraintendimento dovevo incolpare solo me stessa. Quando non si è sinceri con gli altri si finisce per causare sofferenza inutile, esattamente come in questo caso. Se invece di comportarmi da bambina fossi stata fin dall'inizio sincera su Tom e me con Gretchen, e magari con me stessa, non sarebbe finita in modo così amaro. Quando era passata da casa nostra e accidentalmente aveva detto quelle cose imbarazzanti, lei stava male, era in uno stato di confusione mentale. Io che giustificazione avevo? Non riuscivo neppure a pensare a Tom là, in cucina, che mi fissava sforzandosi di non piangere.

Mi schiarii la voce. "Allora, come ti senti? Bailey..." Mi sembrava strano nominarlo in quel tono confidenziale con lei. "Mi ha detto che hanno fatto qualche gioco di prestigio con le tue medicine. È servito?"

"Un po', forse... Allora, tu e Tom vi parlate ancora?"

Scossi la testa. "Se n'è andato" dissi a fatica. "Ti ho portato un paio di DVD." Presi la borsa. "Pensavo che potremmo guardarli insieme. Non ho visto..."

Si mise seduta. "Cosa intendi per 'Se n'è andato'? Andato dove?"

"In America."

"America?" Rimase basita, come se avessi detto: "Sulla Luna", e assunse un'espressione di profondo sconforto.

Annuii. Malgrado tutti i miei sforzi, mi si incrinò leggermente la voce. Dovevo mantenere il controllo: in teoria ero andata là per tirarla su di morale, Dio santo, e lei era già depressa a sufficienza per quello che aveva fatto. Distolsi lo sguardo, così non poteva vedermi in faccia e feci la scena di rovistare nella borsa.

"Quando è stato?"

"Mi ha lasciato una lettera." Tirai fuori i DVD e cominciai a scartare il cellofan.

Il giorno dopo che lui se n'era andato avevo trovato sul tavolo una busta con sopra il mio nome.

Alice,

sono passato a prendere il resto delle mie cose: passaporto eccetera. Non c'eri: probabilmente meglio così.

Tu sei stata e sei molto importante per me. Io ti amo moltissimo, e la cosa che più desideravo era farti felice. Mi spiace di non esserne stato capace.

Non credo che avessi intenzione di ferirmi, ma mi auguro anche che tu capisca perché preferisco non sentirti per un po'.

Tra non molto parto per New York. Sono d'accordo con

Paulo che pagherò l'affitto per i mesi in cui sono via. Tenendo conto delle vacanze eccetera, sarò di ritorno verso la fine di novembre. Sono certo che nel frattempo ti sarai trovata un'altra sistemazione. Converrai con me che è meglio che sia tu ad andartene; te lo chiedo perché per me sarebbe piuttosto complicato trovar casa da là. Paulo darà una mano a cercare qualcun altro che prenda la tua stanza.

Sii felice.

Con amore,

Tom

"Come mi dispiace, Alice" ripeté Gretchen. "Se potessi tornare indietro e cancellare... Mai avrei voluto che..."

"Gretch, lo so" la interruppi; era troppo doloroso per me tornare sull'argomento. "Non l'hai fatto apposta." Mi alzai per mettere il DVD. "Almeno è stato un taglio netto. In qualche modo, è stato positivo che lui avesse l'opportunità di partire subito."

Lei rimase per un attimo in silenzio. "Di certo semplifica le cose a te e a Bailey."

Tornai a sedere. Non intendevo questo, bensì che era stato sicuramente meglio per Tom poter allontanarsi, anche se era innegabile che in questo modo Bailey e io potevamo godere di una libertà che altrimenti non avremmo avuto.

Vic si era raccomandata di non buttarmi a capofitto in un'altra storia: "Al, è molto importante che tra una relazione e l'altra ci sia un intervallo. Hai bisogno di affrontare la separazione da Tom – elaborare il lutto, superarlo –, sentirti davvero libera e andare avanti. Non credi che sarebbe bello avere un po' di tempo per te stessa? Uscire con qualcuna delle ragazze? Ho visto quella mail di gruppo riguardo un picnic a Richmond Park. Tu non hai risposto: non lavorerai anche di sabato, no?".

"No. E non c'entra neppure Bailey. È il compleanno di papà: volevano che andassimo tutti da loro, ma Phil non può e neppure Fran, così io devo andare."

"Be', mi fa piacere che non lavori, ma non continuare a rifiutare inviti" avvertì Vic "altrimenti tutti penseranno che non sei interessata e smetteranno di cercarti. Questa è l'occasione perfetta per riallacciare i rapporti sociali, decidere dove vuoi andare anziché farti trascinare. Se a Bailey piaci sul serio, aspetterà che tu sia pronta."

Ma lui non voleva aspettare, ed ero talmente lusingata e deliziata dalla sua voglia pazza di rivedermi che scoprii di non voler aspettare neppure io.

Andammo a cena in un localino da tapas che non conoscevo, e chiacchierammo per ore dei posti in cui lui era stato e dei paesi che io volevo visitare. Aveva allungato la mano sul tavolo per prendere la mia e accarezzarmi l'interno del polso con tocco delicato. Poi, sul sedile posteriore del taxi – troppo vicini – mi posò la mano sulla gamba. Un dissuasore di velocità ci fece sobbalzare, e mentre venivo sbalzata verso di lui mi sorrise.

"Così è molto meglio" disse e mi baciò, di nuovo.

Fu il viaggio più breve di tutta la mia vita: ero consapevole unicamente della sua mano sulla coscia, del mio respiro che accelerava e dei suoi baci sempre più profondi mentre eravamo avvinghiati sul sedile posteriore.

"Sali da me?" chiese baciandomi teneramente sulla punta del naso, mentre il taxi accostava davanti al suo portone. "Nessuna pressione."

Esitai, poi scossi la testa. Lui annuì, comprensivo. "Ho passato una serata splendida" disse. "Mandami un messaggio quando sei a casa per farmi sapere che sei arrivata sana e salva."

E così feci. Gli inviai un SMS che diceva: "Sono sdraiata sul letto e penso a te". Strinsi il cellulare al petto, felice, traboccante di desiderio. Mi piaceva da impazzire. Per parecchi giorni lavorai in uno stato continuo di eccitazione senza riuscire quasi a concentrarmi, tanto da dimenticare del tutto un appuntamento. Quando arrivai fluttuando in studio con aria sognante e trovai un cliente molto arrabbiato davanti alla porta, ripresi temporaneamente il controllo. Il venerdì in cui ci saremmo rivisti ero così sovreccitata che scattai alcune delle foto peggiori della mia carriera professionale: erano accettabili ma assolutamente insulse. La cosa mi irritò, ma non abbastanza da indurmi a rifarle. Invece, mi precipitai a casa presto per avere tutto il tempo di prepararmi prima di scivolare nel completino intimo nuovo di zecca, acquistato apposta per la serata. In caso che...

Non mi rimase addosso a lungo. Dopo la cena e due bottiglie di vino rosso, la fermezza e i sensi di colpa che avrei potuto provare nei confronti di Tom si dissolsero. "Spero che non pensi che io faccio questo genere di cose con chiunque" dissi dopo, sdraiata nel suo letto tra le sue braccia.

"Assolutamente" rispose. "Comunque le fai benissimo." Mi baciò sul collo.

"No, parlo sul serio." Chiusi gli occhi con un sospiro, mentre cercavo di concentrarmi. "Io non..."

Smise di baciarmi e mi guardò. "Stai dicendo che sono speciale?" mi stuzzicò.

"Molto. Ma basta parlare. Baciami ancora."

"Alice?" disse Gretchen. "Per far partire il film devi premere PLAY."

Scossi la testa e mentre mi raddrizzavo un po' sulla sedia riportai faticosamente l'attenzione sullo schermo. Puntai il telecomando verso il televisore.

"Non c'è bisogno che tu stia qui con me, sai. Sono sicura che hai di meglio da fare" commentò, mentre io premevo PLAY, poi scrollavo il telecomando, lo battevo sul palmo della mano e riprovavo una seconda volta. Finalmente scorsero i titoli di testa.

Scossi il capo con decisione. "Voglio vedere questo film con te." Alzai il volume. Per la verità, ero stata invitata da un cliente al ricevimento per un lancio al quale sarebbe stato meglio andare, ma sapevo che Gretchen era a casa sola, e Bailey mi aveva chiesto esplicitamente di passare a trovarla.

Mi ero aspettata che, uscita dalla clinica psichiatrica, lei andasse dai suoi genitori, come avrei fatto io al posto suo, ma Bailey mi aveva spiegato che era meglio di no.

"Litigano e basta" spiegò. "La mamma cerca di prendere in mano la situazione, all'inizio va benissimo, ma poi si mette a fare troppi progetti, ovviamente con le migliori intenzioni." Alzò una mano. "Gretchen però ne viene sopraffatta e a un certo punto esplode. Così prende di nuovo il volo... Non ne vale proprio la pena: almeno se sta qui, so dov'è."

"Quindi viene ad abitare da te?" domandai un po' sorpresa. Lui annuì. "Anche se per poco. Quando le medicine faranno effetto, lei si sentirà meglio, più in forze; allora comincerà a stufarsi e vorrà tornare a casa sua. L'ultima volta è successo così. Non sarà un intralcio per noi... due... insieme. Promesso."

"Non ero affatto preoccupata" mi affrettai a precisare. Gesù: se uscire da una clinica psichiatrica non bastava a metterti al centro dell'attenzione degli altri, non sapevo cos'altro ci volesse. Per quanto riguardava Bailey, Gretchen aveva tutti i diritti di venire per prima. Se si fosse trattato di Phil o di Fran, io mi sarei comportata esattamente allo stesso modo.

"Prima che te ne accorga se ne sarà già andata" concluse, tirandomi a sé.

"Mi dispiace esservi d'intralcio, qui" mi disse Gretchen una sera, dopo due settimane che stava da Bailey. Ero passata da lei dopo il lavoro, perché quando le avevo telefonato, poco prima, l'avevo sentita particolarmente giù di morale. La trovai vestita, ma senza trucco, e non ero sicura che si fosse pettinata. Di fianco al divano c'erano alcune ciotole mezze piene di cereali, e bicchieri mezzi vuoti al cui interno galleggiavano puzzolenti mozziconi di sigaretta. Lei si riaccucciò sul sofà avvolgendosi in una coperta, malgrado fosse una serata piacevolmente tiepida.

"Come puoi essere d'intralcio se sono stata io a venire da te?" la stuzzicai con dolcezza lasciandomi cadere in una poltrona alla sua sinistra.

"Eh? Sei venuta per me? Pensavo fossi qui per Bay."

Esitai. Sembrava essere passata dalla tristezza all'irritabilità. "Mi piace vedervi entrambi" replicai da persona ragionevole per farla sentire meno una ricoverata in ospedale all'orario delle visite e più un'amica da coccolare. "Comunque, qui puoi fare quello che vuoi: sei a casa di tuo fratello."

"Ma anche del tuo ragazzo" ribatté prontamente.

Cadde il silenzio.

"Vuoi che apra le tende? È un po' buio qui dentro." Mi alzai.

Si strinse nelle spalle senza rispondermi, per poi sobbalzare quando la luce splendente del tardo pomeriggio inondò la stanza.

"Allora, cos'hai fatto oggi?" domandai mentre riprendevo il mio posto.

Mi lanciò un'occhiata, poi tornò a guardare la tivù. "Non molto. Una seduta di psicoterapia. Tu?"

"Ho fatto la foto a un cane seduto accanto a un sacco di crocchette. Giornata fantastica." Lei abbozzò un sorriso quasi impercettibile.

"Allora: chiamate dalla tua agente?" continuai, con fatica ma determinata.

Annuì e prese il telecomando per scorrere rapidamente i canali. "È ancora in modalità 'contenimento danni'. Stiamo dicendo che ho bisogno di un po' di tempo per superare un problema con l'alcol. Non posso lavorare in queste condizioni." Fece un cenno di disgusto verso se stessa.

"Non potresti semplicemente... dire la verità?" suggerii. Non era colpa sua se stava male; dopotutto, se avesse avuto la polmonite o qualcosa del genere, nessuno avrebbe preteso che lei lavorasse. "La gente non 'capisce' la malattia mentale" affermò con tono incolore, mentre premeva ancora sui tasti del telecomando e sullo schermo davanti a lei si alternavano velocemente immagini e colori. "Dice di sì, ma non è vero. Siccome non si può vedere e tu hai un aspetto normale, non puoi essere malata, giusto? Comunque, a quanto pare, un problema con l'alcol potrebbe rendermi più interessante, più irrequieta, meno 'amica dei bambini'." Scosse la testa, incredula. "Il che è una vera stronzata."

Almeno, da come suonava, non sarebbe rimasta per sempre senza lavoro e ciò non era certo una brutta cosa. Il cellulare accanto a lei sulla coperta cominciò a squillare; lo raccolse lanciando un'occhiata irritata al display. Sbuffò. "Oh, 'fanculo, mamma" disse, mentre guardava il numero, e poi lasciò cadere il telefono accanto a sé.

"Rispondi se vuoi; non preoccuparti per me" le dissi.

"Non voglio parlare con lei" ribatté con voce inespressiva e lo sguardo dritto innanzi a sé.

"Allora, dov'è Bailey?" chiesi, dopo aver preso atto che per fare una conversazione non mi rimaneva che tentare nuove vie. Era difficile trovare argomenti che non la irritassero: in tutto il giorno lei non aveva fatto assolutamente niente da poter raccontare.

"Doveva passare a prendere qualcosa in biblioteca. Ha detto che sarà di ritorno per le sette. Allora, che programmi avete per stasera?" Mi lanciò un'occhiata, poi tornò a guardare la televisione.

"Non so, magari ceniamo fuori, penso." Ridimensionai di proposito i nostri piani, perché mi sentivo in colpa all'idea di lasciarla sola. "E tu?"

Rise. "Io? Be', stasera guarderò la tele e risponderò alle telefonate di quei rompipalle dei miei, che mi chiamano ogni cinque secondi, come puoi constatare." Agitò la mano verso il cellulare, ora silenzioso. "Domani la mamma ospita in giardino una specie di compagnia teatrale che sta mettendo su una commedia per il prossimo anno e questo è l'incontro prima delle prove. Vuole che ci vada anch'io. Anzi, vuole coinvolgermi nella commedia." Riprese a cambiare nervosamente i canali.

Arricciai il naso. "Cosa?"

"Già" rispose a denti stretti. "Perché dopo diciotto anni di lavoro nel mondo dello spettacolo, quello cui aspiro è proprio questo: una squallida versione dilettantesca di un'opera teatrale. A quanto pare, mi 'farà bene'. Lei non demorderà facilmente. Ecco perché prima ha telefonato: cerca di lavorarmi ai fianchi. Di questo passo mi distruggerà, cazzo."

Non sapevo cosa dire. Povera Gretch.

"Ti rendi conto?" Si voltò verso di me. "In caso ti stessi chiedendo come mai non ti ho parlato della mia malattia, la ragione è... che nessuno capisce un accidenti. Lei pensa che io voglia essere così!" Agitò furiosamente le mani. "Se potessi farci qualcosa, lo farei. Mia madre non capisce un cazzo." Sgranò gli occhi, e mentre incrociava furibonda le braccia martellò sui tasti dei canali; infine scagliò via il telecomando. "Io ho solo bisogno di un po' di spazio e tempo per superare tutto questo. Nient'altro."

Benché cercassi in tutti i modi di reprimerlo, mi sentii lievemente ferita dal fatto di essere buttata nel calderone assieme a chiunque altro. "A me avresti potuto dirlo. Il mio giudizio su di te non sarebbe cambiato, e avrei potuto aiutarti. Esserci di più."

"Aiutarmi?" scattò irritata. "E come?"

Spiazzata dai suoi modi così diretti, non seppi cosa rispondere. "Ascoltarti?" azzardai. "Aiutarti a trovare cure migliori?"

Mi guardò di sottecchi con aria stanca. "Non far finta di essere arrabbiata perché non te l'ho detto, per cortesia. Riesco a stento a gestire i miei sentimenti. Questo dovrai risolvertelo da sola."

Rimasi a bocca aperta per l'imbarazzo e lo choc. "Io non..."

"Sì, invece. Non dico che sia sbagliato, Alice. Quando si è necessari a qualcuno ci si sente bene."

Rimproverata e ferita, richiusi la bocca. L'intensità del suo stato d'animo rendeva la stanza piccola e poco accogliente. Decisi che era meglio andar via e lasciarla in pace.

"Mi dispiace" aggiunse un attimo dopo, quando ero sul punto di trovare una scusa. "Sono stata una stronza. Non volevo infierire su di te. Tu mi hai aiutato. Tu ci sei stata moltissimo." Mi lanciò una rapida occhiata. "Sei fantastica a venire a trovarmi dopo il lavoro, tutta allegra anche quando io mi comporto di merda. Come adesso."

"Ma no, sei stata male."

"Sì, lo sono stata veramente. Non volevo dirtelo." Abbassò lo sguardo sulla coperta. "È stato molto difficile mantenere le amicizie durante i miei... momenti di follia. In passato per gli amici era troppo dura sopportare il mio comportamento, anche se con loro sono stata sincera. Tutto sommato ho trovato più facile cercare di nascondere la cosa. Non volevo perdere anche te." I suoi occhi si riempirono di lacrime e distolse rapidamente lo sguardo. "Non è il massimo sentirsi l'unica pazza in un mondo pieno di gente sana di mente" aggiunse cupa.

Mentre assistevo alla sua lotta interiore, fui travolta da un'ondata di affetto e tristezza. Desideravo solo abbracciarla. Mi alzai dalla poltrona e mi inginocchiai accanto a lei spostando una ciotola di cereali.

Le presi la mano e la strinsi forte. "Non puoi fare nulla che mi impedisca di esserti amica" dissi convinta.

Non riusciva a guardarmi. "Mi dispiace" bisbigliò, con il viso rigato di lacrime. "Vi ho deluso tutti tantissimo."

"Non è affatto vero" replicai dolcemente.

"Sono così imbarazzata, e mi vergogno. Quella sera a casa tua, sai... con Paulo, io mai avrei..." La voce si spense, mentre lei arrossiva. Cercai di nascondere lo choc. Era andata a letto con lui? Mi limitai a stringermi nelle spalle con un mezzo sorriso. "Cose che capitano."

"Lo so, non avrei dovuto smettere di prendere le mie medicine" disse tormentando l'orlo della coperta con l'altra mano "ma mi mancavano i momenti di esaltazione. Mi piace come divento in quei momenti. Ti senti bellissima... tutta illuminata dentro come una lucciola umana, svolazzi di qui e di là e ogni cosa che tocchi prende improvvisamente vita. È come essere su un aereo al tramonto mentre allunghi la mano fuori dal finestrino per toccare una nuvola illuminata dal sole: la senti tra le dita."

Ma a quale prezzo?

Attorcigliò il bordo della coperta in una guglia tormentata. "Il litio mi intontisce, mi rallenta. Non sento nulla, e io voglio sentire di nuovo. Sono noiosa: quelli che mi telefonavano non mi cercano più da un secolo, e io non posso chiamarli perché non ho niente da dire... perché non ho fatto niente, non ho provato niente." Aveva un'aria tristissima.

"Hai me" dissi. "E Bailey."

"Lo so." Tirò su con il naso. "Ma non è neppure giusto. Bailey ha sempre dovuto esserci ogni volta che combinavo qualcosa. Non mi merito uno come lui."

D'un tratto mi chiesi se il nostro esserci messi insieme avesse peggiorato la situazione: due persone su cui contava stavano iniziando qualcosa di nuovo ed eccitante. Si sentiva tagliata fuori? Sola?

"A te va bene che io e Bailey stiamo insieme?" domandai infine.

"Certo!" Ritrasse la mano per prendere un fazzoletto di carta. "Sono stata io a creare il combino, ricordi?"

Le rivolsi un sorriso, e lei ne abbozzò uno attraverso le lacrime.

"Non sopporto che tu mi veda in questo stato, così patetica e frignona" continuò. "Ma sono anche contentissima che tu sia qui."

20

"Alice, che cazzo stai facendo?" esplose Gretchen mentre raccoglievo un piatto che lei aveva lasciato sul pavimento del soggiorno per portarlo in cucina. Ero arrivata da Bailey un venerdì sera tardi dopo un servizio fantastico a Barcellona, con una voglia pazza di raccontargli tutto, ma scoprii che lui era uscito a prendere qualcosa da mangiare, Gretchen si trovava al solito posto sul divano, e il soggiorno era un letamaio. Non era esattamente l'inizio di serata che avevo immaginato. Da quanto tempo lei era andata fuori di testa: due mesi? Sembravano piuttosto due anni, accidenti.

"Pensavo di preparare un tè, e portare via il piatto mentre andavo in cucina. Tutto qui" risposi, cercando di restare calma.

"Lo faccio io tra un minuto!" esclamò contrariata. "Non sono un'invalida, malgrado sia opinione diffusa."

Mi morsi la lingua, rimisi il piatto dov'era, e sedetti. La noia di essere totalmente assorbita da se stessa la rendeva molto irritabile, perciò non era facile starle vicino. Decisamente meno depressa, sembrava più vitale e più irrequieta: di sicuro segnali positivi. Ne ero contenta e non vedevo l'ora che guarisse.

"Scusa" disse subito. "È che sono stufa, stufa da morire,

davvero; so che cercavi solo di renderti utile. Com'è andata a Barcellona?" Cercò di mostrarsi interessata.

"Oh, incredibile!" cominciai, e mi si illuminarono gli occhi. Poi vidi l'espressione triste e nostalgica del suo viso. "Ma molto stancante" mentii "e un caldo insopportabile." Rovistai nella mente in cerca di un argomento più neutro. "Ehi, la sai l'ultima? Mia sorella aspetta il suo primo figlio!"

La notizia di Fran era l'unico argomento di conversazione in famiglia, soprattutto con la mamma, che era al settimo cielo. Mi aveva convocato a pranzo per telefono, straripante di orgoglio familiare.

"Magari potresti portare con te quel Bailey" aveva detto, magnanima nella sua disapprovazione. "Sempre che non gli importi di dover conoscere anche Frances e Adam. Cucino per loro perché Fran è spossata – quando capiterà anche a te, capirai – e faccio una pasta vegetariana perché non sopporta l'odore della carne. Di già! Incredibile, eh?"

Io ero quasi certa che "quel Bailey" non si volesse assolutamente sottoporre all'incontro con la mia famiglia al completo per parlare di bambini, soprattutto adesso, all'inizio della nostra storia. E non ci tenevo neppure io. Sembrava che il nostro ruolo fosse essere a disposizione dei familiari.

"Che bello, è una notizia fantastica" commentò Gretchen con un tono piatto; era chiaro che non le interessava per nulla sapere di Frances. Restammo un attimo in silenzio, poi lei si alzò di scatto. "Stanotte potrei andare dai miei." Fece scivolare il piede nella scarpa. "Bailey pensa che non sono ancora pronta, lo so. Invece io me la sento."

Sollevai le gambe depilate in uno slancio di ottimismo e le ripiegai sotto di me. Gretchen non aveva la minima intenzione di ascoltare la mia opinione. Un venerdì notte da sola con Bailey sarebbe stata un'esperienza nuova. Stava perdendo ogni attrattiva l'idea di andare da lui dopo una lunga giornata di lavoro, con la voglia pazza di un bicchiere di vino – e di sesso –, solo per trovare una Gretchen triste, rannicchiata sul divano, che rifiutava tutti i cibi tranne un biscotto ogni tanto, con lo sguardo fisso sulla televisione ma senza vedere niente. E siccome io ero la migliore amica di Gretchen, non potevo neppure dire a Bailey una cosa come: "Non ne posso più di tua sorella sempre tra i piedi tutto il tempo; non puoi chiederle di levare le tende?".

Per come andavano le cose, non volevo neanche stare in quella casa. Volevo uscire con Bailey, frequentare posti divertenti, fare quello che di solito si fa quando inizia una storia e che non avevo mai fatto neppure con Tom, perché quando ci eravamo messi insieme abitavamo già nello stesso appartamento. Tuttavia Bailey era preoccupato di lasciare Gretchen sola per troppo tempo, così, quando finalmente uscivamo, mi sentivo come se dovessimo correre a casa per sostituire la baby-sitter. Anzi, peggio: le baby-sitter eravamo *noi*. Bailey e io ci tenevamo castamente per mano nell'impaziente attesa che lei andasse a letto, così potevamo baciarci sul divano. A parte il fatto che io avevo dieci anni di troppo per accontentarmi di quei momenti rubati. Era egoistico desiderare di restare sola con il mio nuovo ragazzo?

"Comunque" continuò Gretchen come se mi avesse letto nel pensiero "voi due avete un bisogno enorme di stare soli. Digli che quando arrivo a casa gli mando un messaggio che è tutto okay."

"Sei sicura di non aver problemi?" chiesi, sentendomi una vera stronza per aver pensato una cosa tanto meschina.

Ma lei era già lontana e per tutta risposta mi arrivò soltanto il colpo secco della porta sbattuta.

Due settimane dopo, quando sembrava che il suo peregrinare da una casa all'altra per la notte non le desse problemi, proposi esitante a Bailey di trascorrere insieme un weekend a Parigi; una specie di "Ricominciamo daccapo, ti va?", il tutto ovviamente non disgiunto dal fatto di poterlo esibire con orgoglio a Vic.

Bailey accettò dopo essersi assicurato che a Gretchen andasse bene. "Andate" lo rassicurò. "Per me sarà un test perfetto: tre giorni completi da sola. Ascolta, se le cose dovessero mettersi male, chiamo mamma e papà, okay?"

Io, comunque, ero certa che avevamo fatto la cosa giusta quando finalmente mi svegliai accanto a Bailey in un'anonima camera d'albergo. Mi baciò con trasporto come se fossi la prima donna che avesse mai visto e l'ultima che volesse amare. Eravamo finalmente arrivati a una svolta? Dio, quanto lo speravo.

"Grazie per essere stata così paziente in questi due mesi" disse guardandomi, mentre mi accarezzava la testa. "Sei senza dubbio la donna più incredibile, più forte e bella che abbia mai incontrato. Come sono riuscito a cavarmela senza di te?" Poi facemmo l'amore, e fu così bello che mi sentii proprio come mi aveva descritto.

"Com'è riuscito a cavarsela senza di te?" ripeté Vic più tardi, nel pomeriggio. "Ti ha detto proprio così?"

Annuii. "Sì, e a momenti mi scioglievo. Allora? Cosa ne pensi?"

"Penso che, durante la maratona di sesso a Parigi, sia stato molto carino da parte vostra trascinarvi giù dal letto per prendere un caffè con noi. Grazie. Mi sento onorata."

"Intendevo" le chiesi a bassa voce, mentre andavamo in giro per i magazzini Lafayette "cosa ne pensi di lui?" Feci un cenno verso Bailey, tutto preso ad ammirare l'impressionante architettura dell'edificio che Luc gli stava indicando.

"Okay, okay, mi piace!"

Sorrisi, sollevata. "Bene. Anche a me. Non pensi che sia splendido?"

"Da togliere il fiato."

"Pensi che avremo dei bei bambini?" continuai con aria sognante.

"Io lascerei quel genere di cose a tua sorella, per il momento" considerò lei, cauta, dopo un attimo di silenzio. "Non riesco a immaginare Bailey con dei figli. Potrebbe assumere il ruolo dello zio divertente, perché quello del dispensatore di cure l'ha già svolto abbondantemente, no?"

Mentre proseguivamo in silenzio mi convinsi che aveva torto, ma non glielo dissi.

"Ho sentito Tom la settimana scorsa" esordì, cambiando argomento. "Sta bene. Ha cominciato a uscire con una."

Provai – chissà perché – una sensazione molto strana. In realtà non mi ero mai permessa di pensare a lui.

"Credevo ti facesse piacere saperlo" continuò, mentre scostava dalla bocca una ciocca di capelli scuri. "In effetti, sperava che te lo dicessi, credo. Poveraccio. Scommetto che non ti ha ancora cercato, vero?"

Scossi la testa.

"Dagli tempo, lo farà. Sono sicura."

"Ha chiesto di me?"

Annuì. "Ha chiesto se tu e Bailey stavate... insieme."

Trasalii.

"Non gli ho detto che vi avrei visto oggi, sarebbe stato certamente troppo per lui, però quando mi ha raccontato che vedeva una, gli ho accennato che secondo me uscivate insieme, ma senza sbottonarmi oltre."

Rimasi in silenzio; Vic mi prese la mano e la strinse forte.

"Allora" continuò cambiando saggiamente argomento un'altra volta, "è stata piacevole la serata di sole donne a casa di Tanya? A volte preferirei quasi non essere più inclusa nelle mail. So che le ricevo perché non volete farmi sentire esclusa, ma è bruttissimo sapere che ve la spassate senza di me. Accidenti a Luc e al suo fascino francese!"

Corrugai la fronte. "Quali mail? Io non ho visto niente." Ci fu un attimo di silenzio, poi Vic disse in tono conciliante: "Sono sicura che è stata solo una svista, Al, o forse è perché avevo spiegato a Tanya che ti stavi prendendo una pausa per occuparti di un'amica. Come sta Gretchen, a proposito?".

Al nostro rientro in Inghilterra la domenica sera, già con la nostalgia della piacevole compagnia di Vic, l'idea che Gretchen ci stesse aspettando a casa smorzava i miei entusiasmi.

Tuttavia, appena varcata la soglia, pensai che fossimo entrati nell'appartamento sbagliato. Aleggiava un leggero profumo di pulito e c'erano fiori freschi in un vaso in soggiorno, e la tavola era imbandita per noi. Ma la cosa più evidente era il cambiamento di Gretchen.

Tutta un'altra persona: capelli vaporosi e lucenti, truccata e con un vestito che non avevo mai visto. Il massimo dell'eccitazione. Era come se l'altra Gretchen avesse fatto fagotto e avesse lasciato la città. Era di nuovo la Gretchen di una volta.

"Entrate, accomodatevi" ci invitò timidamente. "Vi ho preparato la cena. E devo darvi una notizia."

"So che per me è la cosa giusta da fare" insistette più tardi, mentre sparecchiavo. "Il mio futuro è recitare e cantare, non presentare; e questo corso estivo di tre mesi che ho prenotato sarà un perfetto inizio. Sono eccitatissima! Comincia ad agosto. Voi due siete stati fantastici, ma io ho bisogno di nuovo di un po' di routine e di vita strutturata. Non posso starmene qui o a casa mia, tutto il giorno con le mani in mano."

"Ma è splendido, Gretch" disse Bailey in tono affettuoso mentre allungava la mano dietro di sé verso la torta gigantesca che le avevamo portato. "Inaspettato, ma splendido." Si alzò per prendere tre piatti e i cucchiai, quindi si rimise a sedere, tagliò per sé una grossa fetta e vi si avventò con gusto. "Allora, dov'è che si tiene questo corso?" chiese a bocca piena.

"New York."

Bailey rimase un attimo in silenzio. "Ma, sorellina, se vai di nuovo fuori di testa o se smetti il litio non posso prendere un aereo, così come niente fosse."

Lei lo guardò, paziente. "Capisco che tu possa essere preoccupato, ma non è il caso. Non succederà, te lo prometto. Guarda come sto: molto meglio. Ho già provveduto a trovare uno psicoterapeuta... l'ho fatto prima ancora di mettermi a cercare una casa! Parto molto prima che cominci il corso, così ho un sacco di tempo per ambientarmi. Tutti pensano che io stessi comunque valutando di andarci, così tanto vale farlo: è assolutamente sensato!"

Bailey pareva dubbioso. Io invece trattenevo il fiato, piena di speranza. Era la prima volta dopo un'infinità di tempo che Gretchen era così vivace; forse Bailey e io stavamo per avere l'opportunità di essere una vera coppia. Solo noi due. Se lei avesse detto di voler andare in America a nuoto, io mi sarei offerta di gonfiarle i braccioli: desideravo che cogliesse quell'occasione al volo.

"A proposito di sistemazioni: il mio appartamento." Infilò la mano in tasca ed estrasse una chiave. "Non voglio che resti vuoto tanto tempo e, Al, so che devi comunque lasciare presto casa tua... Sto pensando di rimanere in America fino alla fine dell'anno, quindi a me faresti un piacere enorme. Ovviamente senza pagare nessun affitto. Ti aiuterà a risparmiare per la tua futura casa. Ci andresti a stare per me?" Lanciò la chiave dalla parte opposta del tavolo e questa mi finì dritta in grembo.

"Non si può negare che abbia calcolato tutto" mi disse Bailey più tardi, a letto. "Ma a New York non conosce nessuno! Cosa faccio se mi telefonano da un ospedale per comunicarmi che è stata ricoverata? In questi ultimi mesi ho già rifiutato un sacco di lavoro per stare con lei. Non posso attraversare l'Atlantico, così, su due piedi. Pensi che dovrei convincerla a rimanere?"

"No, credo di no. È probabile che abbia ragione lei: ha bisogno di mettersi alla prova. Inoltre sembra molto più stabile, quindi dobbiamo darle fiducia." In effetti ero orgogliosa di Gretchen: era stata così paziente, e aveva fatto tanta strada per arrivare dov'era. Non potei fare a meno di sentirmi triste perché proprio nel momento in cui riavevo indietro la mia amica, lei partiva. Però erano stati anche due mesi particolarmente faticosi, e in un certo senso avevo bisogno di mettere un po' di spazio tra noi due.

"Penso che per lei sarà fantastico. Per giunta a New York! Che fortuna!"

Non riesco ancora a credere di essere stata tanto stupida.

21

Alla fine, Bailey mi trova nella cappella dell'ospedale.

«Non scappare in questo modo» dice. «Mi fai andare fuori di testa. Cosa ci fai qui, tra l'altro?»

Ha ragione. La cappella è fredda, tetra e le pareti sono impregnate di preghiere disperate. Difficile immaginare che da questa piccola stanza, riservata a chi chiede insistentemente un miracolo o cerca conforto nella fede possa venire fuori qualcosa di buono. C'è una piccola statua di Gesù, con le braccia aperte, in equilibrio su un tavolo e accanto a essa un libro con una penna: un libro di richieste di grazia. "Per la salvezza dell'anima di Mary McCarthy", "Per la guarigione di mio padre." Almeno, comunque, qui non ci sono medici né infermiere che ti osservano.

«Credo di essere passato tre volte davanti allo stesso uomo in vestaglia; mi sembrava di essere su una specie di scala di Escher» dice con finta allegria. Gira una sedia, in modo da appoggiare lo schienale contro il mio. Poi siede a cavalcioni e mi cinge le spalle abbracciandomi. «Non piangere» mi consola baciandomi sulla nuca.

In realtà il suo gesto mi fa venire ancora più voglia di piangere. «Come facevi a sapere che ero qui?»

«Non lo sapevo» confessa. «Me l'ha suggerito Tom.»

Ah.

Sbircia nel mio grembo da sopra la spalla. «Stai leggendo la Bibbia?» Allunga un braccio di fianco a me e me la sfila.

«"Signore, quante volte dovrò perdonare al mio fratello, se pecca contro di me? Fino a sette volte?". E Gesù gli rispose: "Non ti dico fino a sette, ma fino a settanta volte sette"» legge ad alta voce. «Mmh» continua. «Settanta volte sette. È un casino di volte.»

«Bailey! Siamo in una cappella» lo riprendo subito.

Si guarda attorno in quel buco di culo di stanza. «Al, dubito che Dio sia qui dentro proprio come ne dubiterei se mi trovassi in uno sgabuzzino pieno di attrezzature per le pulizie. Chi stai perdonando comunque? Gretchen? Me?»

Scuoto la testa. «No di certo: non è proprio colpa tua. Tom è terrorizzato e cerca qualcuno da incolpare.»

«Non mi stavo solo riferendo al fatto che ho perso l'aereo: nessuno dovrebbe stare al capezzale della sua migliore amica con due suoi ex tra tutte le persone possibili. Non ha senso.»

Abbozzo un sorriso. «È vero, hai maledettamente ragione.»

«Sono mortificato, Alice. Per tutto. Davvero.»

Non ho molto da dire a questo proposito. Non cambierebbe niente.

«Cerca solo di non prendetela con Gretchen. Non è neanche colpa sua.»

Continuo a non parlare.

«Anche se bisogna ammettere che le cose non sono state tanto facili per noi, vero? Se all'inizio avessimo avuto più tempo per stare soli insieme... se lei non fosse stata così giù e non avesse avuto tanto bisogno di entrambi, forse sarebbe andata diversamente...»

Ti prego, evita. Ci mancava ancora questo come ciliegina sulla torta.

«In quel periodo sei stata veramente incredibile, fantastica, sai; non era facile reggerla.»

Non è vero: lei era la mia amica e aveva bisogno di aiuto. È quello che farebbe chiunque, no?

«In ogni caso sono sinceramente dispiaciuto.» Bailey fissa la statuetta di Gesù. «Vorrei tanto che non fosse andata così. È che, una volta che lei era andata in America, e io avevo l'opportunità di riprendere a lavorare... sai, non potevo rifiutare le offerte; Al, ero proprio a corto di soldi in quel momento. Non ci siamo quasi visti per oltre tre mesi, vero? Mi sentivo come uno che espatria per evadere le tasse. E immagino» sospira stringendosi nelle spalle «che questo sia l'aspetto negativo del mio lavoro. Io *devo* stare via molto. È così e basta.»

«Non è proprio il caso di rivangare il passato, Bailey» dico io, soprattutto perché non lo voglio: è un passato troppo recente per parlarne. Risento me stessa al telefono con lui a Los Angeles, Città del Capo, Timbuctudelcazzo e Dio solo sa in quale altro posto. "Mi manchi" ripetevo con un tono di voce sgradevolmente supplichevole e per niente consueto. "Anche tu mi manchi" rispondeva distratto "ma sto lavorando sodo, e questo mi fa sentire molto bene. Ascolta, piccola, adesso devo andare: ho ancora da scrivere delle cose. Vorrei buttarle giù finché le ho fresche nella mente, capisci?" Ascoltavo in silenzio, preoccupata, e cercavo di reprimermi.

«Allora, mi perdoni?» Chiude la Bibbia con un colpo secco e me la restituisce.

«Non c'è niente da perdonare.» Mi stringo nelle spalle. «Ci si disinnamora. Succede.» Poi mi sento sciocca e imbarazzata, perché a dire il vero lui non ha mai detto di amarmi. Solo io l'amavo.

Bailey scuote la testa ammirato. «Sei proprio fantastica, Al. Sei atarassica, vero?» Rabbrividisce. «Possiamo tornare su, adesso? Qui dentro fa un freddo cane. E mi fa anche un po' effetto.» Guarda la statua sul tavolo e trema.

«Non fa freddo, mio caro.» Mi sforzo di sorridere. «È che sei abituato a temperature esotiche.»

«Non sto poi così tanto via» mi rimprovera.

Sollevo il sopracciglio.

«Okay, hai ragione.» Sospira. «Magari devo rivedere un po' le cose. Pensavo che Gretchen stesse così bene. Ma... comunque, per il momento dovrò ridurre i miei impegni. Articoli su "Cento weekend divertenti in Gran Bretagna": sto arrivando!»

«Lo fai per non stare troppo lontano da lei?» Non riesco a nascondere la mia incredulità. "Io devo stare via molto. È così e basta." A quanto pare no... A meno che non sia lui a volerlo.

«Certo! Quando si sveglierà sarà proprio giù» aggiunge

convinto, come se non ci fossero alternative, come se il suo risveglio fosse scontato. «Lo sai anche tu.»

So che è suo fratello e che per lei farebbe qualsiasi cosa, ed è giusto così. Se Gretchen lo chiamasse urlando dalla cima di una montagna in mezzo al fragore assordante di una tempesta, lui riuscirebbe in qualche modo a raggiungerla. Credo sia molto bello che abbia un cuore tanto grande, generoso, gentile, pieno di speranza di poterla amare ancora di più; è una delle molte ragioni per cui mi sono innamorata di lui: bisogna esserci per la propria famiglia. Però mi fa male dover prendere atto che per lui non sono e non sarò mai importante come Gretchen. Lei verrà sempre prima.

«Quando la vedo in quel letto d'ospedale con tutti quei tubi, vorrei tanto strapparglieli via» sbotta lui all'improvviso. «Pur sapendo che senza non respirerebbe. Sembra così piccola, vulnerabile. Non riesco a spiegarti cosa si prova nel vedere in questa situazione una persona che ami. Mi sento letteralmente il cuore a pezzi.» Scuote la testa. «Vorrei fare tutto il possibile... e mi fa impazzire l'idea che lei si sia trovata in uno stato d'animo tanto disperato da arrivare a compiere un gesto del genere. Eppure sa bene il dolore che mi darebbe il giorno in cui – Dio non voglia – dovesse riuscirci. Me ne faccio una ragione soltanto ripetendomi che se fosse stata in possesso delle sue facoltà, non sarebbe mai arrivata a tanto. Mai.»

I suoi occhi si fanno lucidi. «So che è una persona adulta e anche che non è affatto perfetta, però, Alice, quando la guardo vedo solo una bambina. Da piccola era una vera rompipalle, ma ogni volta che entravo in camera sua sorrideva sempre, sempre. Mi seguiva ovunque. Era tutto un "Bailey! Lasciami giocare con te! Maaaaaamma!".» La imita: «"Non mi lascia giocare con lui!"». Fa una risatina. «A quel punto, ovviamente, io scappavo di sopra con un amico, e quella peste non si arrendeva mai e mi seguiva su per le scale. Penso che volesse solo starmi vicino.» Si ferma a ricordare quei momenti felici, poi aggiunge: «Adesso, se volesse, sarei ben contento di lasciarla giocare».

Un'improvvisa lacrima di rabbia sgorga dall'occhio e gli

riga il viso, ma lui la asciuga con un gesto rapido. «Avrei dovuto esserci, Alice! Così fanno i fratelli maggiori!» Rimane in silenzio qualche istante. «C'ero io con lei, la prima volta. Quando aveva diciassette anni.» Bailey non me ne aveva mai parlato prima. Neppure lei.

«Il suo ragazzo l'aveva piantata. Solite cose: primo amore, passione travolgente eccetera. Era giù da morire, e la mamma mi aveva mandato in camera sua a chiamarla per cena, perché non era ancora scesa. L'ho trovata in piedi sul davanzale della finestra, al buio. Sai, l'unica cosa che ricordo è l'anta che sbatteva per il vento, e il vuoto. Ho passato venti minuti a cercare di convincerla a scendere, ma lei alla fine è saltata giù.»

«Oh, Bailey!» Allungo la mano per stringere forte la sua. Farei qualsiasi cosa per alleggerire il suo fardello. Qualsiasi.

«Si è fratturata solo la caviglia e tre costole, non so come. Abbiamo pensato che fosse in quello stato a causa della rottura con il suo ragazzo, ma ora capisco che era solo l'inizio. È stata un'esperienza terrificante, e mi dispiace tantissimo che questa volta sia toccato a te trovarla, Alice, davvero. Ma non odiarla: lei non si rende assolutamente conto di quello che fa.»

Mi guarda fiducioso, ma io non riesco ancora a dire niente.

«Se tu la odiassi, non ti biasimerei; insomma, perfino la mamma non ce la fa più. Non ha più energia. Questa cosa l'ha distrutta e non se la sente più di starle dietro... Forse papà riuscirà a convincerla a venire domani.» Si passa una mano sul viso stanco. «Non lo capisco proprio: se si trattasse di mio figlio, sarei pronto a scendere all'inferno per sottrarlo al destino dell'oblio, se questo servisse» dice con un tono all'improvviso aggressivo.

Infine butta indietro la testa e chiude gli occhi. «Quando tutto questo sarà passato, la voglio portare in un posto molto caldo dove può affondare le dita dei piedi nella sabbia tiepida e bere una bella birra fredda. Cose così, semplici.»

So che parla sul serio. Pur di farla stare bene, rinuncerebbe a ogni bella esperienza di vita, a ogni risata che deve ancora uscire dalla sua bocca, a ogni cosa che possiede.

«Bailey» chiedo sottovoce «posso farti una domanda? Gretchen ti ha mai chiesto di piantarmi?»

Mi guarda sbalordito. «No! Perché?»

Quindi Vic aveva ragione: Bailey non ce la faceva proprio a reggere altre persone che si aggrappavano a lui e, a essere onesta, in quel periodo anch'io ero diventata assillante. Vic era felicemente innamorata a Parigi, Gretchen era lontana a New York, con una differenza di fuso orario di cinque ore; Tom se n'era andato; i miei erano ossessionati dalle ecografie del bambino, da Fran che si stava trasferendo in una casa più grande, e dalle visite dell'ostetrica. Ero sola, ma posso capire quanto quella mia frase "Mi manchi", ripetuta a Bailey nel corso delle telefonate intercontinentali, avesse contribuito a farlo sentire schiacciato dalla responsabilità di rendere felice un'altra persona, quando tutto ciò che lui desiderava era svagarsi un po'. Potremmo essere ancora insieme adesso se io non gli avessi fatto pressione e gli fossi stata accanto quando aveva bisogno di me: la sua forte, affidabile, premurosa Alice.

«Scusa.» Mi accarezza il braccio per qualche istante. «Non intendevo farla tanto lunga e monopolizzare la tua attenzione. Però adesso mi sento molto meglio» dice, riconoscente. «Dài, Ally, amica mia!» Si alza e tende una mano. «Andiamo. Ne ho abbastanza di questa cappella. C'è anche uno strano odore.» Arriccia il naso. «Gretchen ha bisogno di noi, di sopra.»

«Vengo tra un minuto, promesso.»

Annuisce e va verso la porta. «Grazie per avermi ascoltato, Al. È molto confortante sapere che tu conosca Gretchen così bene. Lei, noi, ti dobbiamo molto. Grazie.»

Con mani tremanti, sfoglio la Bibbia dalla pagina del perdono a quella della gelosia. Leggo e rileggo il versetto, sono talmente concentrata che riesco a vedere la grana della carta, mentre le parole si imprimono nella mia mente:

> ... poiché dove c'è gelosia e spirito di contesa, c'è disordine e ogni sorta di cattive azioni.
>
> *Lettera di Giacomo* 3, 16

22

"Tesoro, fa' un respiro profondo e dimmi cos'è successo."

"Mi ha piantato! Avevamo finalmente un po' di tempo per noi, e lui ha chiuso!" Ero in casa di Gretchen appoggiata contro una parete e piangevo al telefono piegata su me stessa.

"Cosa? Proprio adesso?"

Cercai di controllare la voce. "È tornato da Rio ieri..."

Vic sbuffò. "Come sempre."

"... e mi ha chiesto di vederci prima possibile. Non mi aspettavo niente del genere: pensavo che volesse semplicemente vedermi." Mi guardai attorno alla disperata ricerca di un altro fazzoletto di carta. "Ha detto che aveva bisogno di fare due passi per evitare di addormentarsi" continuai. "Così ci siamo trovati a Hyde Park per un caffè, poi abbiamo fatto una passeggiata. Ero eccitatissima che fosse tornato, e non smettevo di parlare."

"Naturale" commentò Vic.

"Scalciavo via le foglie e parlavo a raffica del mio desiderio di andare nel New England per vedere l'autunno, e dicevo frasi come: 'Non pensi che le foglie abbiano colori incredibili? Forza, adesso da' un calcio anche tu'." Chiusi gli occhi per l'umiliazione. "Ah, come mi sento stupida! Avrà anche pensato che volevo andarci con lui; il che è ancora peggio."

Vic ascoltava paziente.

"Era taciturno, ma ho pensato fosse solo per il fuso orario, così ho detto che l'avrei dato io il calcio al posto suo; ma inavvertitamente ho colpito una cacca di cane." Tentai una risata, ma non mi uscì nulla.

"Oh, no!" Neanche Vic rise.

"Era nascosta sotto un mucchietto di foglie. Ho cominciato a pulire la scarpa sull'erba dicendo che l'avrei lavata appena tornata a casa, ma lui ha detto: 'Non funziona' e io: 'Sì che funziona', e ho alzato il piede per fargli vedere che non era rimasto quasi più niente. *Allora* lui ha detto: 'Non la scarpa, ma noi. Noi non funzioniamo'."

"No!" gemette Vic. "Tu cos'hai risposto?"

"Non ricordo proprio. Non so se sono riuscita a dire qualcosa subito." Mi piegai sul telefono. "Mi ha accompagnato qui e deve essergli sembrato strano, visto che è la casa di sua sorella."

"Era il minimo che potesse fare, cazzo!" esclamò Vic, indignata.

"Ma appena entrati mi ha detto che aveva intenzione di andarsene, e che era così e basta; allora ho cercato di convincerlo che stava commettendo un errore." Quel ricordo tanto recente, crudo e doloroso – lui là in piedi, determinato, mentre io sciorinavo speranzosa le ragioni per cui valeva la pena stare con me – mi fece di nuovo scoppiare in lacrime.

"Veramente triste" commentò Vic.

"Lo so." Deglutii. "Sarebbe stato bello mantenere uno straccio di dignità."

"Le rotture non sono mai esperienze piacevoli..."

"Ho continuato a insistere finché lui non ha perso la pazienza. Allora gli ho chiesto se aveva un'altra. Non è stata la mia performance migliore."

"E... ce l'ha un'altra?"

"Dice di no, che non mi farebbe mai una cosa del genere: semplicemente non è in grado di darmi ciò di cui ho bisogno o che desidero. Ha detto che non sarebbe corretto fingere."

"Be', almeno ha ammesso di non essere abbastanza per te, e di avere grossi limiti personali" commentò brusca. "Ma era stato lui a venire dietro a te, ed era tutto un 'Non vedo l'ora di vederti' e 'Cogliamo al volo la felicità'. Che schifo! *Odio* le teste di cazzo come lui!"

"Poi gli ho chiesto di rimanere comunque, ancora per una notte" sbottai, con la morte nel cuore. Non volevo ammettere di essere caduta tanto in basso, neppure con lei, ma non potevo non confessarle tutto.

"Oh, Al..." Rimase in silenzio, mentre io singhiozzavo e il pianto echeggiava nella casa di Gretchen. Quindi chiese con garbo: "Ed è rimasto? Per questo stai chiamando adesso? È appena uscito?".

Scossi la testa come una stupida, dato che non poteva vedermi. "Non ha voluto." Abbozzai una risata e mi soffiai il naso. "È stata la mazzata finale. Ha cominciato a guardare l'orologio tutto ingrugnito, e a ripetere che aveva da fare. Alla fine ero talmente sconvolta che gli ho urlato di andare affanculo se il lavoro era tanto importante per lui; e lui c'è andato."

"Be', accontentiamoci di una piccola soddisfazione: almeno una cosa giusta l'avete fatta tutti e due. E te la devi stampare nella testa, Al, e cioè che in definitiva l'hai mandato affanculo tu."

"Solo perché mi ci ha costretto."

"Non importa" insistette. "Intanto, gliel'hai detto. Gretchen era al corrente delle sue intenzioni? Le avrai telefonato, immagino."

"Ci ho provato" ammisi "ma è proprio difficile raggiungerla per via del fuso orario. Ieri sera non era in casa e adesso è troppo presto per richiamarla: sono le sei di domenica mattina a New York, e sarà a letto. Avevi proprio ragione; dicevi che sarebbe successo questo se avessimo rotto e così è stato."

"Be', non è che mi faccia piacere."

"Avevi ragione su tutto, e questo è un altro aspetto del problema: sono incazzata nera con me stessa" dissi tra le lacrime appallottolando il fazzoletto di carta. "Quando Tom e io ci siamo lasciati, tu mi hai detto di riconquistare il mio spazio e buttarmi di nuovo nella mischia." Scagliai lontano il fazzolettino. "Invece, i primi due mesi ho passato ogni minuto a casa di Bailey con lui e Gretchen e, d'accordo, nessuno dei due aveva colpa se lei era malata, però poi lei se ne va e lui si mette a saltabeccare da un posto all'altro... e allora, io cosa faccio?"

Vic rimase in silenzio, sapendo che non mi aspettavo una risposta.

"Me ne sto qui come una cretina in attesa che torni dai suoi viaggi, e lo antepongo a tutto e a tutti." Cominciai a parlare in modo concitato. "Rifiuto un servizio in Italia perché dovrei partire proprio quando lui rientra per due giorni. Mi prendo un sacco di lavoro noioso da fare qui, per essere sempre disponibile non appena lui schiocca le dita. Voglio dire: che cazzo avevo in testa?" Strappai con rabbia un altro fazzoletto dalla scatola. "Patetico!"

"Dài, Al, ci siamo passati tutti. Ti sei innamorata ciecamente di lui e di quello che pensavi potesse offrirti, così ti ci sei buttata anima e corpo. Non sei la prima a renderti conto che vivere in funzione di un altro è una stronzata. Al massimo hai rinunciato a sei mesi della tua vita per una testa di cazzo. Ma di sicuro non ripeterai mai più un errore del genere."

Mi asciugai gli occhi gonfi, poi mi soffiai il naso arrossato e dolorante.

"Quando sei tutta presa dal lavoro e dalle cazzate quotidiane, insomma, quando vivi, è difficile fare un passo indietro per guardare il quadro generale e capire dove stai sbagliando. Non conosco una sola persona che non abbia pensato: 'Dovrei proprio telefonare a una delle ragazze così ci vediamo, ma ehi, come sono stanca, è stata una giornata di merda. Ho soltanto voglia di andare a casa, prendere un tè e crollare sul divano accanto alla mia metà'. A me capita. È molto triste ammetterlo, ma la maggior parte delle volte sono talmente stremata da non riuscire neanche a usare Facebook per mantenere i contatti. Ci vado solo per dare un'occhiata alle foto degli altri. E questo non va bene."

Sbuffai, poi tirai su con il naso, rumorosamente. "Non lo starai mica dicendo per farmi sentir meglio?"

"No, certo! Non essere così critica con te stessa. Guarda

le cose positive, Alice: hai un talento incredibile, un'attività che va a gonfie vele, e adesso sei libera di prendere tutti i lavori che vuoi! Comincia a dare la caccia a quelli che ti interessano veramente, le foto di viaggio."

"Dovrei, lo so. Almeno sono fortunata ad avere un lavoro che adoro; questo lo so."

"Sei grande, ragazza, forza!" mi incoraggiò in tono vivace. "Non dovrai mai più rivedere quello stronzo. La tua vita ricomincia da qui. Allora, cosa fai oggi? Credo che non dovresti star sola, perché magari adesso sei tutta arrabbiata, ma poi ti torna la tristezza."

Poi? Ero già di nuovo sul punto di piangere. Vic aveva ragione! Forse avevo visto Bailey per l'ultima volta nella mia vita. Ci eravamo scambiati l'ultimo bacio. Oh! Che dolore!

"Perché non vai a trovare i tuoi? Potresti dormire da loro."

"Ho un impegno domani mattina presto, per cui devo essere qui; proprio un bel lavoro tranquillo: solo io, la cliente e una scatola di smalti per unghie. Grazie a Dio."

"Okay, almeno va' da loro per pranzo. Ascolta, sono sicura che ci hai già pensato, ma oggi è Halloween e negli States è festa, ricordatelo se più tardi cerchi di metterti in contatto con Gretchen. Adesso voglio che tu telefoni subito a tua madre, okay? Richiamami stasera, quando rientri."

Chiusa la telefonata, mi domandai dove fosse Bailey o cosa stesse facendo e mi misi nuovamente a piangere. Stavo quasi per inviargli un SMS penoso per "sapere se andava tutto bene", dire che speravo saremmo "rimasti amici" e che mi dispiaceva di averlo mandato affanculo.

Poi però pensai alle parole di Vic, e mi imposi di non farlo. Digitai in fretta il numero dei miei. Avrei impiegato due ore per andare da loro, ma sarebbe stato bello abbracciarli e farmi un pianto a casa.

La mamma rispose seccata dopo neppure due squilli. "Frances, santo cielo: sono solo false contrazioni e io sto per uscire! Più mi chiami più mi fai perdere tempo."

"Non sono Frances" replicai, tirando su con il naso piena di autocommiserazione. "Sono io."

"Oh, Alice" disse. "Non tirare su con il naso, soffiatelo.

Senti, vorrei tanto fermarmi, ma non posso: tua sorella è convinta che il travaglio sia cominciato e che rischia di partorire sul pavimento della cucina, anche se – aggiungo io – è la quarta volta in due giorni che 'ci siamo'."

Ecco perché il giorno prima Fran non mi aveva richiamato dopo che Bailey se n'era andato.

"E non solo, ma papà e Phil si stanno scannando perché Phil ieri sera ha avuto amici e ora c'è un buco nella staccionata sul retro. Philip" disse arrabbiata "non si fa quel gesto a tuo padre! È molto maleducato... sì, in realtà lui sa benissimo cosa vuol dire, e il punto non è quello. Devo andare, cara. Grazie a Dio ci sei tu. Avrei dovuto avere prima te, e poi fermarmi. Ti chiamo più tardi. Philip, parla con tua sorella."

"Ciao, Al" esordì Phil. "Novità? Papà sta sbarellando e anche Frances sclera; continua a telefonare, cioè, è tutta un lamento. Ti manda fuori di testa. Oddio! Be', Al, devo andare. Cioè, c'è un vecchio squilibrato che sta sbraitando contro di me e dice che devo andare ad aggiustare quella maledetta staccionata, anche se io non c'entro assolutamente niente. Te lo passo."

Mio padre prese il telefono e disse, teso: "Pronto, Alice. Qui purtroppo siamo tutti un po' su di giri oggi. Philip, come avrai capito, continua a non avere un lavoro e si è dato alla vita notturna, che significa stare sdraiato sul divano a grattarsi, mangiare qualsiasi cosa a portata di mano e bere il mio whisky; a quanto pare, adesso mi distrugge la casa senza motivo, tanto per divertirsi. Sì, è proprio così, Phil!". Aveva cominciato a urlare, per cui dovetti allontanare il telefono dall'orecchio. "Pensi di prendermi per scemo, maledizione? C'era il pallone là vicino!"

Così, invece di andare a casa, dove sembravano tutti impazziti, passai la maggior parte della giornata a letto, tra un pianto e l'altro, il che non era decisamente l'inizio che avrei scelto per la mia nuova vita. Poi, verso le cinque del pomeriggio scoprii una bottiglia vagante di Schnapps alla pesca sotto il lavello della cucina. Risultato: le cose precipitarono.

Con dita tremanti – poteva essere l'agitazione o il primo segno di grippaggio del fegato – composi il numero e trattenni il fiato mentre dall'altra parte dell'oceano arrivavano suoni per niente familiari. Merda! Squillava! Non sapevo neppure se lui aveva mantenuto lo stesso numero di cellulare, figuriamoci se sapevo se funzionava in America. Attesi.

Per tutto il pomeriggio, ogni volta che pensavo a Bailey – fino al giorno prima era stato il mio ragazzo, e avrei potuto telefonargli tutte le volte che volevo – mi sentivo venir meno dal dolore e dalla nostalgia. Ma, per puro masochismo, nel mio crescente ottenebramento cominciavo anche a provare un senso di colpa nei confronti di Tom. Si era sentito come me in quel momento? Aveva dovuto andare lontano, comportarsi come se tutto fosse okay, essere vivace e allegro, cominciare un nuovo lavoro in una città sconosciuta *sentendosi in questo modo*? Oh, povero, povero Tom.

Mi sembrava di avere sullo stomaco uno stucchevole cocktail grumoso di senso di colpa e dolore: prima delle undici di sera sragionavo e mi sentivo molto molto triste. Volevo Bailey, ma mi mancava anche Tom. Mi sembrò del tutto normale chiamarlo in America per scusarmi di avergli spezzato il cuore.

Rispose con un allegro "Pronto!". Fu come se non fossero passati sei mesi dall'ultima volta che ci eravamo sentiti.

"Ciao" sussurrai. "Sono io. Sei sveglio?"

"Alice?" Il tono era molto sorpreso – ci credo – e nello stesso tempo non contrariato, cosa che considerai un buon segno, ma poi ricevetti una tale mazzata che avrei preferito prendermi in faccia un cartello stradale.

"Volevo solo dirti che mi dispiace" farfugliai, mentre andavo avanti e indietro per il soggiorno di Gretchen con il cordless all'orecchio. "Proprio tanto, tanto, tanto. Bailey mi ha piantato, e ho pensato che forse ti faceva piacere saperlo. Non è bello essere piantati, vero? Mi sentivo in colpa perché tu sei adorabile, Tom; adorabile, generoso e con un cuore grande. E mi manchi moltissimo. Vorrei tanto abbracciarti." A quel punto mi misi a piangere. "Tu sai abbracciare in modo splendido."

"Alice, sei sbronza?" chiese senza giri di parole.

"No, certo" risposi cauta, lanciando un'occhiata alla bottiglia di Schnapps mezza vuota. "So come mi sento perché sono io che parlo. E non è l'alcol a parlare per me." Mi schiarii la voce, consapevole di avere un piccolo problema nell'articolare le parole, e raggiunsi barcollante il divano. "Sto benissimo, davvero."

Poi mi sembrò di sentire una voce in sottofondo. Una voce femminile.

"Alice, non posso proprio stare al telefono perché sto uscendo."

Mi sedetti. "Con una ragazza?" Ricordai che Vic mi aveva detto che Tom usciva con una tizia.

"Sì" rispose, molto imbarazzato. "Una specie di festa di Halloween. Posso chiamarti domani mattina, ora di qui, se pensi ti possa essere d'aiuto."

"No, no" dissi scuotendo le testa, sentendomi all'improvviso molto triste e confusa. Andava tutto storto. C'era la sua voce – ah, come la conoscevo bene – ma lui si trovava in una stanza che non avevo mai visto, in un altro paese, con un'altra ragazza. "Domani sera, ehm, esco con Gretchen" mentii: all'improvviso volevo dimostrare che anch'io avevo la mia vita e non ero una poveraccia emotivamente distrutta, che si sbronzava da sola con un liquore alla frutta. "Quindi non ci sono." Sentii di nuovo le lacrime agli occhi, e cercai in tutti i modi di controllare la voce. "Che bello parlare di nuovo con te! Quando torni, pensi che potremmo bere insieme qualcosa?"

"Certo" rispose impacciato. "Combiniamo senz'altro."

"Gli amici non sono mai troppi, eh?" tentai una risata, ma mi uscì un belato.

Lui si ammorbidì. "Non ho mai smesso di essere tuo amico. Avevo solo bisogno di tempo, tutto qui, Al, va' a letto. E tieniti vicino un secchio, okay? Promesso?"

Quel suo tono gentile e premuroso mi diede il colpo di grazia. "D'accordo. Allora, ciao" farfugliai riagganciando. Con le lacrime agli occhi sollevai la testa, e nel vetro della finestra colsi il riflesso del mio viso devastato. Stentai a riconoscermi: chi era quella ragazza disperata e inconsolabile seduta da sola in una grande stanza vuota, che guardava verso di me? Quella notte piansi fino ad addormentarmi.

Grazie a Dio la mattina seguente dovevo alzarmi per un lavoro. Prima dell'arrivo della cliente, trovai che la pace e il silenzio dello studio vuoto avevano un effetto calmante, e per la milionesima volta ringraziai Dio di non lavorare in un ufficio rumoroso, pieno di gente indaffarata, dove avrei dovuto apparire sempre brillante e ben vestita. L'aspetto un po' trasandato faceva parte del pacchetto del creativo e sembrava quasi che i clienti lo dessero per scontato. Per fortuna il lavoro di quel giorno era facile, e anche se mi sentivo di merda, era impossibile sbagliare delle foto di smalti per unghie. Una volta cominciato, fui rapidamente assorbita dalle curve delle boccette e dal colore dei liquidi. Quando il cellulare che avevo in tasca si mise a squillare dopo pranzo, ero tutta concentrata nel lavoro e avrei preferito ignorare la chiamata, solo che era Gretchen.

"Ciao!" Aveva un tono affettuoso e sembrava proprio quella di una volta. "Mi dispiace tanto; quando sono rientrata stanotte ho trovato tutti i tuoi messaggi, ma era troppo tardi per chiamarti. Allora, il mio stupido fratello ha preso la classica stupida decisione di lasciarsi sfuggire tra le dita una come te, vero?"

Con un sospiro mi allontanai dai riflettori e dalla cliente, che stava di nuovo giocherellando nevroticamente con una boccetta anche se per tutta la mattina le avevo chiesto di non toccare i pezzi, e sedetti tanto in fretta su una sedia nel retro dello studio che il mio cervello ancora annebbiato dalla sbronza sciaguattò nella testa come acqua sporca in un acquaio. "Te l'ha detto" considerai. "Cosa ti ha raccontato?"

"Devi sentirti di merda. Mi dispiace proprio tanto, Al."

"Ho avuto momenti migliori." Esitai. Poi abbassai la voce per non farmi sentire dalla cliente. "Oddio, Gretch, non ci crederesti. Ho chiamato Tom e lui era là con una ragazza: l'ho sentita in sottofondo; stavano uscendo insieme." Chiusi gli occhi per la vergogna. "Oh, vorrei tanto che tu fossi qui!"

"Rientro tra quattro settimane appena. Tranquilla. Tu aspettami lì e quando torno, sarò io a badare a te! Usciamo e ci divertiamo: ci prendiamo un po' di tempo tutto per noi. Su con la vita!"

Le sue parole incredibilmente confortanti mi fecero ricordare momenti più felici. "E non farti dei problemi per aver chiamato Tom" aggiunse. "Ci siamo passati tutti: essere piantati, telefonare all'uomo che è sempre stato la tua rete di salvataggio per essere un po' rassicurata, per piangere sulla sua spalla eccetera. Non c'è niente di male."

Grazie al cielo c'erano lei e Vic.

Chiusi gli occhi. "Pensi che finita la telefonata lui le abbia detto: 'Scusami, era la mia ex dall'Inghilterra, bella sbronza, quella che mi ha tradito'?".

Seguì un attimo di silenzio, poi lei rispose, cauta: "No. Ha solo detto che eri sconvolta e un po' brilla. Per la verità, è per questo che non ti ho chiamato subito, ma adesso sono qui".

All'inizio pensai di aver sentito male, poi mi chiesi se ero ancora ubriaca.

Raddrizzai un po' la schiena, quindi, incapace di crederci, chiesi stupidamente: "Cosa? Tu eri da Tom?".

"Alice, ti prego, non chiudere. Fammi spiegare."

"Cosa ci facevi là?" domandai, nella più totale confusione. "Non lo conosci neppure! Ha detto che stava uscendo con una ragazza americana!"

"No, non ha detto così. L'hai dedotto tu" ribatté con delicatezza. Inspirò a fondo. "Lui stava uscendo con me... o meglio *esce* con me."

Rimasi impietrita mentre tutto continuava come se niente fosse: la cliente fece cadere una boccetta e lo smalto denso cominciò a spandersi dappertutto. La porta dello studio si aprì e un fattorino entrò con un pacco... Tutto normale, tranne quello che aveva appena detto Gretchen.

Lui faceva *cosa*?

"Alice..." cominciò. Ma prima che potesse aggiungere altro, io, completamente scioccata, armeggiai con il telefono ancora appoggiato all'orecchio, e lo spensi. Fissai la parete di fronte a me.

Tom e Gretchen?

Uscivano insieme?

L'aveva vista due volte. E lei era a casa sua.

La mia mente fu attraversata dall'immagine improvvisa e crudele di loro due in un raffinato e spazioso loft a Manhattan. Tom, terminata la telefonata con me ubriaca si voltava verso Gretchen con le mani fresche di manicure, seduta sul divano che diceva: "Povera Alice"; poi lui le tendeva la mano e aggiungeva: "Che ne dici se noi...". Lei si alzava e lo guardava appassionatamente mentre lui si chinava a baciarla...

Mi sentii pugnalare, trapassare da una lama tagliente. Sussultai.

Oddio! Strizzai gli occhi: gli avevo raccontato che quella sera sarei uscita con Gretchen per fargli credere di avere anch'io la mia vita...

E lei gli era rimasta seduta accanto per tutta la telefonata.

23

Alle nove di sera, al ritorno a casa – a casa di Gretchen, intendo – trovai il nastro della segreteria telefonica pieno di suoi messaggi, in cui, in successione, mi implorava di rispondere, affermava stizzita di non aver fatto nulla di male, e dichiarava che io ero importantissima per lei, tant'è che mi aveva aiutato con suo fratello e mi aveva addirittura concesso l'uso gratuito del suo appartamento. Nell'ultimo messaggio diceva soltanto che desiderava spiegarmi le cose.

Prima che avessi la possibilità di strapparlo dalla presa, il telefono squillò di nuovo, e io fui sul punto di rispondere, ma all'ultimo momento preferii evitare. Però a riempire la casa dopo il *bip* della segreteria non fu la voce di Gretchen ma quella di Tom. Crollai sul divano e fissai l'apparecchio mentre ascoltavo le sue parole pacate che arrivavano dall'altra parte del mondo.

"Al, sono io. Mi dispiace moltissimo che Gretchen sia stata messa nell'impossibile situazione di dover decidere se dirti di noi al telefono."

"Di noi?" Mi sfuggì un gridolino.

"Avevamo deciso di dirtelo non appena tornati in Inghilterra, ma, ehm... le cose non vanno sempre come immagini, e... comunque, tu sei la migliore amica di Gretchen, ne avete passate tante insieme, e il fatto che ti ostini a non permetterle di spiegarti la distrugge."

Rimasi a bocca aperta. "Distrugge *lei*?"

"Spero che accetterai d'incontrarla quando torniamo, per chiarirvi; così potrai renderti conto che nessuno intende farti del male. Chiamami se ne hai voglia, ma sappi che capirò se preferisci non farlo."

Un secondo dopo stavo telefonando a Vic. "Lo sapevi? Sapevi che usciva con lei?"

"Certo che no! Al, non è che non voglio parlarne, tutt'altro. Ma ti spiace se ti richiamo tra cinque minuti? Il fatto è che Luc e io stavamo finendo di vedere un DVD, e lui poi vuole andare a letto..."

"Oh, scusa. Ero talmente scioccata che... avevo bisogno di..."

La sentii sospirare. "Ehi, non preoccuparti. Nessun problema. La fine del film posso vederla dopo. Luc la guarda adesso, e io magari domani."

"Ma non lo trovi pazzesco?" dissi incredula. "Prima Bailey, e adesso questo!"

"Lo so" rispose lei, ammorbidita. "Dev'essere orribile."

"Come ha potuto farmi una cosa del genere? Non ci si mette mai e poi mai con l'ex di un'amica, tanto più se era una storia importante... è una tacita regola!"

"Concordo che sia una bastardata, dopo tutto quello che hai fatto per lei. Però ti prego, non riscrivere la storia. Per il tuo bene devi ricordare che tu e Tom avete rotto a causa di Bailey, non di Gretchen... Lei e Tom erano liberi, entrambi convinti che tu uscissi con un altro. Non è simpatico e capisco che ti ferisce, ma ti importerebbe altrettanto se tu stessi ancora con Bailey? Non fraintendermi: essere un po' gelosi è perfettamente naturale, ma..."

"Non sono gelosa!" la interruppi. "Penso che sia morboso, orribile! Le ho fatto delle confidenze, le ho rivelato cose intime di Tom – roba di sesso – e adesso lei ci va a letto insieme! In fin dei conti, io lo amavo davvero. D'accordo, non ero innamorata e so di averlo fatto soffrire moltissimo, ma non è che si smette di voler bene a una persona da un giorno all'altro. Sarebbe comunque difficile abituarsi all'idea che lui ha una ragazza nuova, figuriamoci se si tratta di Gretchen; che cavolo! Come faccio a esserle amica, a questo punto? Come possiamo sederci a fare una di quelle chiacchierate tra donne su quello che la infastidisce del suo fidanzato? È fuori discussione, ti pare?"

"Be', non potevi neppure quando uscivi con suo fratello. Per questo..."

Lo sapevo che stava per tirar fuori uno dei suoi "Te l'avevo detto", quindi continuai imperterrita. "Io le ho parlato quando ho scoperto che mi piaceva Bailey e lei sul principio si è alterata, così mi sono tirata indietro. Invece lei non mi ha mai detto niente del genere riguardo a Tom. Niente! Neppure che l'aveva incontrato per caso!" Avvertii un capogiro, per cui mi sedetti. Sembrava irreale, un brutto scherzo, eppure avevo avuto la prova, e da parte di entrambi.

Vic non commentava. Si limitava ad ascoltare.

"Secondo te, cosa si raccontano di me?" sussurrai. "Lui cosa le avrà detto? E lei? Sanno cose molto intime sul mio conto, e non voglio che si mettano a chiacchierare... secondo te, gli faccio pena perché sono stata mollata? Non sopporterei proprio la loro compassione. Assolutamente no!"

"Sono certa che non si dicono niente del genere, Al. Tu adesso passi un momento difficile e immagini cose di cui normalmente il pensiero non ti sfiorerebbe neppure" cercò di rassicurarmi. "Tom è una persona per bene; non farebbe mai una cosa del genere. Per essere sinceri, Al, lui non era neppure tenuto a darti spiegazioni... altri uomini se ne sarebbero ben guardati!"

"Per via di Bailey?"

"Be', in parte sì." Il suo tono tradì un lieve imbarazzo.

"Ma io non volevo assolutamente parlare di lui a Tom! Avevo deciso di seguire il tuo consiglio, di raccontare una palla e non ferirlo, però si è messa di mezzo Gretchen con la sua boccaccia. Lei non c'entrava un cazzo di niente, e poi avrebbe dovuto essere in ospedale, tra l'altro." Di punto in bianco un pensiero mi colpì letteralmente in mezzo agli occhi, come se una trave di ferro avesse attraversato la stanza per centrarmi sulla fronte e mandarmi a gambe all'aria.

"Oddio, Vic! Credi che glielo abbia detto *di proposito*?"

"Non capisco." Sembrava confusa. "Detto, cosa?"

"Che Bailey e io 'uscivamo insieme'. È stato questo a farci troncare, giusto? E adesso lei si è messa con Tom, quindi evidentemente lo trova attraente."

"Non voglio essere cattiva, ma mi pare ovvio, no?"

"Il punto è: quando ha cominciato a piacerle? Appena l'ha conosciuto? Mentre era ancora il *mio* ragazzo?"

La mia mente cominciò a correre mentre Vic considerava le implicazioni delle mie parole.

Esitò. "Sembrerebbe che si siano appena incontrati in America e da lì sia nato... Forse dovresti..."

"Come, per caso, in una città con milioni di abitanti? Quante possibilità ci sono che accada davvero?"

Fissai il muro, al quale era appeso un grande poster alla Warhol pieno di foto in colori diversi di Gretchen in stile Marilyn, con la testa inclinata all'indietro in una risata. Era come guardare un puzzle e cercare di incastrare i pezzi al posto giusto per creare un quadro chiaro.

"Di punto in bianco lei decide di fare un corso a New York, dove non conosce nessuno... però sa che c'è lui, perché gliel'ho detto io. E allora, bingo! Si incontrano per caso e si innamorano? In una città così grande?"

"Al." Dal tono di Vic trapelò una certa preoccupazione. "Hai avuto un weekend di merda, e capisco che sei sconvolta, in cerca di ragioni e spiegazioni, ma mi sa che stai sparando cazzate. Secondo te, c'è andata di proposito, come una specie di missile a ricerca termica? Mica è Glenn Close in... come si chiama? Ah, sì, *Attrazione fatale*."

"Be', è appena uscita dall'ospedale psichiatrico."

"Oh, Alice!" esclamò sgomenta. "Andiamo, sei troppo intelligente per pensare una cosa del genere! Tu stessa hai detto che era stata davvero male, che aveva fatto una cosa orribile."

"Già, proprio così! Per esempio spifferare di proposito a Tom di me e Bailey!"

"Come sarebbe? Dunque la sua malattia sarebbe stata una comoda scusa per sferrare un affondo?" chiese Vic scettica. L'idea non mi era neppure balenata.

"Sì! Certo! Hai assolutamente ragione!"

"Scusa, ma questo è veramente pazzesco. Alice, per favore. Sei fuori di testa; io non dicevo sul serio. Nessuno può essere così scaltro e manipolatore."

Non le diedi retta. "Incredibile! Devo andare. A dopo."

"Alice, non chiamare Tom..." le sentii dire, ma io sbattei giù il telefono e in tutta fretta digitai il numero.

24

"Quindi Gretchen si è presa una cotta per me a Londra e di proposito ci ha fatto separare per poi seguirmi in America?" scandì Tom con tono assolutamente incredulo. "Scusa, Alice, ma non me la bevo. Non sono poi così bello."

La battuta non mi fece ridere. Eravamo al telefono da venti minuti buoni, e la nostra passata intimità ci consentiva di essere sinceri e diretti.

"È ridicolo. Insomma, dài!" replicò lui, a disagio. "Io e lei abbiamo davvero combattuto per reprimere quello che stava nascendo tra noi..."

Chiaro. Me li vedevo proprio a combattere!

"Nessuno dei due si rendeva conto di cosa sarebbe accaduto."

"Piantala! Non voglio sapere i particolari!"

"Non volevamo far soffrire nessuno; comunque tu stavi con un altro, ricordi?"

"Già, e guarda un po', tu l'hai scoperto 'per caso'!"

All'improvviso mi era venuta in mente un'altra cosa: l'iniziale reazione brusca e seccata di Gretchen nel sentire che mi piaceva Bailey, e poi il repentino voltafaccia per spingerci insieme. Mi aveva sistemato con Bailey soltanto per togliermi dai piedi?

"È stata Gretchen a buttarmi tra le braccia di Bailey: te l'ha detto questo?"

Tom mi ignorò. "Alice, tra me e Gretchen è appena successo. Mi sentivo solo quaggiù, e anche lei. Nessuno ha tramato niente... è un'idea assurda! Tu hai bisogno di riposo." Stentavo a credere che cercasse di calmare me. Non ero io la matta! Guardai le foto di lei sulla parete e dovetti frenarmi per non scagliarvi contro qualcosa.

"Tu hai preso una botta in testa" risposi, incattivita. "Pazzesco. Dài, compiangiamo tutti la povera innocente Gretchen. 'Oh, per caso ho detto qualcosa che non avrei dovuto? Non è colpa mia ma dei farmaci, della malattia mentale, della depressione...' Palle! Essere maniaco-depressivi non giustifica le cattive azioni. Non si può fare quello che si vuole e poi scusarsi: 'Ops, mi spiace, tutta colpa della parte cattiva di me!'. Si nasconde dietro questa cosa quando le torna comodo, così può fare tutto quello che vuole. Stento a credere di essermene accorta soltanto adesso!"

"Alice, ti ascolti quando parli?"

"Tra l'altro, a te non importa che sia malata di mente? Non ti preoccupa?"

"Allora, ci tieni a sapere i particolari" mi rispose con tono paziente. "Senti, a Londra io non la conoscevo molto bene, per ovvie ragioni, ma tutto quello che dicevi tu di lei è vero, malgrado la malattia. È incredibilmente divertente, generosa, gentile e spontanea..."

"Come pure calcolatrice, ambigua, pronta a scoparsi chiunque quando è su di giri, pronta a spendere a piene mani come se usasse i soldi del Monopoli" aggiunsi malignamente.

Anziché cogliere le allusioni, Tom fece un respiro profondo. "Ci divertiamo un sacco insieme. Quanto ai suoi problemi psichici, non è stato difficile. Fin dall'inizio è stata molto sincera in proposito, prende le medicine... in certi momenti diventa irritabile o depressa, ma io lascio che si calmi da sola."

"Diventa irritabile?" ripetei sbalordita. "Ma mi prendi per il culo? L'ho vista tentare di scendere da un'auto in movimento!"

"Al, per favore. Non è bello nei confronti di Gretch... e non è da te."

"Dunque, raccontami com'è che vi siete appena 'incontrati'" gli chiesi con un tono da agente di polizia deciso a riesaminare le prove per trovare l'indizio risolutivo.

"Gesù, Alice" disse, esausto. "Si è trasferita qui, e non conosceva nessun altro. Non aveva idea di come trovare assistenza medica, e non voleva chiedere ai compagni di corso per non informarli delle sue condizioni. Ricordava che tu le avevi detto che io ero qui per una trasferta e in quale azienda lavoravo. Era disperata... lo sai quanto deve esserle costato telefonare a una persona che aveva incontrato soltanto un paio di volte? E non esattamente nelle migliori circostanze, nell'ultima occasione..."

"Ma non è vero!" esplosi. "Ha detto a me e a Ba..." mi interruppi di colpo. "Prima di partire mi ha detto che aveva già contattato un terapeuta. Perché lui o lei che fosse non l'ha aiutata a ottenere l'assistenza medica? Perché chiamare te?"

"Forse l'hanno delusa, o forse semplicemente non sapevano... qui tutti si definiscono strizzacervelli. È imbarazzante."

Ma sentiva quello che stava dicendo? Da quando era diventato un esperto in psichiatria?

"Andiamo, Tom."

"Come puoi sapere se ho ragione o no?" Stava perdendo la pazienza. "Tu non vivi qui... io sì."

"Lei ci ha usato tutti e due... e tu sei troppo ingenuo per accorgertene!"

"Ah già, ha anche fatto in modo che tu ti innamorassi di suo fratello, vero?" sbottò lui. "Senti, io sono una persona... in questo hai ragione, non troppo complicata. Ci siamo incontrati, a me è piaciuta e io non stavo con nessuno. Tutto qui. Ammetto che sarebbe stato preferibile mettersi con una persona che tu non conoscevi, ma non si può decidere di chi innamorarsi. Tu l'hai provato con Bailey" stentò a pronunciare quel nome "e la mia non vuole essere una frecciata. So che può sembrarlo, ma non lo è."

"Non ti è venuto in mente che avrei potuto starci male?"

"Vuoi una risposta sincera, Al?" ribatté prontamente. "Per la verità sì, sul principio ci ho pensato, e anche se odio ammetterlo, una grande parte di me voleva vendicarsi. Insomma, cazzo Alice, te lo sei portato a *Parigi*, no?"

Annaspai. "Vic aveva promesso di non dirtelo!"

"Infatti non è stata lei. Ho telefonato e ha risposto Luc, che se l'è lasciato sfuggire. Comunque in tutta franchezza posso assicurarti che quello che provo per Gretchen adesso..."

Sentirlo parlare di lei in questi termini mi fece venire la nausea. Era tutto sbagliato!

"... non c'entra niente. Proprio niente. Non è certo per fare soffrire te, Alice. Io ti amavo."

E questo – l'uso del tempo passato – diceva tutto. Non riuscii più ad ascoltarlo.

Chiusi la comunicazione e rimasi lì, paralizzata.

Ma lei, come aveva potuto? E *lui*, poi? Insomma, come poteva farmi una cosa del genere una delle mie migliori amiche, e parlarmene soltanto dopo che era successo? Ripensai a tutte le telefonate di chiacchiere a vanvera, a parlare di questo e quello: il suo corso, il mio lavoro, gli insegnanti che le piacevano, le notizie della mia famiglia. E per tutto il tempo lei vedeva Tom, usciva con lui. Ci andava a letto. Mi guardai intorno lentamente, come se vedessi con occhi nuovi le cose che le appartenevano. Sedevo sul suo divano e abitavo in casa sua: anche questa era un'idea sua.

Mi sconvolgeva la spaventosa facilità con cui era riuscita a manovrare tutti per metterli al posto giusto, e mentre sedevo a sistemare ogni pezzo del puzzle, un'ondata di rabbia, dolore, amarezza e gelosia cominciò a crescere dentro di me.

In teoria era una delle mie migliori amiche, eppure ogni persona e ogni cosa per me importante ormai ruotava intorno a lei.

Dubitavo di riuscire a tollerarlo.

25

Rientrata nel silenzioso appartamento di Gretchen scaraventai la copia di "Loot" sul tavolo. Trovavo opprimente quel silenzio alla fine di una giornata frenetica di lavoro nell'affollato ristorante di Mayfair, dove ero stata piacevolmente travolta dalla presenza di tante altre persone e dalle loro chiacchiere. Il televisore era spento, il bollitore pure, e non c'era nessuno a chiedermi com'era andata la giornata. Solo Gretchen in quelle cazzo di foto alla Andy Warhol che mi guardava ghignando. Decisi di chiamare Vic.

"*Salut*, Alice" La voce di Luc, con il suo tipico tono tranquillo e pacato da medico, mi echeggiò nell'orecchio. "So che stai passando un momento difficile; mi dispiace. Vuoi parlare con Victoria, giusto? O invece volevi me?"

"Ehm, per la verità cercavo Vic" risposi, interdetta per la proposta. "C'è?"

"Certo. In realtà sta finendo di mangiare. Eccola, te la passo" disse lui con gentilezza.

"Ciao, Al." Vic stava ancora masticando. "Come va?"

"Impazzisco. Devo andarmene da questa casa, Vic. Tu non ti rendi conto di come mi senta intrappolata nel suo spazio, però non riesco a trovare un'altra soluzione." Mi guardai intorno e rabbrividii. "È praticamente impossibile cercare di trasferirsi nella baraonda prenatalizia, e solo i veri disperati cercano una camera in una pensione."

"Be', tu non sei disperata, non ancora." Sentii sullo sfondo il tintinnio di una posata sul piatto. "Grazie, Luc, sei stato bravissimo... So che odi quel posto, Al, e ti capisco bene, ma adesso lei è in un altro paese, e non è che sei costretta a viverci insieme. Quand'è che torna?"

"Credo alla fine di novembre, tra quindici giorni, come da programma. Se non ho trovato qualcosa entro questa settimana, non mi resta che andare in albergo, dormire in studio o roba del genere."

"Ma è già mercoledì!" Vic sbadigliò. "Non ti restano che... quanto... tre giorni appena!"

"Lo so. Ho passato religiosamente in rassegna i giornali in cerca di affitti a lungo e breve termine" dissi stancamente "ma non posso permettermi un monolocale da sola, per cui devo ripiegare su un appartamento in condivisione. Se tieni conto che ho un sacco di apparecchiatura fotografica molto costosa, non è esattamente facile trovare un posto con gente seminormale, che non sia una casa dove si fuma crack, o un buco fatiscente con finestre sgangherate da cui ti aspetti che nel cuore della notte ti piombi in camera qualcuno. Mi hanno detto che potrebbe saltare fuori qualcosa dopo Capodanno, ma per il momento è tutto fermo."

"Hai provato con il vecchio gruppo dell'università?" Vic sbadigliò di nuovo. "Oddio, scusa, Al! È che ho avuto una giornata interminabile in ufficio. È davvero faticoso cercare di capire la gente quando parla in fretta. Devo concentrarmi al massimo, altrimenti tutto si confonde in un grande blaterare in francese. Comunque, le compagne di università..."

"Okay, già me l'immagino la scena: 'Salve, sono Alice. Senti, lo so che di recente non ci siamo più viste, a parte ogni tanto un brindisi di compleanno, soprattutto per il troppo lavoro ma anche perché sono pigra ed era più semplice restare a casa il venerdì sera con il mio fidanzato di prima piuttosto che fare lo sforzo di vedere te. Be', ora non sto più con lui – si è messo con la mia cosiddetta migliore amica, che tra l'altro è pazza – e io ho appena rotto anche con quello nuovo! Oh, te l'avevo detto che sto cercando casa? Pensavo che il tuo appartamento potesse risolvere i miei problemi. Ci vediamo venerdì?'."

Vic sospirò. "Capisco cosa vuoi dire. D'accordo."

"Inoltre è imbarazzante. Sono troppo vecchia per queste stronzate... elemosinare una camera libera. Stare a casa sua sembrava al momento un'ottima idea, una soluzione comoda e facile. Non ho riflettuto neppure un attimo su cosa sarebbe successo se avessimo litigato. L'eventualità non mi era neppure passata per la testa."

Nel pensare a Gretchen sentii il solito misto di tristezza e rabbia attanagliarmi le viscere. Da quando avevo scoperto di lei e Tom, avevo analizzato la nostra amicizia per ore, fino a giungere alla conclusione che tutto quello che c'era tra noi due doveva essere stato costruito interamente sulla sabbia. Era crollato in fretta com'era iniziato, al punto che io dubitavo addirittura che fin dall'inizio fosse una cosa vera, anche se per me era diventato tanto importante. Era quello che meritavo per aver nutrito troppe aspettative su una persona che forse non avrebbe dovuto essere niente più che una compagna di bevute e di caffè? In effetti una volta aveva lei stessa ammesso di avermi usato per ampliare i suoi contatti nel mondo della moda.

Mi chiedevo se, nella sua mente, lei fosse mai andata oltre quella motivazione iniziale; se davvero era sincera quando, depressa, aveva detto che non voleva assolutamente perdermi. Quali che fossero le sue ragioni, era chiaro che ormai aveva ottenuto tutto quello che voleva dalla nostra amicizia, ed era pronta a passare alla successiva. Mi rendevo conto che altri prima di me potevano essere stati abbandonati per strada, malattia o non malattia. Ma in momenti più sereni mi sentivo semplicemente messa da parte, incapace di comprendere come fosse riuscita a mentire, a strumentalizzare tutto... pur sapendo benissimo quanto tenevo a Tom. Avevo creduto di essere più importante per lei.

Avrei fatto qualcosa di diverso, se avessi potuto tornare indietro? Fatto, cosa? Chiederle se era sana di mente la prima volta che l'avevo conosciuta? In fin dei conti, il problema non era la sua malattia, ma lei. Come aveva *scelto* di comportarsi. Il nostro incontro si poteva soltanto attribuire a un colpo di sfortuna. Lei mi era parsa divertente. Di sicuro la nostra si era dimostrata una di quelle amicizie che ti cambiano la vita.

Malgrado tutto, pur essendo ancora arrabbiata con me stessa per il tempo e l'energia sprecati, avevo aspettato che lei mi chiamasse per scusarsi di nuovo. Non l'aveva fatto. Attraverso il silenzio mi comunicava chiaro e tondo che tra noi non c'era più nulla.

"Di tanta gente con cui fare amicizia" dissi cercando di alleggerire la conversazione "io scelgo la squilibrata sociopatica. Sai, l'unica cosa positiva di questo mese di stramerda è che ho perso quasi sei chili senza il minimo sforzo." Ripiegai le gambe sotto il sedere.

"Perfetto! Sei magra, con il cuore infranto... dovresti venire a Parigi!" Vic fece una pausa. "Potresti stare qui per un po' mentre cerchi di rimetterti in *pêche*!"

"E fare la ruota di scorta al tandem tuo e di Luc? Grazie, ma ho bisogno di imparare a reggermi sui miei due *pieds*. Comunque, *pêche* vuol dire pesca" la informai, premurosa. "Piedi si dice *pieds*."

"Ah, ecco perché ho faticato tanto per comprare un collant, l'altro giorno. Credi che staresti meglio se andassi dai tuoi per un po'?"

"Quattro ore in treno dopo una giornata intensa di lavoro? E se non mi uccide il viaggio, ci penserebbe Fran. È quasi sempre dai miei: irritabile, stufa marcia di essere incinta e litigiosa all'ennesima potenza. Magari potrei vedere se la parrocchia del villaggio ha una culla del presepe in cui sistemarmi! Se trovo anche un pastore pronto a darmi delle bastonate, sono a posto."

"Secondo me, sei coraggiosa, sai. Sono orgogliosa di te" affermò lei decisa. "Immagino quanto sia difficile non fare più parte della squadra quando entrambi un tempo erano tua proprietà esclusiva, e credo che tu ti stia comportando benissimo. Ci sei quasi, Al. Su la testa. Senti, tesoro, mi dispiace chiudere, ma adesso devo proprio andare. Sono a pezzi, e domani sarà una giornata lunghissima."

"Oh, sul serio?" Mi rendo conto con sgomento che sono al telefono da un secolo e non le ho neppure chiesto come sta. "Mi dispiace tanto, Vic. Sono andata avanti a parlare di me senza farti una sola domanda su come te le passi."

Esitò. "Tutto bene" disse infine. "Sei tu quella che attraversa un periodo difficile. Capisco, sul serio. Andrà tutto bene, Al. Promesso."

Le sue parole mi furono di consolazione più tardi, quando ormai struccata, in pigiama e pantofole, al buio sul divano di Gretchen, davanti a un merdoso spettacolo televisivo del mercoledì sera consumavo la mia cena: un sacchetto formato famiglia di patatine. Avevo appena ricevuto un SMS in cui mi comunicavano che l'appartamento che ero andata a vedere la mattina era stato affittato nel primo pomeriggio. Avevo sempre meno tempo, e anche meno opzioni.

Tutti i pensieri volarono via quando sentii delle voci fuori della porta di casa e vidi la maniglia cominciare a muoversi lentamente. Qualcuno stava cercando di forzarla! Per ragioni note soltanto a me, mi affannai ad abbassare l'audio del televisore: una reazione istintiva. Mi immobilizzai. Poi sentii una chiave girare cigolando nella serratura.

La porta si spalancò e, come in un incubo, eccoli lì: Gretchen e Tom, molto reali e proprio davanti a me, uno appoggiato all'altra, che ridevano a crepapelle mentre si toglievano i borsoni dalla spalla. Gretchen allungò il braccio verso l'interruttore della luce ed esclamò perplessa: "La tele è accesa!". Ovviamente non mi aveva visto. Ma quando la luce inondò la casa, strabuzzò gli occhi nel vedermi seduta lì, immobile, paralizzata dallo choc. "Merda! Alice?"

Lasciò cadere le braccia, sconcertata. Doveva aver pensato che io, sentendomi offesa e tradita, avessi fatto i bagagli per andarmene immediatamente, animata da una sola convinzione: "Non ci resto un attimo di più in casa di quella lì".

"Cosa ci fai qui?" chiese, stupefatta. "Cioè, pensavo... insomma, non credevo... non ci aspettavamo..." Lanciò un'occhiata a Tom, che stava posando con cautela il borsone mentre valutava la situazione. Le restituì l'occhiata, e questo fu sufficiente. Solo questo, uno "sguardo" complice che non aveva bisogno di altre parole.

Gretchen indossava una gonna di cachemire color bianco sporco dall'aria costosa e minimalista, che le cadeva leggera sui fianchi snelli e si allargava delicatamente in fondo, mentre la maglia nera con il collo alto le fasciava ogni curva. Appariva slanciata ed elegante, il genere di donna che ogni uomo vorrebbe trovare ad attenderlo a casa, e io, guardando Tom, mi rendevo conto che era lui quell'uomo.

L'abito di Tom non era classico ma di tendenza. Nei sette mesi dall'ultima volta che l'avevo visto si era ingrossato. Mentre posava le mani sui fianchi, in atteggiamento di "guai in vista", si aprì la giacca; la camicia aderiva al petto e allo stomaco, e io mi accorsi che era un fascio di muscoli. Aveva curato il dispiacere in palestra, poco ma sicuro. Era senza cravatta e le scarpe non erano le seriose Church stringate che aveva lasciato a Londra, ma il tipo "Niente stronzate, e se vuoi sapere il prezzo, significa che non puoi permettertele". Aveva i capelli più corti e con un taglio diverso, e aveva sostituito gli occhiali con lenti a contatto, che gli facevano apparire gli occhi molto chiari e penetranti.

Ovviamente era proprio perfetto che io fossi lì in quello stato patetico. Tanto valeva che mi mettessi un cartello al collo con la scritta VI PREGO, SIATE GENEROSI.

Presi un respiro profondo e feci appello a tutta la mia dignità e calma per dire: "Non vi aspettavo prima di due settimane. Ho avuto difficoltà a trovare un altro posto. Mi dispiace di avervi colto di sorpresa, e soprattutto di essere ancora qui".

Seguì un silenzio, poi Tom diede un colpo di tosse. "Senti, non c'è problema" disse. "Possiamo andare da me, Gretch. Troviamo una soluzione domattina. Certo, in effetti siamo in anticipo. Gretchen ha questo lavoro, e anch'io sono tornato per..." la voce gli morì in gola. "Comunque non ha importanza."

"Il fatto è che è complicato trasferirsi in questi giorni frenetici che precedono il Natale" spiegai. "Non che sia un problema vostro, peraltro."

"Okay, Piccola Fiammiferaia." Gretchen alzò gli occhi al cielo con una risatina imbarazzata. "Non ho intenzione di buttarti fuori. Puoi stare tutto il tempo che vuoi, lo sai. Immagino però che tu non abbia voglia di vivere con me. Ci sono due camere da letto, è vero..."

La fissai. Prendeva troppi farmaci, o cosa? Io non volevo starci a casa sua, punto e basta! Credeva per caso, nella sua testa – a posto o mentalmente instabile che fosse – che io volessi vivere con lei? Per servire la colazione a lei e Tom quando si fermava per la notte? Magari potevamo metterci tutti insieme sotto il piumone a guardare un film mentre mangiavamo popcorn, lei e io con le treccine, prima che loro andassero a letto a scopare come ricci, e tutti a gridarci: "Buonanotte"!

A quel punto mi resi conto che era tutta una scena a beneficio di Tom. Abilmente imbastita per fare apparire lei quella ragionevole, quella che aveva cercato di comportarsi bene eppure aveva ricevuto un calcio in faccia. Oh, non ero tanto ingenua... proprio da Gretchen pensare di distruggermi con la gentilezza. "Grazie, no" dissi con tono pacato.

"Ti capisco perfettamente" proseguì lei. "Deve essere difficile per te... So che forse non vuoi parlarne adesso. Anzi, per la verità lo so, perché non mi hai richiamato malgrado io ti abbia lasciato tantissimi messaggi. Comunque puoi restare qui in attesa di trovare un'altra sistemazione. Io starò da Tom fintanto che tu non sarai pronta." Guardò Tom con occhi sgranati, innocenti. "Va bene, no?"

"Certo!" rispose, ma aveva l'aria di uno messo alle strette.

Devo riconoscerglielo: Gretchen era addirittura più abile di quanto credessi. Aveva impiegato, che so, non più di cinque secondi per piazzarsi in casa di lui, senza quasi dargli la possibilità di controbattere.

Tom mi guardò senza traccia di malizia o scaltrezza negli occhi. Solo sincera preoccupazione. "Noi vogliamo solo aiutarti, Al."

"Tutto a posto, allora" si affrettò a concludere Gretchen. "È il meno che possiamo fare. Non ti disturberò finché stai qui. Solo, avvertimi appena trovi qualcosa. Ma non c'è fretta."

Certo che non c'era: la soluzione che aveva trovato era perfetta per lei.

"Faccio un salto domani solo per lasciare alcune cose, se ti sta bene."

Annuii.

E trionfante Gretchen se ne andò con Tom, che aveva raccolto le loro cose.

La mattina successiva mi alzai presto. Sapevo che sarebbe stato meglio essere fuori prima del suo arrivo, anche se una parte di me avrebbe voluto essere presente. Però, malgrado i miei sforzi, alle otto sentii aprire la porta. La trovai in cucina che stava scalciando via le scarpe. Mi aveva preso in contropiede per l'ennesima volta.

"Oh, bene, ci sei!" Mi rivolse un sorriso radioso. "Scusa se arrivo così presto, ma Tom doveva andare al lavoro e io non vedevo il motivo di ciondolare lì, così... Ah, ho preso della posta per te, di sotto." Mi lanciò una cartolina, posò la borsa e cominciò a sfilarsi i guanti.

Io la raccolsi da terra, dove era finita. Era una foto di un ippopotamo con un uccellino in groppa, sormontato dalla scritta amici.

La voltai e lessi.

Cara Al, spero che tu stia bene. Beviamo qualcosa
insieme per Natale, d'accordo? In Sudafrica fa
caldo, caldo, caldo! Con affetto, Bailey. XXX

"Scusa, ma non sapevo se nasconderla o no" disse lei, con un atteggiamento comprensivo. "Sono certa che avesse buone intenzioni, Al, davvero... ma avrebbe dovuto scegliere una cartolina diversa. A nessuno fa piacere sentirsi dire che ricorda un po' un ippopotamo."

L'idea fino a quel momento non mi aveva neppure sfiorato.

"Mi dispiace davvero tanto che tra voi non abbia funzionato."

"Non preoccuparti, Gretchen." La fissai con determinazione. "Tom non c'è, quindi sprechi fiato."

Sospirò con tristezza. "Oh, Alice, smettila. Cercavo di essere gentile. Per quanto tempo intendi picchiarmi con il ramoscello d'ulivo che ti porgo?"

"Tu quanto tempo hai?"

"Al, tu avevi chiuso con lui, non lo volevi più! Di sicuro ti fa piacere che Tom sia felice, altrimenti sei solo... egoista. A me non dà nessun fastidio che uscisse con te."

"Be', a me sì!" grido, di colpo infuriata. "Eri la mia migliore amica, Gretchen! Non mi hai mai detto che ti piaceva! Non era un tizio qualunque con cui sono uscita un paio di mesi... siamo stati insieme due anni!" Mi aveva davvero data dell'egoista? Così, in faccia?

"Okay, lo so adesso. Però..."

"Ma dài, lo sapevi fin da quando hai lanciato la tua bomba su me e Bailey! Sapevi benissimo che aveva un ruolo importante nella mia vita."

"Già che siamo in argomento, tu sei stata con mio fratello per circa cinque mesi; se foste ancora insieme, io e te non staremmo adesso qui a fare questi discorsi, e tu lo sai benissimo."

"E invece sì" ribattei. "Tu mi hai mentito, usato, tu..."

"Oh, la sai una cosa?" Chiuse gli occhi per un istante. "Non le sopporto queste stronzate; umiliano tutte e due. Ho cercato di spiegarti che uscivo con lui, ma tu non rispondevi al telefono. Ti sei comportata come una bambina, se vuoi proprio saperlo." Allungò la mano verso la borsa. "Per fortuna almeno una di noi riesce a comportarsi da adulta. Be', ora me ne vado."

"Torni nella casa dove abitavo io? A proposito, Tom lo sa che Paulo l'ha anticipato e ti ha scopato prima di lui?"

Rimpiansi queste parole nel momento stesso in cui mi uscirono di bocca. Era una cosa orribile da dire.

Arrossì visibilmente. "Un colpo davvero basso, questo. Stavo male quella notte, e tu lo sai bene. E comunque, sei la benvenuta." Fece un gesto circolare a indicare la casa.

"Credimi, sto facendo il possibile per portare via le palle."

Senza replicare, si voltò con rabbia a infilare scarpe e guanti. Davanti alla porta si voltò indietro. "Non sono qui per farti soffrire, Alice. E non mi sento di doverti nulla, tra l'altro, per cui non continuare a pensare che stia qui a placare il mio senso di colpa perché non è vero. Solo che tu sei stata disponibile quando ne avevo bisogno, quindi io faccio altrettanto. È questa la vera amicizia, nel caso tu l'avessi dimenticato."

Mi guardò in attesa di una replica, ma io non risposi.

Scosse la testa delusa, e chiuse piano la porta alle sue spalle.

26

Non fui del tutto sorpresa di ricevere un'altra visita la sera successiva. Ero tornata dal lavoro e avevo appena avuto il tempo di prepararmi una tazza di tè quando suonarono alla porta. Nell'aprire mi ritrovai davanti Tom.

"Ciao" disse imbarazzato. Sembrava il Tom che conoscevo: portava gli occhiali e i capelli erano spettinati naturalmente, non ad arte. "Qualcuno è uscito dal portone e mi ha fatto entrare, per cui non ho neppure suonato il citofono. Spero non ti dispiaccia se sono salito."

"Certo che no!" risposi. A questo eravamo ridotti? A educate spiegazioni sui citofoni?

"Posso entrare? Vorrei parlarti."

Spalancai la porta. "Un tè?"

"Sì, grazie." Si tolse le scarpe e poi il cappotto, che posò con cura sul bracciolo del divano. "Fa un freddo cane fuori." Rabbrividì mentre in calzini si avvicinava al banco della colazione. Sedette su uno sgabello.

"Tutto bene al lavoro?" chiesi. Allungai il braccio verso una tazza e con gesto automatico vi misi dentro un cucchiaino di zucchero, come sapevo che gli piaceva. Centinaia di volte avevamo iniziato la conversazione in quel modo, ma mai in circostanze tanto surreali.

"Potrebbe andare peggio." Sbadigliò, sfilò gli occhiali e li ripulì in fretta prima di rimetterli. "Tutti si fanno un culo così per chiudere prima di Natale, e pensano che io possa riprendere da dove ho lasciato le cose più di sei mesi fa. 'Dài, Tom, lo sai che teniamo quei documenti al terzo piano, in fondo allo schedario in quello che era l'ufficio di Heather prima che andasse in congedo per maternità. Altrimenti prova nel mobile di Jonty. Lo divide con Don, adesso'." Scosse la testa. "Non so neppure chi sia questa gente, e francamente mi viene voglia di entrare nel mitico armadio di Heather e sperare che mi porti a Narnia. Oppure di nuovo a New York. In entrambi i casi sarebbe un passo avanti. Comunque, basta parlare di me. A te come va il lavoro?"

"Bene, grazie." Decisi di non accennare all'imbarazzante episodio di quella mattina. Stavo scattando delle foto a una petulante ex popstar – che cercava disperatamente di reclamare il resto del suo quarto d'ora di gloria partecipando a qualsiasi reality show – quando avevo sentito lei, o la sua agente, dire sottovoce qualcosa di Gretchen. Avevo alzato subito le antenne. Gretchen non è un nome comune. Stavano spettegolando di noi? Possibile che sapessero che si era messa con il mio ex? Che cosa aveva detto?

Avevo cominciato a tremare per la scarica di adrenalina. Ormai neppure sul lavoro riuscivo a evitarla? "Se avete qualcosa da dire" sputai chiaro e tondo, con un coraggio che in realtà non mi apparteneva "vi prego di farlo liberamente. Forse sono in grado di chiarire eventuali informazioni sbagliate."

L'agente, lanciata un'occhiata di avvertimento alla declinante star, replicò, mellifua: "Alice, stavamo semplicemente dicendo che anche se Gretchen è stata fuori dalla scena per qualche mese, corre voce che stia per ottenere una parte di primo piano in un nuovo progetto ancora non ben definito". La ragazza, imbronciata, si era avviata impettita verso il bagno. "Scusala" disse l'agente, imbarazzata. "È solo gelosa. So che Gretchen è amica tua. Non prendertela."

"Tranquilla" risposi con un filo di voce, mentre mi chinavo a giocherellare con un filo elettrico per nascondere il viso in fiamme. Dovevo darmi una calmata. Pensare che i clienti sparlassero di me, e poi aggredirli, non era professionale, a dir poco.

Posai la tazza di tè davanti a Tom e mi chiesi cosa fosse venuto a dirmi.

"Grazie. Dunque credi di riuscire a guadagnare qualcosa quest'anno?" chiese lui.

"Con un po' di fortuna." Abbozzai un sorriso, ma senza grande successo.

"Ottimo! Bravissima." Sorseggiò il tè con aria compiaciuta e i suoi occhiali si appannarono.

Dopo un momento di silenzio, chiesi: "Allora, immagino che questa non sia solo una visita formale, giusto?".

"No, infatti. Sono venuto a parlarti della questione della casa."

"Ti ha mandato lei?"

Scosse la testa, accigliato. "No, no. Sa che sono qui, ma quello di cui voglio parlarti è un'idea mia. Insomma... tu chiaramente non puoi, e immagino che neppure vuoi continuare a vivere in quella che, in fin dei conti, è casa sua, malgrado le sue rassicurazioni di ieri sera." Lo disse non in modo sgarbato, comunque senza addolcire la pillola. D'altronde non mi sarei aspettata niente di diverso da lui.

"Io non..." esordii, ma lui alzò una mano mentre con l'altra sistemava gli occhiali che gli erano scivolati in fondo al naso. "Per favore, lasciami finire. Questa situazione è stata insopportabilmente difficile per tutti noi. Comunque sono davvero orgoglioso di come l'abbiamo affrontata. Sono orgoglioso del fatto che tu e io riusciamo ancora a chiacchierare tranquilli; sono orgoglioso che Gretchen non abbia alzato un dito per impedirti di restare qui dopo il nostro ritorno, e credo che questo riveli molto di noi tutti, di che genere di persone siamo. È più che giusto sostenere e aiutare le persone alle quali vogliamo bene, anche se a volte comporta dei costi personali. Siamo riusciti a capire ciò che conta, il che è un ottimo risultato."

Dunque non aveva ancora capito, non la vedeva ancora per quello che era.

"Però non vado orgoglioso di averti chiesto di andartene da casa nostra per via di quanto era successo con Bailey. Era casa tua quanto mia, ma stavo male e... lasciamo perdere. Acqua passata. Gretchen ha bisogno di ritornare qui, e mi sono chiesto se a te andrebbe di tornare nell'appartamento." Si agitò sulla sedia, visibilmente a disagio malgrado il sorriso ostentato. "C'è un posto libero."

"Cosa?" Lo fissai. Avevo sentito bene? Tornare ad abitare con lui? Ma era matto?

"La spesa puoi ampiamente permettertela. Due compagni simpatici – be', uno è Paulo, ma non si può avere tutto – e inoltre tu potresti trasferirti quando vuoi. Che ne dici?"

La persona che mi aveva sostituito stava per andarsene? Lo guardai incredula: sì, stava dicendo sul serio!

"Già, Gretchen ne sarebbe felicissima" ribattei con sarcasmo.

Parve interdetto. "Non mi pare che siano affari suoi."

Sollevai un sopracciglio, perplessa.

"Senti, lo so che mai al mondo avremmo immaginato una svolta del genere, ma così stanno le cose e tu hai bisogno urgente di un posto in cui vivere." Si appoggiò allo schienale. "Non avrei mai dovuto chiederti di andare via, Al, e non sai quanto ne sia pentito. Se non altro, potresti usare l'appartamento come base temporanea fintanto che non trovi un'alternativa migliore."

Aprii la bocca per rifiutare, ma poi la richiusi. Non avevo altre opzioni... magari potevo restare fino a Capodanno, quando... No! Ma cosa mi veniva in mente?

"Non posso" replicai con fermezza. "È un'assurdità!"

"Ammetto che è insolito, ma non assurdo. In realtà, è quello che vorrei io." Esitò prima di aggiungere: "Senza voler rivangare niente, rimpiango di non essere stato più spontaneo e disponibile in passato, sempre a preoccuparmi per i soldi e la scelta più razionale. Se vedi qualcosa che desideri, devi fare in modo che succeda. Quindi...". Posò la tazza con gesto deciso. "Che ne dici?"

Wow... cosa diavolo intendeva? Si riferiva a *noi due*?

"Tom" replicai. "Non credo..."

Sollevò la mano. "Alice, nessuno pretende impegni di alcun genere. Niente aspettative, anzi. Penso che dovresti vivere giorno per giorno e vedere come ti senti una volta tornata. Se sei a disagio, non devi fare altro che trasferirti altrove."

"Ma Gretchen..."

"Smettila di preoccuparti di Gretchen! Lascia a me la questione." Indicò la pila di scatoloni accatastati accanto alla porta di casa. "A quanto pare hai già imballato tutto, comunque."

"Non vedo l'ora di andarmene di qui, Tom" spiegai con calma. "Non ci crederesti, ma..."

"Allora torna dov'eri! Potresti sistemarti nella tua vecchia camera fin da domenica. Ti direi sabato, ma la sera facciamo una festicciola per il ritorno a casa, e anche in vista del Natale. Era la sola data in cui Paulo poteva prima di partire per le vacanze. Viene anche Gretchen."

"Tom, mi hai appena chiesto di trasferirmi di nuovo nella vecchia camera e ti preoccupi per una festa?"

"Non hai tutti i torti, in effetti." Fece una smorfia. "Lascia che me la sbrighi io. A sabato, allora." Sollevò la tazza. "Ai nuovi inizi."

Lo guardai dubbiosa. "Per la verità non ho ancora detto sì."

"Mi pare che tu non abbia nulla da perdere."

Il sabato pomeriggio, quando arrivai con tutta la mia roba, c'era soltanto Paulo in casa.

Mi accolse con un grande sorriso. "*Hola*, Alice! Bentornata!"

Molto carino da parte sua. Mi aiutò perfino a scaricare le scatole dal taxi e a depositarle nel mio vecchio studio. Sarebbe stato strano dormire di nuovo lì. Guardò l'orologio. "Devo uscire a comprare da bere per stasera" si giustificò. "L'ho promesso a Tom. Vuoi che ti prenda qualcosa?" Scossi la testa e lui mi mostrò il pollice in alto prima di precipitarsi giù per le scale. "A dopo!" gridò.

La stanza mi dava l'impressione di essere stata abitata da uno sconosciuto, però era pulitissima. C'erano anche nove scatoloni impilati in salotto, tutti chiusi con il nastro adesivo; immaginai che appartenessero alla persona che stava per trasferirsi altrove. Forse, dopo un primo giro, rimanevano da ritirare gli ultimi. Andai a dare una rapida sbirciata nella nostra vecchia camera da letto per vedere come l'aveva sistemata Tom, ma stranamente la trovai chiusa a chiave. Forse era una mossa prudente, visto che qualcuno stava portando via roba dall'appartamento.

In corridoio sentii una chiave girare nella serratura, passi sulle scale e poi mi trovai faccia a faccia con una ragazza bruna, sorridente e completamente sconosciuta, in jeans e giacca a vento. Aveva in mano un paio di sacchetti di Sainsbury's. "Ciao!" disse, posandoli per terra. Scalciò via le scarpe e si divincolò per liberare le braccia dalle maniche della giacca. "Devi essere Alice. Io sono Kitty." Mi porse la mano e io la strinsi con gesto automatico. "Gli altri non sono ancora tornati?" Guardò l'orologio. "Merda! Sono in ritardo da morire!"

Afferrati i sacchetti della spesa, si fiondò in cucina, aprì la porta del frigo e cominciò a mettere il contenuto dei sacchetti dove trovava uno spazio libero, con l'atteggiamento di chi conosce il posto in cui vanno le cose. Mi chiesi se fosse la ragazza di Paulo. "Fa un freddo terribile fuori!" esclamò disinvolta. Riempì il bollitore e lo accese. "Bene! Meglio cominciare i preparativi! Hai finito in bagno?" mi chiese voltandosi indietro mentre con passo deciso percorreva il corridoio. Del tutto confusa, la seguii. "Ehm, Kitty, scusa, tu saresti..."

Ferma davanti alla porta di Tom stava armeggiando con un mazzo di chiavi. Ne scelse una e la infilò nella serratura, e in quel momento sentii spalancare la porta di casa e scoppi di risa seguiti dalla voce di Gretchen. Cosa diavolo ci faceva lì? Tom non aveva forse detto che si sarebbe occupato lui della questione?

"A momenti mi si staccano queste cazzo di braccia!" gridò lei.

"Tu e le tue parolacce!" Tom rise. "Solo le scale, tutto qui! Dài, Ercolina! Merda, siamo in ritardo! La macchina sarà qui a ritirare la roba tra cinque minuti. Su, dài!"

Mi voltai. Avanzavano barcollando, lui con due scatoloni di birra che gli impedivano quasi di guardare avanti, e lei, stracarica di sacchetti della spesa, ansimante per la fatica. Li mollarono per terra nel momento stesso in cui Kitty apriva la porta di Tom lasciando intravedere una sistemazione completamente diversa da quella che mi aspettavo. C'erano sacche ovunque che traboccavano di indumenti femminili: parevano esplose come frutti troppo maturi. Il letto era in una posizione diversa, e l'abat-jour e le tende rivelavano un tocco nuovo, molto femminile. Sulla parete c'era un poster delle ragazze di "Sex and the City" e nell'aria si percepiva un odore di spray alla vaniglia. Proprio il genere di camera che avrei potuto avere appena iniziato a condividere un appartamento con altri.

Di sicuro non era più la camera di Tom.

"Oh, ciao!" mi salutò lui calorosamente. "Sei arrivata! Hai già conosciuto Kitty, vero? Ottimo!" Guardò l'orologio. "Dov'è Paulo? Questo è anche il suo fottuto party! Okay, la macchina viene a ritirare le mie scatole tra cinque..."

Dalla strada arrivò il suono di un clacson.

"Forse è già arrivata! Okay, bene. Carichiamo tutta la mia roba, ci fiondiamo a scaricare e poi torniamo; tanto non arriverà nessuno prima delle nove. Mi dispiace fare la festa qui, davvero. Avremmo dovuto farla da te, Gretchen."

"Ciao, Al." Gretchen mi salutò con un cenno della testa. "Non potevamo, non sapendo se Alice voleva ritrasferirsi qui; ti pare?" Scosse la testa con finta esasperazione. "Posso rispedirlo indietro, se diventa insopportabile?" disse scherzosa a Kitty, prima di estrarre dalla tasca del cappotto un fazzolettino di carta appallottolato per lanciarlo a Tom.

Kitty rise. "No. È stato breve ma indimenticabile, come con tutti i miei uomini."

Tom sollevò le mani con un'imbarazzata ilarità. "Okay, okay, signore. Messaggio ricevuto. Tutto bene, Alice? Hai l'aria di una che sta per vomitare."

"Tutto bene." Mi sforzai di sorridere. "Stanca... per il trasloco. Magari vado a stendermi un pochino."

"Buona idea. Devi rimetterti in forma per la festa."

Si produsse in una risata un po' troppo allegra e guardò

Gretchen, che si affrettò ad aggiungere: "Oh, certo. Sarà un piacere averti con noi".

Riuscii a darmi un contegno e a trattenere le lacrime finché non richiusi la porta alle mie spalle.

Sei ore dopo, la casa era piena di gente che non conoscevo, di bottiglie di alcolici su ogni superficie e di conversazioni gridate per tentare di sovrastare lo stereo a tutto volume.

Ubriaca, cercavo di concentrarmi sul viso di Paulo, che chiacchierava animatamente, mentre io mi sforzavo di guadare il fiume di umiliazione e tristezza che continuava a inghiottirmi ogni volta che ripensavo a Tom che mi chiedeva di tornare in quella casa.

Come avevo potuto essere tanto cogliona? *Loro* andavano a vivere insieme. Tom aveva già portato la sua roba da *lei*. Tom, Mister Avanti Adagio, si era trasferito da una ragazza con cui usciva da non più di tre mesi. Com'era possibile?

"Allora, non ti pare strano essere di nuovo qui?" Paulo si passò la mano tra i capelli. "Tom ha aiutato Kitty a traslocare dal tuo vecchio studio, convinto che a te potesse risultare sgradevole dormire nella vecchia stanza che dividevi con lui. Grande cambiamento!" Rise, e poi parve alquanto sorpreso nel vedermi trangugiare d'un fiato il mio drink. "Sembra felice con Gretchen, non trovi?"

Ci voltammo entrambi a guardarli. Tom aveva la mano sulla vita di lei, il che mi fece stringere con più forza il bicchiere. Gretchen, tutta eccitata, stava raccontando una storia a un piccolo gruppo che pendeva dalle sue labbra. Era tutta in nero, ma mostrava le gambe e una scollatura profonda. Per la verità a me sembrava conciata da puttana, ma ero pronta ad ammettere di nutrire qualche pregiudizio nei suoi confronti. "Sì, credo che sia molto felice con lei" risposi, con voce rotta e stridula. Tom doveva essersi accorto che lo guardavamo, perché sorrise e alzò il bicchiere verso di noi.

"Be', peccato" commentò Paulo pensieroso, e poi parve un po' ambiguo. "Lei mi piace ancora, sai? Rivederla dopo..." Lasciò la frase in sospeso, ma io sapevo esattamente a cosa si riferiva. "Forse è una buona cosa che lei non stia più qui. Magari mi innamoro di un'altra."

Oh, cazzo. Lo guardai allibita, con il desiderio ardente di essere in un posto dove non c'erano membri del fan club di Gretchen. Con la mano tremante posai il bicchiere e mi feci strada tra la folla per raggiungere camera mia. Nell'aprire la porta, trovai due sconosciuti che pomiciavano come adolescenti sul mio letto: si erano addirittura presi il disturbo di sgomberarlo dagli scatoloni. "Vi dispiace andare da un'altra parte? Questa è la mia camera" dissi.

La ragazza sospirò come se io lo facessi soltanto per infastidirli, e a me venne voglia di mollarle uno schiaffo. Si mise a sedere, aggiustò la camicetta e mi lanciò un'occhiata piena d'odio mentre si alzava per poi andarsene a grandi passi. Il tizio si limitò a mormorare: "Scusa" prima di chiudersi la porta alle spalle. Seduta sul bordo del letto, ebbi l'impressione che qualcosa stesse andando in pezzi dentro di me. Sbronza com'ero, sentii salire le lacrime e fu soltanto perché vidi aprire lentamente la porta, imbarazzata al pensiero che mi vedessero piangere, che riuscii a ricacciarle indietro.

Entrò Tom, con una lattina di birra in mano. Indossava una camicia mai vista, sfacciatamente di moda, jeans e scarpe da ginnastica che gli stavano benissimo, però non sembrava camminarci comodo. Ebbi il sospetto che le avesse scelte Gretchen.

"Stai piangendo." Una ruga di preoccupazione gli solcò il viso. "Lo sapevo che non era una buona idea... io non ci sarei riuscito al tuo posto. Non voglio fare quello che la sa lunga, ma... è troppo triste, vero?"

Mentre annuivo, una lacrima scese serpeggiando lungo la guancia.

Tom sospirò e accostò la porta, che si riaprì di qualche centimetro quando lui venne ad accovacciarsi davanti a me. Posò con delicatezza la birra sul tappeto.

"Ti prego, non piangere, Al."

Questo non fece che peggiorare le cose.

Imbarazzato, mi afferrò la mano. "Ho pensato che l'avevi presa con una calma e una serenità straordinarie quando ti ho detto che mi trasferivo da lei."

Poiché ero sbronza, confessai. "In realtà non me l'hai detto. Mi hai solo detto che avevi riflettuto a lungo, che avevi capito cosa volevi e poi mi ha proposto di tornare qui."

Passò dallo stupore allo sgomento nell'afferrare l'idea. Sospirò. "Oh, Alice! Oddio. Tu hai creduto..."

Scossi la testa con decisione. "No, no. Ti prego, evita. È colpa mia! Sono io ad avere frainteso." Ma all'improvviso trovai impossibile lasciargli andare la mano.

Era accovacciato in una posizione scomoda, così si inginocchiò, sempre di fronte a me.

"Quando hai fatto tutto quel discorso su quello che volevi..." Pronunciai d'un fiato le parole perché, se riflettevo, mi sarei bloccata. "Sul fatto di non tirarsi indietro, di vivere il momento e tutte quelle stronzate, ti riferivi a lei, vero? Non a me!" Lui annuì lentamente e io sorrisi tra le lacrime. "Vuoi sapere quanto sono imbarazzata?" Tentai una risata, che risultò poco convincente per entrambi.

Mi guardò senza lasciare trasparire cosa stesse pensando. Appariva così dolce, serio, e preoccupato per me che avvertii una dolorosa stretta al cuore, seguita da un folle e incontenibile desiderio di baciarlo, potenziato dall'alcol ingurgitato. Così lo feci.

Sentii le sue labbra, calde e asciutte, muoversi d'istinto verso le mie per un secondo. In fin dei conti eravamo stati così tantissime volte e credo che, per un momento, il suo corpo abbia ricordato una situazione analoga, quando il suo cuore avrebbe risposto e le sue mani si sarebbero mosse con gratitudine verso di me. Ma poi... non accadde nulla. Lui non rispose al mio bacio. Fu come urtare qualcuno in coda sull'autobus, un'invasione dello spazio privato che ti fa arretrare di un passo e chiedere scusa. Mi allontanai di scatto. Dapprima guardai lui, sconvolto e sconcertato, poi guardai al di sopra della sua spalla.

Gretchen, nella fessura della porta, pareva paralizzata dallo choc.

Ci fissammo per quelli che dovettero essere alcuni secondi, ma che sembrarono un'eternità. La vidi abbassare gli occhi a terra mentre si allontanava in silenzio. Scomparsa.

"Che ti prende?" chiese Tom, sbalordito. Drizzò la schiena per allontanarsi da me. "E questo cosa sarebbe?"

Si ravviò i capelli mentre si alzava.

"Ne avevo voglia."

Lasciò cadere le braccia lungo i fianchi. "Ti prego, Alice, non farmelo. Non adesso. Non è giusto. Ero felice... Anzi, sono felice! Tutta la mia roba è là. Io..."

"Non è necessario! Potresti andarla a riprendere domani! Per l'ora di pranzo potrebbe tornare tutto com'era!" Però, mentre pronunciavo queste parole e le sentivo vagare per l'aria tra noi, non ero sicura di averle dette con convinzione.

Tom trattenne il fiato. "Tornare com'era?" chiese infine.

Esitai, poi mi affrettai ad annuire. Era quello che volevo, no?

"E come faccio a sapere che non ci sarà un altro Bailey?"

"Te lo prometto! Io ti amo, Tom!" esclamai con passione, e tuttavia assolutamente stupefatta della mia affermazione. "Lo so che anche tu mi ami."

"In effetti ti amavo, e anche molto" rispose lui con tono pacato.

"Allora potresti amarmi ancora, no?"

"Alice, è stato davvero duro smettere di amarti. È stato il periodo più brutto della mia vita..." Gli mancò la voce. Sembrava lottare contro qualcosa dentro di sé, poi con una smorfia addolorata aggiunse: "Dimmi una cosa, allora. Se Bailey entrasse qui in questo momento, e dicesse che ti vuole di nuovo e tu dovessi scegliere tra noi due, chi sceglieresti?".

Lo fissai, tutta presa a immaginare la scena. "Non succederà mai" commentai.

"Ma nel caso, chi sceglieresti?"

Sentii lo stomaco annodarsi dolorosamente, e non riuscii a dire: "Tu", perché il cuore mi batteva a mille all'idea di vedere Bailey davanti a me che mi voleva di nuovo. "Tu" conclusi infine.

Chiuse gli occhi per un istante. "Non hai idea di quante volte ho sognato che accadesse." Abbassò lo sguardo a terra. "Ma ora è..."

Mai ci fu al mondo un silenzio lungo quanto quello che seguì. Avevo sentito soltanto quel "ma", che, sospettando dove avrebbe condotto, servì soltanto per convincermi che desideravo Tom più di qualsiasi altra cosa.

"Mi spiace, Alice, ma credo sia troppo tardi. Se non stessi con lei, magari potrei sforzarmi di ritrovare la fiducia in te... Ma ormai... mi va bene così."

"Ma state insieme solo da..."

"Lo so, ma la trovo deliziosa. Insieme ci divertiamo un sacco. So che ha dei difetti, ma so anche quello che prova per me e penso... penso di aver voglia di vedere dove può portare."

Chiusi gli occhi, colpita a morte dalle sue parole. Mi ero offerta a lui, che invece aveva scelto Gretchen.

"Meglio che vada, ora" concluse. "Mi dispiace tanto, tantissimo per l'equivoco sul trasloco. Non avevo alcuna intenzione di ferirti. Sul serio."

Annuii in silenzio, sforzandomi di trattenere le lacrime finché Tom non uscì dalla camera. Qualche secondo dopo sobbalzai quando un'altra coppia sbronza, dopo aver sbattuto contro la porta, entrò ridacchiando. Rovesciarono un po' di birra sulla moquette prima di lanciarmi un'occhiata. Poi si guardarono, sempre tra le risate, e si scusarono per nulla convinti.

Non volevo rimanere un momento di più insieme a gente felice. Afferrai le chiavi e il cardigan e mi feci strada tra le persone. Tom era tornato in soggiorno, inchiodato in una conversazione da un tipo basso dall'aria seriosa. Si guardava intorno: probabilmente cercava Gretchen, che non si vedeva da nessuna parte.

Mi feci piccola per oltrepassare la folla sulle scale e scavalcai una ragazza accasciata su una pila di cappotti prima di riuscire ad aprire la porta. Costeggiai l'appartamento in giardino, una lunga e sottile striscia di erba incolta circondata da una recinzione malconcia. Sussultai nel sentire l'aria gelida penetrarmi nei polmoni. Il cancello in fondo conduceva a un vicolo che correva dietro la fila di case, con piccoli sentieri che si insinuavano nei vari giardini.

Rimasi lì al buio e al freddo e guardai la casa. Poi chiusi gli occhi gonfi mentre il vento pungente mi penetrava attraverso la maglia larga del cardigan. Rabbrividii. Dunque avevo toccato il fondo. Trasalii nel sentire una voce dietro di me. "Ciao."

Mi voltai con gli occhi sbarrati. Gretchen, avvolta nel cappotto, fumava una sigaretta con aria assorta. Tra le mani bianche stringeva una lattina di birra. Il trucco, soprattutto quello delle labbra, era un po' sbavato. Mi fissava torva. Alzò la mano per togliersi i capelli dagli occhi. "Ti prenderai un accidenti qui fuori in quel modo, Al." Aspirò il fumo, e la punta della sigaretta divenne per un attimo rosso intenso. "Gran bella festa, vero?"

"Tu hai visto" dissi, d'un tratto impaurita.

"Certo che ho visto, cazzo!" esplose. "Dopo tutti quei silenzi, quei malumori di merda che ho sopportato. Dopo tutto quello che ho fatto per te!"

Trattenni il fiato, mentre ritornavo lucida. "Dopo tutto quello che hai fatto? Hai ragione! Non ti sei limitata a incontrarlo a New York e innamorarti! Gli hai detto che l'avevo tradito, e poi l'hai cercato, gli hai dato la caccia! Riuscirai anche a fregare gli altri, ma con me non attacca."

"Ah, ecco. La famosa teoria della cospirazione!" esclamò sarcastica. "Non diciamo stronzate... Mi credi davvero capace di tanto? Lui era la sola cosa buona che avevo, Alice. La sola, come ben sai. Spero siate felici insieme. Affanculo tutti e due. Vi meritate." Lasciò cadere la sigaretta e la schiacciò sull'erba incolta. Lo sfregamento della scarpa sui fili d'erba mi fece venire la nausea. "Non c'era ragione per cui non dovevo uscire con il tuo ex, mentre invece tu hai baciato il mio ragazzo, quindi non osare fare a me la morale. Non voglio più essere una tua cazzo d'amica." Mi passò davanti diretta verso la casa.

"Comunque lui ha scelto te" replicai con amarezza. Lei si fermò per voltarsi indietro. Era bianca come un cencio per la sorpresa. "Come? Ma se ho visto che vi baciavate!"

"Hai visto me che baciavo lui."

Vacillò, poi si coprì la bocca. "Lui ti teneva la mano!"

"Perché ero sconvolta. Quando mi ha chiesto di tornare nella vecchia casa, non avevo capito che lui veniva a vivere con te. Mi ha detto che state bene insieme, è contento e vuole vedere dove potete arrivare" dissi con tono inespressivo.

"Merda." Con una risata incredula si morse il labbro. "Oh, merda." Alzò gli occhi al cielo, poi disse lentamente: "Tu non ti rendi conto di cosa hai fatto!". Scosse la testa. "Cazzo, Alice!" Si voltò e lanciò la lattina di birra contro la recinzione con un urlo a lungo represso. La bevanda schizzò ovunque. "Brutta troia" sussurrò. Con il labbro tremante e il viso contratto da una smorfia si lasciò sfuggire un singhiozzo. Coprì la bocca con la mano e corse indietro, alla festa.

La sua reazione mi aveva lasciato esterrefatta. Gretchen aveva lui, tutto quello che voleva. Rimasi immobile al freddo. Poi udii un rumore dietro di me, qualcosa che si spostava cercando di non fare rumore. Mi voltai a guardare verso il cancello, che Gretchen aveva lasciato socchiuso. C'era qualcuno nel vicolo? Lei era con qualcuno, prima di raggiungermi? Che cosa ci facevano là?

"Ehi" gridai, con un coraggio solo di facciata. "Chi c'è?"

Mossi un passo verso il cancello, con i battiti del cuore accelerati. C'era qualcuno, poco ma sicuro. Posai la mano tremante sul chiavistello e spalancai il cancello con un movimento brusco, improvviso, sbattendolo contro la precaria recinzione che ci divideva dai vicini. Rimbalzò sui cardini arrugginiti. Non udii altro che quel rumore e il suono del mio respiro.

Avanzai nel vicolo e guardai nello stretto passaggio. Era fiancheggiato da vecchi bidoni di metallo, erbacce, pezzi di vetro e un pacchetto vuoto di patatine. Trattenendo il fiato mossi due passi avanti e guardai a sinistra, in una delle diramazioni. C'erano altri due bidoni in una nicchia buia e profonda, uno con un coperchio di plastica mezzo distrutto e l'altro con accanto con sacchetto della spazzatura mangiucchiato dalle volpi o da qualche altro animale. Riuscii a vedere metà pacchetto di Weetabix sporgere da un angolo, con una bustina di tè ammuffita, arricciata sull'orlo macchiato. Nessun segno di persone. Svoltai a destra e quasi urlai quando sentii qualcosa muoversi nell'oscurità, per fiondarsi dietro a un largo pannello di metallo ondulato abbandonato contro un muro. Cos'era stato? C'era qualcuno nascosto lì dietro? Infreddolita e spaventata, non riuscivo a guardare, ma l'idea di muovermi mi terrorizzava. Per poco non svenni nel vedere un gatto scappare via e infilarsi in una fessura della recinzione prima di sparire in un giardino. Doveva essere stato il gatto a fare quei rumori vicino ai bidoni.

Mi strinsi nel cardigan e tornai a passo veloce verso casa. Immersa di nuovo nella relativa sicurezza della festa, mi resi conto che Gretchen e Tom erano spariti.

27

Dopo la festa non sentii più nessuno dei due, ma in fin dei conti neppure me l'aspettavo. Cos'altro c'era da dire? Tuttavia pensavo di continuo a loro, e mi rodeva immaginarli felici a sistemarsi a casa di Gretchen e a fare i preparativi per il primo Natale insieme. Mi raffiguravo benissimo la scena, visto che in quella casa avevo vissuto anch'io.

L'unico diversivo fu Frances, che la seconda settimana di dicembre diede alla luce un maschietto. Piansi molte lacrime quando presi in braccio il mio nuovo nipotino. Gli accarezzai la testolina ricoperta da una peluria bruna, mentre i suoi occhi scuri mi scrutavano accigliati. Era bellissimo, ma devo ammettere con vergogna che non piangevo solo di gioia.

"Cazzo, Alice, datti una calmata" disse Frances. Si mise a sedere sul letto con un'esagerata smorfia di dolore mentre Adam, il marito premuroso, posava una tazza di tè sul comodino e le sistemava con cura i cuscini dietro la schiena. "Non sei stata tu a correre il rischio di farsi ricucire. Cerca di non tenerlo così stretto, altrimenti diventa troppo caldo."

"Avete già deciso il nome?" chiesi, asciugandomi gli occhi in attesa di sentire qualcosa di orribile e celebrativo, tipo Noel.

Frances guardò il piccolo. "A me piacerebbe Bailey, per la verità. Sai, come quel tizio dei viaggi con cui uscivi." Sentii che stavo di nuovo per mettermi a piangere. "Ma Adam lo trova pacchiano e troppo moderno. E poi penso che a te non piacerebbe che ti venisse ricordato in continuazione quello là, giusto?" Mi diede qualche affettuoso colpetto sulla mano, poi si adagiò con cautela sui cuscini. "Comunque Adam vuole dargli il nome del padre, quindi sarà Frederick. Alice, ti prego... lo stai affogando con le tue lacrime. Adam, ti spiace prenderlo tu e asciugargli la testa? Gli verrà la crosta lattea se si bagna tutto."

Il giorno di Natale, Frances dominò la scena: era come avere la Madonna e Gesù Bambino a casa. Pannolini, biberon e bavaglini sparsi ovunque suscitavano la tacita irritazione di mia madre. Comunque, in apparenza eravamo tutti occupati a esaudire ogni capriccio di Frances e a parlottare amorevolmente con Freddie e nessuno si preoccupò di chiedermi come mai ero così taciturna. Fui abbandonata a me stessa, a parte un imbarazzante momento di dolorosa umiliazione. A pranzo, la mamma – tormentando il grembiule e con il viso dello stesso colore del cappello di carta ammosciato – guardò il tavolo mentre noi, annoiati, aspettavamo che ci indicasse dove sedere. "Devo aver sbagliato qualcosa" disse, studiando i posti. "C'è qualcosa che non quadra. Adam e Frances, Philip, io e John, mamma e papà..." contava sottovoce. "Ma è esattamente come l'anno scorso, e tutto quadrava. Due a capotavola, tre su un lato, quattro sull'altro... com'è che ne avanza uno?"

"Be', non c'è Tom, no?" Frances le lanciò un'occhiataccia mentre prendeva Freddie dalle braccia di Adam. "Che tatto, mamma." Tutti gli occhi si spostarono su di me, e io abbassai lo sguardo a terra. "L'hai messo vicino al nonno, l'anno scorso. Fa un caldo infernale qui dentro, troppo per Freddie."

"Perché ha la cuffietta, Frances" disse la mamma. "Per la verità non sono convinta che tu abbia ragione; Tom non è arrivato dopo pranzo? Ah, no, ecco! Adesso ricordo: ha portato quell'enorme bottiglia di champagne e abbiamo fatto tutti un bel brindisi, giusto?" A quel punto, mentre Phil gesticolava in modo frenetico, lei notò la mia espressione e si affrettò a concludere: "Comunque lasciamo perdere l'anno scorso. Vieni a sederti vicino a me, Alice, così riesco a farti mangiare qualcosa. Bene, a tavola, tutti quanti".

La vigilia di Capodanno non andò molto meglio. Mi sistemai annoiata davanti alla tivù, di fianco alla nonna che non faceva che ripetermi all'orecchio lo stesso commento – "La BBC fa bellissime trasmissioni, vero?" – mentre tutti sorseggiavano sherry e il nonno diceva: "Ma quella non è la bella ragazza della pubblicità di Marks & Spencer? Non sapevo che suonasse anche il piano. Ha talento da vendere".

Mentre i fuochi d'artificio esplodevano sul Big Ben e i rintocchi annunciavano l'inizio del 2009, mi chiesi in che parte del mondo si trovava Bailey, chi stava baciando... e a quale festa fantastica se la stavano spassando Tom e Gretchen. Me li immaginavo in abito da sera, con un calice di champagne in mano, sorridenti in mezzo a un gruppo di amici spiritosi.

"Ora, piccola Alice, c'è il cambio della guardia a Buckingham Palace" disse affettuosamente il nonno, interrompendo i miei pensieri. "Non essere triste, e vieni subito a darmi un bacio. Abbi pazienza, tesoro, e vedrai che questo sarà il tuo anno." Mi avvolse in un abbraccio rovesciando lo sherry sulla moquette, mentre la mamma reprimeva un urlo di disapprovazione e si precipitava a prendere una salvietta.

A mezzanotte e dieci ero già nel mio vecchio letto a una piazza, sotto lo stesso piumone che avevo dall'età di quindici anni – con le ballerine in tutù di vari colori che con espressione nostalgica trascinavano un nastro dietro di sé – e rimpiangevo con tutto il cuore di non aver accettato l'invito di Vic a passare il Capodanno a Parigi. Come per telepatia il cellulare annunciò un messaggio in segreteria. Di sottofondo sentii voci allegre e una gioiosa confusione. Vic gridava per sovrastare il rumore: "Ricorda che anche questo passerà!". Mi fece venire in mente quel maledetto tatuaggio di Gretchen. "Mai un augurio di buon anno mi è parso più appropriato! Sei coraggiosa, e io sono orgogliosa di te! Ce la farai, lo so! Ti voglio bene!"

Terminate finalmente le vacanze natalizie, ripresi il lavoro. Fui contenta di entrare nello studio e tornare in quell'ambiente familiare dove avevo qualcosa sui cui concentrarmi.

Dopo aver passato la mattinata a fotografare un prodotto tecnicamente assai complicato, mi resi conto che da almeno tre ore non pensavo a Bailey, a Gretchen o a Tom. Un vero miracolo.

Peraltro, essendo gennaio, non c'era molto da fare. Il proprietario dello studio si palesò tutto allegro per annunciarmi che intendeva aumentare l'affitto, e lo stesso giorno un hairstylist di vip cancellò l'appuntamento per un servizio fotografico di alcune acconciature. In un momento di paranoia pensai che Gretchen avesse sussurrato qualche malignità all'orecchio di certe persone. Dopotutto aveva parecchi contatti. Ma, mi resi conto, questo avrebbe sottinteso un interesse da parte sua, che sapevo non esserci. Comunque mi sentii molto meglio quando l'hairstylist richiamò il giorno successivo proponendo un altro appuntamento.

Mentre mi stavo buttando definitivamente alle spalle il 2008, Bailey si rifece vivo giovedì quindici gennaio alle ore 17.04.

"Pronto?" risposi al telefono incuriosita perché sul display del cellulare compariva la scritta NUMERO PRIVATO. Spensi il laptop.

"Alice?" Anche se non ci parlavamo dalla sera in cui mi aveva piantato, lo riconobbi al volo. Non solo, ma il suono della sua voce accese qualcosa dentro di me, e io precipitai giù dalla scala dei progressi su cui mi ero faticosamente arrampicata. Come c'era riuscito con una sola parola?

Non si preoccupò neppure di fare un minimo di convenevoli, per esempio "Come va?" e "Buon Natale". Arrivò subito al punto. "Ally, lo so che salto fuori all'improvviso e forse sono l'ultima persona con la quale hai voglia di parlare – è per questo che ho nascosto il mio numero di telefono – ma ho bisogno del tuo aiuto. Sono molto preoccupato per Gretchen."

Per poco non scagliai quel cazzo di telefono sulla parete di fronte. Perché? Perché mai venivano tutti a chiedere proprio a me di Gretchen? Lei aveva Bailey, e pure Tom, Cristo, anzi, sembrava avere tutto il maledetto *mondo* a sua disposizione. Non potevano piantarla di cercarmi, e darmi modo di andare avanti nella vita? Da quando in qua, poi, Bailey mi chiamava "Ally"?

"Ho fatto un casino pazzesco. Dovrei essere da Gretchen in questo momento, ma ho perso l'aereo. Mi trovo in Spagna, sai, e chiamerei Tom ma è a Bath per lavoro e... be', lui mi odia. Ho chiamato Gretchen, che mi è parsa alticcia. Ubriaca. Anzi, molto ubriaca, per la verità."

"E allora?" Sistemai il telefono sotto il mento mentre preparavo la borsa.

"Sono le cinque di pomeriggio! Lo so che le piace bere qualcosa ogni tanto, ma sai...! Ti dispiace passare da lei a dare un'occhiata? Continuava a ripetere: 'Ma tu dovresti essere qui!'. L'ha detto cento volte, e poi si è incazzata, mi ha dato dello stronzo e mi ha chiuso il telefono in faccia."

"Ah be', in tal caso ci vado volentierissimo da lei" risposi sarcastica.

"Qualcosa non va, Al. Lo sento" insistette. "C'è sotto qualcosa."

"Okay. Bene, l'ultima persona che vuole vedere sono io. Non è esattamente la mia fan numero uno."

"Lo so" ribatté imbarazzato. Chissà cosa gli aveva raccontato Gretchen. "Però ho davvero bisogno che tu faccia un salto da lei. Ti prego. Sono preoccupato."

"Chiama la polizia, allora." Presi le chiavi e spensi le luci dello studio. "Oppure i tuoi genitori."

"Stanno girando una puntata di 'Dove sono finite le mie mutande' a Little Chalfont. Non rispondono al telefono. Non posso chiamare la polizia soltanto perché è ubriaca... Alice, ti prego! Fammi il favore. Basta che tu controlli solo che stia bene, poi te ne vai. Ti scongiuro, fallo per me." Giocò il suo atout, e attese. "Conto su di te. Non mi deludere."

28

Arrivai da Gretchen alle sette meno venti, scocciata e preoccupata. Ero già rientrata a casa, intenzionata a non andarci, per poi cedere e capitolare. Alcune persone che stavano entrando nel palazzo mi aprirono il portone, ma quando bussai e suonai ripetutamente alla porta di Gretchen non ottenni risposta. Con un sospiro, finii per parlare dentro la feritoia delle lettere. "Sono io. Non mi fa piacere essere qui proprio come non fa piacere a te, ma l'ho promesso a Bailey. Aprimi, per favore."

Sentii uno scalpiccio di passi, e guardai nella stretta fessura: una bottiglia di whisky mezza vuota entrò rotolando nella mia visuale, per poi fermarsi dopo aver versato il liquido ambrato sul pavimento. Poi vidi un paio di gambe nude avvicinarsi in fretta, anche se con passo malfermo, prima di allontanarsi dal mio campo visivo. Udii un tonfo sordo, come di una persona che cade. Poi silenzio.

"Gretchen" gridai ansiosa "tutto bene?" Avevo già dimenticato l'irritazione. "Apri!" Bussai con forza e, con grande sollievo, sentii la sua voce. "Arrivo, arrivo. Ci sto provando. Un attimo."

Un colpo pesante contro la porta, il rumore della chiave girata nella serratura e poi la porta si spalancò rivelando lei, alquanto barcollante, in top rosa e calzoncini in tinta, di quelli che si comprano a pacchi di tre e che i ragazzi immaginano addosso alle sedicenni quando lottano a cuscinate.

"Sei in ritardo." Starnutì mentre retrocedeva con aria agitata, lasciando a me il compito di chiudere la porta. "Mi ha detto che saresti stata qui secoli fa. I tempi adesso sono tutti incasinati: ho dovuto fermarmi e così non so più a che punto sono. Un bel problema!" cantilenò. "Comunque penso che dovresti trovarmi in bagno. Oppure in soggiorno. Non so." Si torceva nervosamente le mani. "Non l'avevo mai programmato prima, solo fatto, e adesso, grazie a quello stupido di mio fratello, è diventato tutto un casino."

Mi sentii mancare. Era in fase maniacale. "Stai straparlando. Calmati. Hai smesso di prendere le tue medicine, Gretchen?" Lo chiesi malgrado la risposta fosse ovvia.

"Ho dovuto, cretina che non sei altro!" esplose, con gli occhi dilatati da pazza. Mi afferrò per il bavero con entrambe le mani e sporse il viso a due centimetri dal mio. Ero così terrorizzata che feci uno scatto indietro. Il suo alito puzzava di alcol, e dal naso rosso le colava una lucente striscia di muco. Si pulì con il dorso della mano per poi agguantarmi di nuovo con forza. "C'è una cosa che non sai. Voglio confidarti un segreto perché mi serve il tuo aiuto per fare la cosa che ho in mente. Posso dirtelo solo se accetti. Prometti di aiutarmi?"

Acconsentii con una certa riluttanza mentre mi toglievo il cappotto. In qualche modo dovevo riuscire a calmarla in attesa dell'arrivo di Bailey, perché senza dubbio era da ricoverare di nuovo: era chiaramente sul punto di dare fuori di matto. Sospirai. Mi sarebbe toccato rivedere Bailey. Se l'avessi saputo prima, mi sarei truccata, per la miseria, e non sarei arrivata in scarpe da ginnastica scalcagnate e calzoni della tuta.

Mi mollò e mosse qualche passo indietro. Non faceva che torcersi le dita e scarnificarsi le unghie.

"Sono incinta! Non lo sa nessuno. Solo tu!"

Feci un balzo all'indietro con la bocca spalancata.

"Ho dovuto smettere con il litio perché avrebbe fatto male al bambino." Si mise a camminare su e giù disegnando un quadrato con i passi. "Io ho detto che assolutamente non lo volevo un figlio, quindi è anche per questo che loro me l'hanno dato. Non si deve prendere il litio se si vuole un figlio, mi hanno detto. Questo mi hanno detto. Così l'ho smesso subito, ma comunque c'è stata la sera della festa... quindi non avrei potuto prenderlo anche se fosse stato tutto normale. Altrimenti lui avrebbe capito. Per questo mi devi aiutare." Si passò le dita tra i capelli. "Non posso farlo da sola." I suoi occhi si riempirono di lacrime.

"Fare cosa, da sola?"

Corse di nuovo da me e mi afferrò le mani. "Ho un piano. Ho riflettuto a lungo, e funzionerà. Però ho bisogno del tuo aiuto. Tutto qui. Dovrai solo... chiamare l'ambulanza. È quello che avrebbe dovuto fare Bailey: solo trovarmi e telefonare. Nessuna differenza. Fingi semplicemente di avermi trovato e chiedi aiuto."

"Un'ambulanza? Che cosa..."

"Ssst! Ti spiego. Tom è via per lavoro... quindi deve essere per forza stasera, perché lui torna domani. Noi non dobbiamo fare altro che... farlo, e basta."

"Fare *cosa*?"

"Liberarci del bambino" disse con pazienza, come se fossi un po' dura di comprendonio.

Ritrassi le mani di scatto, tanto che una sua unghia mi graffiò. "*Cosa*?" Pensai di aver sentito male.

"È semplicissimo." Camminava avanti e indietro come se stesse scaldando i muscoli per una corsa mentre mi spiegava una semplice ricetta di cucina. "Ho già bevuto un po' di whisky e se prendo troppo litio, il Co-proxamol e bevo ancora un po', entro in coma. L'ho imparato nel reparto di Psichiatria. Sono sicura che è più che sufficiente per liberarsene... Credo di essere di sette settimane, più o meno. Tutti penseranno che ho tentato di nuovo il suicidio; tanto se l'aspettano che ci riprovi. A casa dei miei, nelle vacanze di Natale, ho scoperto che mia madre teneva sotto il letto un libro intitolato *Convivere con la psicosi maniaco-depressiva*, e aveva fatto un'orecchia alla pagina che diceva: 'La ricerca dimostra un'alta incidenza di suicidi entro un anno dalle dimissioni dall'ospedale'. Capisci? Sono tutti convinti che ci riproverò, e bisogna che non sappiano del bambino!

Tu devi chiamare l'ambulanza perché io non voglio morire per davvero. Devi telefonare appena perdo conoscenza, perché se aspetti troppo può venirmi un infarto." Starnutì violentemente e si asciugò il naso.

"Ma ti rendi conto di quello che hai detto?" Mi tremava la voce. "Hai detto che quella poveretta di tua madre è terrorizzata e si aspetta che succeda una cosa del genere, e quindi quadra perfettamente con il tuo piano! E qui c'è di mezzo un bambino, Gretchen. Il figlio di Tom. Non puoi fare una cosa del genere! Non te lo permetterò! È morboso, anzi peggio, perverso!"

"Non è il figlio di Tom! Be', forse c'è una possibilità che lo sia, ma sento che non è così. Lo sai cosa ho fatto alla festa, in giardino. Ti ho visto andare a controllare nel vicolo." I suoi occhi diventarono ardenti. "E poi è tutta colpa tua, cazzo. Se non avessi baciato Tom, io non avrei pensato che vi eravate rimessi insieme, e non mi sarei lasciata toccare da Paulo."

"Paulo?" Ero orripilata.

"Oh, vaffanculo" disse sprezzante. "Non fare quella che non sapeva, signorina io-sono-così-brava-e-innocente-ma-tu-non-puoi-metterti-con-il-mio-ex-perché-non-mi-va!" Esibì l'espressione fintamente imbronciata e pestò il piede. "Non sai quanto ero triste, Alice. Piangevo, e piangevo, poi Paulo mi ha trovato, mi ha abbracciato, abbiamo cominciato a baciarci, e... non ho intenzione di perdere Tom, Alice. È l'unica cosa bella che ho."

"Ma ci sono altri modi, altre cose che puoi..."

Scosse la testa con decisione. "Se ha lasciato te per via di un bacio, mi lascerebbe di sicuro per questo. Ho investito molto su di lui: non sono andata fino in America per niente. Mi hanno tolto tante cose, e non voglio rinunciare anche a lui."

"Potresti... Un momento, cos'è che hai detto?" Mi resi conto all'improvviso di quanto avevo appena sentito.

"Me lo tengo" disse con aria di sfida. "E nessuno mi fermerà."

"Poco fa..." dico fissandola.

Parve confusa. "Poco fa, cosa? Smettila di parlare, Alice." Agitò le mani per aria. "Dobbiamo darci da fare, adesso!"

"L'hai seguito in America?" Il mio tono di voce si era alzato. Mi sentii pervadere da una rabbia incontrollabile.

"Sì! Voglio dire no... non saprei. E comunque, anche fosse?" Corse verso il divano, agguantò un flacone di pillole che non avevo notato e ne prese una manciata. Si lanciò verso il whisky, inciampò e cadde vicino alla bottiglia: svitò il tappo, ne prese una lunga sorsata e poi buttò giù le pillole. Deglutì e, mentre le ingoiava a fatica, un'espressione di dolore le attraversò il viso. Prese un altro sorso di whisky, ansimò e tossì. Poi, dopo essersi asciugata la bocca con il dorso della mano, disse: "Visto? Ormai non puoi più tirarti indietro". Mi guardò trionfante, con un ghigno da pazza.

Ero inorridita. Era come guardare la scena surreale e terrificante di un film.

Chiuse gli occhi e ingurgitò un'altra sorsata di whisky, ma le venne un conato, che represse con la mano sulla bocca. "Wow!" esclamò, barcollando lievemente. Si bloccò per guardarmi ma non riuscì a mettermi a fuoco. "Non posso vomitare."

L'istinto mi spinse a correre al telefono per chiamare il numero delle emergenze. Se riuscivo a portarla subito al Pronto Soccorso forse le avrebbero praticato la lavanda gastrica evitandole danni permanenti. Stentavo a credere che fosse incinta.

"No!" Si precipitò a strapparmi di mano il telefono. "Non ancora! Troppo presto! Impiegherò non più di mezz'ora a perdere conoscenza." Versò nella mano altre tre o quattro pillole, e si avviò di nuovo verso la cucina. "Penso che dovrebbero bastare" disse, e a me parve che le parole le uscissero impastate, come se fossero difficili da articolare.

"Ne avevi già prese altre?" chiesi, e lei annuì. "Quando? Prima che io arrivassi?" Parve confusa. "Prima, credo, appena prima che telefonasse Bailey per dire che non sarebbe venuto."

Oddio. Allora poteva essere già troppo tardi. Che cosa aveva fatto?

Presi il telefono, ma me lo strappò di nuovo di mano. "No!" gridò. Mi voltai con un'espressione talmente feroce che arretrò. Stavo per comporre il numero quando la vidi infilare di nascosto una piccola cosa bianca in bocca. Un'altra pillola. "Basta!" urlai disperata.

Impallidì di colpo. "Mi viene da vomitare." Corse in bagno. Nel sentire un fragoroso rumore mollai il telefono per precipitarmi da lei. Era china sul water in preda ai conati. Aveva buttato a terra tutti i flaconi che si trovavano sul bordo della vasca. Notai i muscoli che scattavano, il viso in tensione. "No, no! Se vomito, non funziona!" strillò.

"Bisogna infilare le dita in gola, subito!" Le strinsi le guance e cercai di ficcarle le dita in bocca, ricordando a me stessa che lei stava male, molto male, e quello era il piano di una mente squilibrata... lei non era Gretchen. E aveva bisogno d'aiuto.

"Sta'... lontano... da me!" Mi spinse via, e poi *bang!* Il pugno mi arrivò dritto sotto il mento. Era la prima volta che mi succedeva: il dolore bruciante alla mandibola mi dava la sensazione di essere stata colpita con un ferro incandescente. Sconvolta, portai la mano al viso e mi limitai a fissarla, incredula, prima di dire un'ovvietà: "Mi hai picchiato!".

Cadde in ginocchio, e poi, sostenendosi alla vasca, alzò la testa per roteare gli occhi verso il soffitto. "Torno di là." Raggiunse con passo malfermo il soggiorno, e prese al volo la bottiglia di whisky mentre la seguivo. Prima di riuscire a bere inciampò e la bottiglia si schiantò per terra. I frammenti di vetro schizzarono ovunque e l'odore persistente e forte di alcol riempì la stanza.

"Merda!" I suoi occhi si riempirono di lacrime. "Non ne ho altro!" Ce n'era una bella chiazza sulla moquette, e lei si chinò disperata a leccarla.

"No!" gridai. "Ci sono schegge ovunque!" La tirai indietro per spingerla contro il muro. Lei vi si appoggiò con gli occhi chiusi e il viso contorto in una smorfia di dolore con le braccia chiuse sul petto. "Voglio vomitare! Sto male!"

"Non muoverti!" le ordinai, terrorizzata. "Adesso mettiamo fine a questa cosa."

Recuperai il telefono e tornai indietro di corsa, ma prima che riuscissi a digitare il numero lei fu scossa da un conato e la testa le penzolò in avanti. Mollai il telefono, mi lasciai cadere accanto a lei e l'afferrai per i capelli. "Vomita e falla finita! Non importa se sporchi tutto!" Cercai di cullarla in quella posizione scomoda, con le gambe stese davanti a me.

I suoi gesti stavano diventando sempre più lenti. "No" insistette, cercando di spingermi via. Ripresi il telefono. "Ti racconto degli altri segreti. Senti, senti. Non telefonare. Ssst!" Portò le dita alle labbra. "Ti racconto di Bailey."

Mi bloccai.

Un mezzo sorriso le balenò sul volto. Alzò la mano floscia e la posò sul mio braccio mentre si sforzava di sollevare la testa per guardarmi. "Gliel'ho detto io di non uscire più con te. Che non volevo che fosse il tuo ragazzo, così lui mi ha detto: 'Okay', e ti ha mollato. Non volevo che me lo portassi via."

"È una bugia" mormorai. "Non l'hai fatto. Tu eri in America. Con Tom."

Ripresi il telefono. Lei mi guardò contrariata, poi con uno sforzo aggiunse: "Sono stata io a dire a Tom di te e Bailey. Di proposito. Tom era così triste, Alice, che ho dovuto consolarlo con il mio amore. In camera da letto, in cucina, in casa vostra."

"Piantala!" La spinsi via piena di disgusto, di repulsione. Era come se quelle ignobili parole mi bruciassero dentro.

Senza il mio sostegno, si accasciò su un fianco sul pavimento. Rimase in silenzio e poi riaprì di scatto gli occhi. Il telefono si trovava proprio di fronte al suo viso. Questa volta non cercai di prenderlo, e lei fece un debole sorriso soddisfatto.

"Se vuoi aiuto, telefoni tu" dissi all'improvviso, con voce rotta, tremante. Mi alzai.

"Noooo! Deve sembrare suicidio. Non lasciarmi!"

Con un enorme sforzo sollevò il braccio per spingere il telefono verso di me. Aveva il viso schiacciato sulla moquette. "Fallo subito, dài. Devi dirglielo, Alice. Un sacco di pillole."

"Ma che cosa ti ho fatto di male?" chiesi con un filo di

voce. "Hai distrutto tutto... me, Tom, Paulo... e quella poveretta di tua madre, che non conosco neppure, che legge libri per cercare di aiutarti... e adesso questo. Hai detto a Bailey di piantarmi? Come hai potuto? Non sei proprio capace di condividere qualcosa, vero? Devi avere tutto solo per te. Sei una vipera. Avveleni ogni cosa che tocchi. E io che mi fidavo di te!" gridai tra i singhiozzi, con il viso inondato di lacrime. "Ti credevo la mia migliore amica! Tom mi ha preso per pazza quando gli ho detto che avevo dei sospetti... e tu che sostenevi che volevi essere gentile, che mi avevi lasciato la tua casa... e invece *avevo ragione* io! Tu volevi soltanto disfarti di me! Come puoi fare una cosa del genere a Tom? È una persona così cara, per bene: ne sarà distrutto. Perché non ci lasci in pace tutti quanti? Staremmo molto meglio senza di te. Tu non sei malata, sei perversa!"

Non aveva quasi battuto ciglio, e mentre io ero ormai a corto di energie e di parole, con le ultime forze che le restavano lei si mise a sedere, ma poi si accasciò. Tentò di calciare il telefono verso di me, ma lo mancò. Era un movimento minimo, che non avrebbe spostato una foglia.

Si sforzò di alzare la testa per guardarmi, ma gli occhi continuavano a chiudersi contro la sua volontà.

"Ti prego" disse con un filo di voce.

"Proprio tipico da parte tua! Sei perfida, non ti fermi davanti a niente!" Avevo cominciato a tremare. "Ti odio. Ti odio!"

"Aiutami."

Non presi il telefono. Crollai a terra e rimasi seduta immobile ad abbracciarmi le ginocchia mentre piangevo tutte le mie lacrime.

Lei mi guardò sotto le palpebre pesanti, incapace di parlare, ma pienamente consapevole di quanto io *non* stavo facendo.

Alla fine le si chiusero gli occhi e la testa si chinò in avanti.

Cominciai a dondolarmi, gemendo di paura e di angoscia. Poi sentii crescere la nausea, e allora mi scaraventai in bagno a vomitare.

Quando tornai, mi accorsi che non si era mossa.

In tutta sincerità non ricordo quanto rimasi lì seduta.

Battevo i denti, scossa da un tremito convulso. Quanto tempo rimasi lì? Non lo so... non lo so davvero...

Ricordo l'insopportabile sapore di vomito in bocca. Mi pare di essere tornata in bagno a sciacquarmi, e allora colsi il mio riflesso nello specchio. Gocce d'acqua fredda mi scendevano fin sotto il mento. Inclinai la testa, ma non vidi alcun segno nel punto in cui mi aveva colpito. Mi fissai a bocca socchiusa, paralizzata. Devo essere rimasta lì per ore.

Eppure tornai da lei, non la lasciai. Telefonai anche, e arrivò l'ambulanza.

Aveva ragione: tutti pensano che sia stato un disperato tentativo di suicidio da parte di una maniaco-depressiva che ha interrotto un'altra volta il litio, come ha già fatto in passato. Tutti, cioè, a parte l'infermiera convinta che io l'abbia aiutata a farlo come per una sorta di missione caritatevole. Non ho raccontato a nessuno della gravidanza. Quantomeno ho mantenuto la promessa.

Però se si sveglia, se sopravvive a questa "seconda complicanza", dirà a tutti cosa è successo. E se penseranno che io non ho deliberatamente chiamato quando ne avevo la possibilità, finirò per perdere tutto.

Se non si sveglia più, se muore... sarà tutta colpa mia.

E se è morta mentre io me ne sto qui seduta nella cappella? Che cosa farò? Dovrò parlare, oppure vivere per sempre con questo segreto? Tom si appoggerà a me nel suo dolore e io lo aiuterò a superarlo? Finiremo per avvicinarci sempre di più per poi tornare insieme, come se Gretchen non fosse mai esistita? Oppure Bailey, distrutto dal suo lutto, si aggrapperà a me perché sono stata una delle poche persone al mondo in grado di capirla, e deciderà di riprovarci con me?

È anche possibile che tutti, annientati dagli eventi, non riusciremo più a frequentarci perché la sofferenza è troppa – troppo lacerante il dolore, troppo sconfinata la tristezza – per poterla condividere. Se muore, Tom scoprirà che aspettava un bambino? Le farebbero l'autopsia, no? Oddio... la cosa finirebbe per ucciderlo, per pesargli sulla coscienza per tutta la vita. E sarebbe colpa mia.

Bailey ha ragione; c'è un brutto odore in questa cappella: umidità, aria pesante e polvere. Eppure resterei qui nascosta per sempre. La notte che mi aspetta, lo so, sarà la più lunga della mia vita. Domattina, secondo il medico, si saprà se Gretchen si salverà.

In questo momento prego solo di essere perdonata. Sono molto, molto spaventata.

Non so come sia capitata una cosa del genere a una ragazza normale come me, che aveva un fidanzato, un lavoro e una vita.

29

Anche se non posso vedere fuori perché la camera è priva di finestre, so che deve essere già giorno ormai. Tom e Bailey non fanno che agitarsi sulla sedia con aria esultante e tutta la forzata energia di due che non hanno chiuso occhio. È come se, all'arrivo nella località di vacanza dopo un volo notturno, fossero in preda a un'euforica vitalità.

«L'ha fatto di nuovo!» Bailey indica Gretchen. «Ha mosso gli occhi!»

La giovane infermiera annuisce, allegra. «Procede proprio bene.» Bailey la guarda come se non avesse mai visto una persona più bella e il mondo fosse un posto davvero meraviglioso. «La prego, mi ripeta qual è l'apporto di ossigeno.»

L'infermiera sorride con indulgenza. «Quaranta per cento.»

«Ah!» esclama Bailey tutto felice, anche se è la terza volta in un'ora che lo chiede. Tom sorride, e sembra più che altro sollevato.

Io sono perseguitata da una tale nausea e da un tale senso di panico che penso di vomitare se mi muovo troppo in fretta. «Allora quand'è che sarà in grado di scrivere e parlare?» domando.

L'infermiera scuote la testa. «È ancora sotto sedativi, quindi di sicuro non prima di domani...»

Dunque ho davanti ancora tutta la giornata... Oh santo cielo, cosa faccio? Dovrò andarmene, sì, andarmene via. Come faccio a restare finché si sveglia? Il fatto è che evito perfino di interpellare le infermiere per paura che abbiano ricevuto l'ordine di tenermi d'occhio, di controllare che io non mostri indizi che lasciano intendere un'involontaria ammissione di colpa.

«Allora forse è il caso di andare a casa, fare una doccia al volo e cambiarsi? Non succede niente nel frattempo, vero?»

Io *non posso* essere presente quando si sveglia...

L'infermiera esita. «Senta, non c'è alcuna certezza, però... come ho detto, procede davvero bene.»

Il viso di Bailey si apre in un sorriso.

Tom appare più dubbioso. «Io preferisco rimanere.»

Bailey scuote la testa con decisione. «Tom, è fuori pericolo. Vuoi davvero avere l'aria di un puzzolente vagabondo quando la tua ragazza si sveglia domani? Al momento non deve far altro che starsene qui a riprendersi. Sentite: troviamoci di nuovo tutti qui dopo pranzo. Andiamo a casa, dormiamo un po'.»

«Okay» concede Tom alla fine. Ha un'aria stravolta. «Però mi cambio e torno al volo. Forse è meglio che prenda un taxi, perché non me la sento di guidare.»

Bailey si alza. «Oggi è una *grande* giornata!» ride. «A dopo, sorellina!» Lancia a Gretchen un bacio. «Possiamo dividere il taxi. Può fare un giro unico. Porta te, Tom, poi Al, poi me.»

Il dottor Miles Benedict scende dalla macchina nella fresca e luminosa mattino di gennaio. Non manca molto a febbraio, quindi a San Valentino. Deve ricordare di prenotare un tavolo da qualche parte, altrimenti lei gli taglia le palle.

Dunque, quanta merda gli toccherà spalare oggi? C'è il ragazzo dell'incidente in moto... quell'incosciente è caduto a ottanta chilometri l'ora in T-shirt e jeans, e l'asfalto gli ha letteralmente raschiato via la pelle dal corpo. Quando hanno fatto per sollevarlo dalla barella, la schiena gli è rimasta appiccicata. Miles fa una smorfia. Magari salta la colazione. Si chiede pigramente se la ragazza dell'overdose ha passato la notte: molto improbabile, visto che ha ingerito merda sufficiente a stroncare un elefante. Poi pensa di prendere un caffè prima di salire a chiedere se qualcuno fa una partita alla fine del turno. Il green deve essere perfetto oggi.

Venti minuti dopo piomba nell'unità di Terapia Intensiva, ormai di pessimo umore, per ricevere le consegne. Non ha trovato nessuno per il golf, e questo lo fa incazzare; inoltre, quello del bar non solo gli ha versato il caffè bollente sulla mano, ma gli ha servito un normale invece che un decaffeinato. Se ne è accorto quando ormai ne aveva bevuto mezza tazza, e adesso si sente già agitato e gli sta venendo mal di testa. Ma per uno che salva vite umane è tanto difficile ottenere un cazzo di caffè come si deve?

Entra nella camera cinque e, con grande sorpresa, trova la ragazza dell'overdose ancora nel regno dei vivi; impressionanti la sua determinazione e la sua voglia di lottare. Per fortuna non ci sono parenti in giro, così può evitare i convenevoli. Solo le infermiere. Guarda la cartella con un silenzio irritato, e poi sbotta: «È al quaranta per cento... cosa ci fa ancora sedata?».

La caposala che l'accompagna, dopo aver allungato una leggera gomitata alla giovane, che abbassa gli occhi, dice: «Non ho ancora avuto il tempo».

Ma deve proprio fare tutto lui? «Be', toglietele il Propofol! Svegliatela, estubatela. È una ragazza, santo cielo! Forza, subito!» Guarda seccato l'infermiera giovane che evita i suoi occhi e per un attimo è rallegrato dalla visione delle sue splendide tette. Peccato per la faccia, però, che sembra abbia ricevuto una badilata. Pazienza.

«Bene» continua brusco. «Andiamo avanti, infermiera. Passiamo alla prossima vittima.»

Nel parcheggio dell'ospedale tutti e tre aspettiamo un taxi. Abbiamo deciso di non prenderne soltanto uno perché, malgrado lo strano legame che si è creato in quella piccola camera d'ospedale, là fuori, nel mondo reale e al freddo l'idea sembra sgradevole.

Strani luoghi i parcheggi d'ospedale. Da una parte neonati amorevolmente sistemati in macchina da padri orgogliosi e protettivi, e guardati con occhi adoranti da madri provate.

Dall'altra parte persone confuse e disorientate, che camminano avanti e indietro mentre fanno telefonate urgenti con il cellulare e comunicano notizie tremende che indurranno qualcuno, in qualche posto, a lasciare quello che sta facendo per cercare freneticamente scarpe e chiavi della macchina.

Tom, che sembra ansioso di andarsene – probabilmente non vede l'ora di sbrigare quello che deve fare e tornare al più presto –, chiede se può prendere il primo taxi. Quando la macchina arriva, mi stampa un bacio distratto da qualche parte sulla tempia sinistra e, prima di salire in auto, dice: «Ci vediamo dopo, allora».

Così resto con Bailey, che guarda il taxi di Tom svoltare a sinistra e uscire dal campo visivo. «È un tipo talmente buffo» commenta. Scuote la testa. «Tutto d'un pezzo. Non ci sono sorprese con lui.»

Arriva un altro taxi. «È il tuo.» Sorride felice; cavalca l'ondata di stanchezza e sollievo come fosse il re del castello. «Va' tu, davvero. Ci rivediamo tra poco.»

«Che cosa hai intenzione di fare adesso?» chiedo con la mano sulla portiera.

Sbadiglia. «Crollo, faccio una doccia, dormo... cose del genere.»

«Vieni da me» azzardo senza riflettere.

Sulle prime appare perplesso, poi sorride. «Sei molto dolce, Al, ma me la cavo da solo. Ora che lei è sulla via del recupero, starò benissimo anche da solo, te l'assicuro. Ci vediamo tra un po'.» Mi manda un bacio al volo.

Abbozzo un mezzo sorriso e salgo in taxi. Sul sedile posteriore c'è un rivestimento grossolano di finto camoscio tutto spiegazzato, e nell'abitacolo aleggia l'odore di sigaretta misto a quello di pino proveniente dall'albero di Natale appeso allo specchietto. Batto le palpebre per ricacciare indietro le lacrime. "Mi hai frainteso, Bailey."

«Dove, allora?» chiede il tassista, anche se non gli vedo muovere le labbra, ma solo gli occhi che mi lanciano un'occhiata interrogativa. Gli dico l'indirizzo e ci allontaniamo dall'ospedale. Non mi volto a guardare Bailey, anche se con la coda dell'occhio vedo che mi saluta con la mano.

Mi rimane solo oggi insieme a lui e Tom, tutto qui. Domani lei sarà sveglia, in grado di scrivere se non addirittura di parlare, e di sicuro in grado di dire a tutti che io di proposito non l'ho aiutata. Tom e Bailey crederanno che la volevo morta. Mi resta solo oggi.

Tutta la notte scorsa, mentre sedevamo in attesa e a poco a poco comprendevamo che il peggio era passato, quando le hanno abbassato il livello di ossigeno e tutti si sono rallegrati nel vederle muovere gli occhi, io pensavo soltanto una cosa: non ho scelta; dovrò andarmene, fare le valigie e tagliare la corda. Arriverà domani, e lei si sveglierà. Certo, sono pazza di gioia al pensiero che non morirà, però ho paura per me stessa.

Mi sento esposta, inorridita all'idea di aver fatto una cosa tanto terribile a una persona a cui ho tenuto la mano mentre le assicuravo che per nulla al mondo avrei cessato di esserle amica. Devo assolutamente andarmene.

Comunque, che senso ha restare? La casa non è di mia proprietà, e neppure lo studio, che affitto di volta in volta a seconda dei lavori; non ho fidanzato, né legami. Fran ha la sua famiglia; papà e mamma non vedono l'ora di spingere Phil fuori dal nido per poter iniziare la seconda parte della loro esistenza, e comunque non passerà molto prima che Phil, annoiato, deciderà di iniziare altrove una vita più eccitante. Voglio molto bene a tutti, e so che loro ne vogliono a me, ma non sono convinta che mi conoscano più di quanto io conosca me stessa. Abbiamo una vita frenetica. Siamo la tipica famiglia moderna, geograficamente frammentata e sempre in movimento. Che differenza fa se mi ritaglio un po' di tempo per me stessa? Sono stata costretta ad affrontare alcune verità molto sgradevoli... e quindi forse non è una cattiva idea. Potrei prendere la macchina fotografica e partire. Non ho mai voluto fare del male a nessuno, tanto meno alle persone che amo. Potrei ricominciare daccapo. Costruirmi una nuova vita altrove... lontano da Gretchen.

«Le dispiace fermarsi davanti a una banca?» chiedo al tassista. «Ho bisogno di contanti.»

Lascerò un mese di affitto a Paulo, e lui potrà gettare via

la roba che non porto con me. Non mi pare una richiesta eccessiva. Magari faccio quello che avrei dovuto fare fin dall'inizio e passo una settimana da Vic per vedere come vanno le cose. Lei è fantastica: sa ascoltare, consigliare, consolare. Ma come posso raccontarle questa storia? Per la prima volta c'è una cosa che lei non dovrà mai sapere. Non posso dirla a nessuno. Adesso sono completamente sola.

E a Tom e a Bailey, cosa racconterò? Che vado in vacanza? Che mi hanno offerto un servizio troppo interessante per rifiutarlo? Magari crederebbero anche che devo andare su Plutone, tanto più ora che lei è fuori pericolo; in questo momento non pensano che a lei, infatti.

Quanto a Gretchen, se si sveglia e scopre che non ci sono, magari sulle prime non dirà nulla, magari prenderà tempo e aspetterà il mio ritorno per sfruttare al meglio il racconto di quello che è effettivamente successo. Ma io non tornerò. Il momento passerà e noi andremo avanti il meglio possibile con la nostra vita.

Il taxi passa sopra un dissuasore di velocità e le sospensioni cigolano. Svoltiamo a destra su una strada più trafficata e ci fermiamo a un semaforo. Alla mia sinistra, a una fermata d'autobus, una donna se ne sta con le mani in tasca e un sacchetto della spesa appeso al polso. L'espressione cupa e rassegnata con cui fissa nel vuoto rivela che aspetta a quella fermata ogni giorno della sua vita da quando riesce a ricordare. Dietro di lei c'è la vetrina di un negozio con la scritta PROBLEMI DI CREDITO? NOI ACCETTIAMO ASSEGNI!, segue Big Joe's – una rivendita chiusa di kebab –, e subito dopo una lavanderia che annuncia LAVAGGIO PIUMONI. Dove mi troverò io quando la gente incasserà gli assegni, taglierà la carne unta e porterà a lavare gli abiti la settimana prossima, il mese prossimo, perfino l'anno prossimo?

Superiamo un fioraio chiuso, con la vetrina già piena di cuori in previsione di San Valentino. NON DIMENTICARE IL 14 FEBBRAIO! dice uno striscione sostenuto da due colombe di cartone.

Dimenticare? Come potrei mai dimenticarlo?

Non posso dire che Bailey mi ha piantato perché adesso mi rendo conto che non è mai stato mio, per quanto io ne sia innamorata. Ma è certamente l'uomo per cui potrei sprecare anni di vita a sperare e aspettare; è l'uomo che mi fa comportare in modo avventato: se avesse capito cosa intendevo poco fa, forse in questo momento sarebbe su questo taxi diretto al mio letto insieme a me; e come mi avrebbe lasciato una volta andato via? Perché è chiaro che se ne sarebbe andato di nuovo.

Dubito che si possa dimenticare uno come lui. Forse non ci si riesce, forse bisogna cercare soltanto di starne alla larga, finché la mente ti concede la grazia di rimuovere lo stato di dipendenza che creano persone del genere, e allora soffri meno, e poi meno ancora. Non mi ha fatto bene rivederlo e stargli così vicino quando resta così irraggiungibile, almeno per me. So di avere mentito quando Tom mi ha chiesto chi avrei scelto tra lui e Bailey. Sarebbe Bailey: Bailey, ovvio. Spero di scambiare un giorno un bacio come quello che ci siamo dati a Leicester Square, ma con qualcuno che ricambia il mio amore.

Quanto a Tom... Ci sono gli uomini, e poi c'è Tom. Nella mia mente rappresenta un esempio unico di come dovrebbe essere un uomo. Dio ama le persone tenaci, quindi sono sicura che ama Tom. È sempre pronto a dare una mano, squadra le spalle e volta il viso verso il sole, e poi è dolce, gentile e sincero.

Se il mio mondo finisse, vorrei comunque che ci fosse Tom... davvero, lo vorrei tanto. Non so in che modo – mi rendo conto che lui non sarà mai il mio lieto fine – ma credo di essere disposta a tutto, anche ad accettare che lui stia con lei, a patto di poterlo in qualche modo mantenere nella mia vita.

Ma ovviamente lei non lo permetterà e adesso è quasi ora di dire addio a entrambi.

Non mi mancherà Gretchen, ma mi mancherà la persona che credevo fosse.

30

Bailey è al telefono con la madre da oltre un'ora e mezza per cercare di convincerla a venire all'ospedale. Lei passa dal sollievo isterico a una fredda collera. Insiste di non poter venire stasera perché è esausta dopo l'apparizione come protagonista nella sit-com "Dove sono finite le mie mutande?", e comunque Gretchen non si sveglierà fino a domani.

"Assolutamente vero" pensa Bailey spossato. "Vieni a trovarla, fa' le tue scene di pianto e grida pure, intanto lei non può sentirti." Ma la madre rifiuta con ostinazione e alla fine Bailey getta la spugna; chiude la telefonata e guarda l'ora. Le due del pomeriggio. Meglio tornare subito all'ospedale. Si sente un po' più rilassato dopo il sonnellino, ma per scaricare la tensione e lo stress in agguato decide di farsi uno spinello veloce e, mentre cerca dentro il cassettone la scatoletta con la roba, decide anche di chiamare Annalisa, dal cui letto si è strappato di malavoglia ieri mattina. Merda, è solo ieri mattina che si è svegliato in Spagna? Pazzesco, assolutamente pazzesco. "Dio ti ringrazio" pensa "sono in debito con te, cazzo."

Tom si sveglia alle tre e quattordici del pomeriggio a faccia in giù sul letto suo e di Gretchen, completamente disorientato. Batte le palpebre per almeno un minuto prima che il suo cervello gli convogli il messaggio che ha chiuso gli occhi per un breve sonnellino più di quattro ore fa. Balza in piedi con un'imprecazione. Era stravolto per la stanchezza quando è tornato in quell'appartamento impregnato dal puzzo di alcol, con schegge di vetro ovunque. Dopo aver accuratamente messo ordine – fasciato in un giornale i cocci della bottiglia di whisky, fregato la moquette, raccolto le pillole sparse e i flaconi in bagno e pulito le tracce di vomito –, non restava che sdraiarsi.

Dieci minuti più tardi, dopo la doccia, è pronto a ripartire. Prende le chiavi e lancia un'occhiata al sacchetto della spazzatura, ben legato accanto alla porta di casa. Tanto vale portare giù anche il resto, già che c'è. Mette nella tasca posteriore chiavi e portafoglio e marcia deciso in cucina.

Solleva il sacchetto dal secchio, solo che il maledetto si impiglia e si squarcia come tagliato dal bisturi di un chirurgo. L'immondizia fuoriesce dalla fessura come un intestino in fuga e lui, che rimpiange di essersi fatto venire quell'idea, sta per rimettere a posto il sacchetto e chiudere il coperchio del secchio... e poi digrigna i denti e pensa che tanto vale fare tutto per bene. Così tira fuori un *altro* sacchetto dal cassetto. Solleva quello tagliato e cerca di infilarlo nel secondo senza toccare i calzoni o versare qualcosa, ma purtroppo a mezz'aria il sacchetto ruota e sputa fuori il cilindro interno della carta igienica riempito da entrambi i lati di fazzolettini, una scatoletta di minestra e – Tom ha un conato di vomito – alcune ossa di pollo e un vassoietto di polistirolo che un tempo conteneva due trote fresche e che ormai non odora certo più di fresco. Con una smorfia raccoglie le ossa, poi il rotolo di carta igienica, e vede che da una parte del tubo è uscito un fazzolettino e spunta qualcosa di bianco.

Dapprima pensa all'applicatore di un tampone interno – ma è troppo lungo –, poi si rende conto che ciò che vede è un test di gravidanza.

Sbalordito, lo esamina con attenzione.

«Oddio!» grida, e corre come un pazzo verso la porta.

Scendo dal secondo taxi della giornata davanti all'ospedale: sono le tre e un quarto. Ho impacchettato tutto quello che intendo portarmi via stasera e l'ho lasciato a casa, bell'e pronto. Ho telefonato a Vic, parlato con mio padre e non mi resta altro che... salutare Bailey e Tom. Sono certa di trovarli già seduti a vegliare il corpo silenzioso ma in rapida ripresa di Gretchen.

Oltrepasso i cartelli che indicano la cappella, il bar, il reparto di Radiologia, la rampa di scale e per l'ultima volta varco le pesanti porte a vento dell'unità di Terapia Intensiva. Non c'è nessuno nella postazione degli infermieri. Il corridoio appare uguale a stamattina. La porta della camera di Gretchen è aperta. Entro, svolto l'angolo della stanza e mi fermo di scatto, paralizzata dall'orrore.

Gretchen è seduta a letto, cosciente e mi guarda come in tutti i miei peggiori incubi, solo che questa volta è reale.

«Sorpresa» dice con voce dolorosamente rauca. Non sta sorridendo.

31

La fisso, incapace di parlare. Non mi sento più le gambe, e la borsa mi scivola dalla spalla per rovinare a terra. Le dita si muovono impacciate per recuperarla, ma sono piena di orrore e ipnotizzata da quel viso privo di espressione che mi guarda, dagli occhi che mi squadrano come se lei cercasse di ricordare chi sono.

«Come... come mai sei qui?» Pronuncia a fatica le parole, e quella sola domanda mi fa capire che ricorda tutto.

Prima che io possa rispondere una nuova infermiera fa capolino dalla porta. «Tutto bene?» Sorride radiosa, quindi evidentemente non sa nulla. Gretchen annuisce con gravità. «Non esageri» dice l'infermiera. «Lei è molto stanca. Eviti di fare sforzi e lasci che sia la sua amica a parlare.» Ammicca verso di me e scompare tirandosi dietro la porta.

«Buona idea» mormora Gretchen a fatica.

Io resto in silenzio. Com'è possibile? Avevano detto non prima di domani...

«Mi hai abbandonato» sbotta infine. «Non li hai chiamati.» Cambia posizione per mettersi comoda, poi aspetta. Sento i battiti del cuore accelerare.

«Ti avevo chiesto di chiamare l'ambulanza, e non l'hai fatto.»

«Certo che l'ho chiamata. E sono salita sull'ambulanza con te. Non ti ho più lasciato da allora.»

Aggrotta la fronte, confusa. «Ti ho visto.» Sceglie le parole con cura: «Non li hai chiamati *di proposito*». La voce si spegne. Cerca di sollevarsi un poco per arrivare al bicchiere d'acqua sul comodino. D'istinto mi protendo ad aiutarla, ma lei mi incenerisce con un'occhiata. «Stai scherzando?» Così indietreggio.

«Quanto hai aspettato?» Ingurgita a fatica, poi si accascia sul guanciale.

«Non ricordo.»

«Tanto non importa. Il punto è che hai aspettato di proposito.» Chiude gli occhi, stanchissima.

«Io... io» esordisco.

«Vattene.» Si volta a guardarmi dritto in faccia. «Vattene e basta. Non osare avvicinarti mai più. Sta' lontana da me, da Tom e da mio fratello.»

«Avevo già deciso di andarmene.» I miei occhi si riempiono di lacrime. «Parto stasera.»

«Per dove?»

«Importa?» Mi stringo nelle spalle con un mezzo sorriso, allargando le braccia.

«In effetti, no.»

«Gretchen...» sto per dirle quanto sia sinceramente dispiaciuta, ma lei mi interrompe facendo leva su tutte le sue residue energie. «Vattene. Subito.»

«Volevo soltanto salutare Tom e Bailey. Che male c'è?»

Si raddrizza con decisione e scuote la testa. «No. Voglio che tu te ne vada.»

«Tranquilla, vado. Non puoi solo...»

«Se cerchi di restare, racconto a tutti e due quello che hai fatto. Decidi tu.»

La guardo lì seduta, con un tubicino piantato nel braccio, i capelli sporchi incollati alla testa, le occhiaie scure, ancora fragile come un filo di ragnatela, eppure forte come acciaio, proprio come era mentre mi raccontava le bugie dette a Bailey per indurlo a piantarmi e confessava di aver seguito Tom fino in America.

«Hai perso il bambino, Gretchen?»

«Quale bambino?»

«Il tuo. Quello che...» Sospiro rumorosamente. «Quello

di cui volevi liberarti con il mio aiuto. Avevi la sensazione che non fosse di Tom, e dicevi che tanto io sapevo cosa avevi fatto con Paulo nel vicolo alla festa.»

«Di cosa diavolo stai parlando?» Tossisce, e per il dolore si stringe la gola prima di sporgersi di nuovo verso il bicchiere.

La guardo incredula. «Ricordi che io non ho chiamato l'ambulanza però non ricordi che cosa ti ha spinto a fare quello che hai fatto? Bailey mi ha telefonato per dirmi che doveva raggiungerti ma era in ritardo e tu sembravi molto agitata. Sono venuta da te e ti ho trovato ubriaca e sotto effetto delle pillole. Mi hai detto di essere incinta, ma senza sapere di chi, e della tua decisione di liberarti del bambino. Volevi che apparisse come un tentato suicidio, convinta che tutti quanti se la sarebbero bevuta. Io non dovevo fare altro che fingere di trovarti per caso, così non saresti andata fino in fondo ma abbastanza da avere un aborto. Ho cercato di fermarti – ti ho scongiurato di non farlo – e tu mi hai mollato un pugno prima di confidarmi che da sempre volevi Tom, che gli avevi raccontato di Bailey di proposito e poi avevi convinto Bailey a lasciarmi.» Non riesco più a continuare, investita da una scarica di adrenalina che mi fa tremare.

«Non capisco assolutamente di cosa stai parlando. Non c'è nessun *bambino*, Alice. Non c'è mai stato! Chiedi all'infermiera che mi ha appena aiutato a cambiare l'assorbente, se non ci credi.»

Faccio una smorfia per quel dettaglio crudo e mi sento investire da un'ondata di tristezza. «Quindi l'hai perso, proprio come volevi.»

Non batte ciglio. «Non c'era niente da perdere! Sono maniaco-depressiva, soffro di allucinazioni. Sono malata, e lo sai benissimo!» Si protende a prendere un altro sorso d'acqua. «Non bisogna credere a quello che dico quando sono in fase maniacale... perché sragiono!»

«Veramente ieri sembravi del tutto lucida! Okay, eri in fase maniacale, ma sembravi aver calcolato con precisione fino a che punto potevi spingerti!»

Si sistema sul guanciale e chiude gli occhi. «È molto semplice. Ho smesso di prendere i farmaci perché ero felice e credevo di non averne più bisogno. Evidentemente non era così. Mi dispiace di averti dato un pugno, ma quel che è certo è che non sono incinta e non lo sono mai stata. Ti dico quello che ricordo: tu, razionale, sobria, in pieno possesso delle tue facoltà mentali, di proposito non mi hai aiutato quando io ne avevo bisogno.» Sputa fuori le ultime parole con grande energia.

Vacillo. «Io... non volevo che tu morissi, Gretchen. Ero soltanto annichilita da quello che credevo tu avessi fatto. Non volevo che a Tom capitasse tutto questo, ed ero arrabbiatissima, fuori di me. Mi hai detto delle cose terribili.»

«E allora? Non riesci a sdrammatizzare?» gracchia. «A momenti morivo per colpa tua!»

Ha ragione. Non c'è proprio modo di negare il mio comportamento.

«Ho telefonato! Davvero, non ti ho abbandonata!»

«Vattene via» urla con asprezza. «Vattene, o chiamo un'infermiera.»

Penso all'infermiera di ieri, già sospettosa e armata della mia inopportuna dichiarazione che non avrei voluto che Gretchen si svegliasse.

Lei allunga la mano verso il campanello e il mio cuore comincia a battere forte.

«Ultima possibilità. Va' via e non dico niente a nessuno.»

«Okay, okay!» Agguanto la borsa con il viso rigato di lacrime. «Ma cosa dirai a Tom e a Bailey?»

«Qualcosa mi verrà in mente.»

32

Percorro di corsa il corridoio, accecata dalle lacrime. Urto contro qualcuno che mi apostrofa con rabbia, ma non mi fermo. Mormoro le mie scuse tra i singhiozzi e svolto l'angolo per uscire nel parcheggio, al freddo sole di gennaio. Disperata, mi precipito verso la zona dei taxi: grazie a Dio ce ne è uno in attesa. Nel vedermi avvicinare l'autista piega il giornale, si raddrizza sul sedile e abbassa il finestrino. Lo vedo incupirsi mentre esamina il mio viso.

«Tutto bene, signorina?» Si è accorto che sto piangendo. Annuisco. Gli dico l'indirizzo.

«Si accomodi. Arriviamo in un attimo» mi conforta con gentilezza.

Esce dal parcheggio sgommando e si immette sulla strada. Il semaforo è giallo, e all'ultimo minuto decide di non passare, per cui pigia sul freno e io balzo in avanti, con gli occhi sbarrati per lo spavento. «Chiedo scusa! Bolle d'aria nel carburatore» annuncia guardando imbarazzato nello specchietto retrovisore.

Ma io vedo un taxi avvicinarsi a sinistra con un uomo che guarda ansioso l'orologio e poi dice qualcosa all'autista mentre indica l'ospedale sulla sua destra.

«Tom!» esclamo. Afferro il poggiatesta del sedile davanti a me e mi sporgo, angosciata. La sua auto ci supera e io lo vedo sfilarmi accanto, senza che si accorga di me.

«Vuole fermarsi?» Il tassista ha già la mano pronta sulla freccia. «Qualcuno che conosce?»

Apro la bocca per rispondere di sì, perché questo è sicuramente un segno che Dio mi ha perdonato almeno un po', e mi offre la possibilità di salutare Tom. Ma in fin dei conti, Gretchen ha ragione: non lo merito. Lei è malata, aveva bisogno di me, e io di proposito ho tardato ad aiutarla. Non si fa una cosa del genere neppure a un perfetto sconosciuto, figuriamoci a una persona di cui siamo stati amici. Quali che fossero la situazione e il mio giudizio in proposito, malgrado il momento di pazzia, gelosia e rabbia, avrei dovuto prendere quel telefono. Avrei dovuto chiedere aiuto, a prescindere da quello che lei mi aveva fatto. Avrei dovuto comportarmi da adulta, e invece no. Mi vergogno amaramente, sono disgustata di me stessa.

«No, prosegua.»

Disperata, torno a guardare alle mie spalle. Vedo Tom che scende, paga, si allontana e... Non lo vedrò mai più. Almeno per molto, molto tempo. Soltanto un saluto! Se lo raggiungo prima che entri, lei non lo saprà mai.

«Si fermi!» grido. «Devo tornare indietro, solo...»

Ma il tassista lo sta già facendo. Ha frenato, ignorando un furibondo colpo di clacson di una BMW. Fa inversione di marcia e pigia il piede sull'acceleratore, bloccandosi con grande stridio di freni dietro al taxi di Tom. Ma Tom si sta già dirigendo verso l'ospedale a passo veloce.

«Aspetti qui!» dico senza fiato, con la mano già sulla maniglia. Salto fuori. «Tom!»

Non mi sente.

«Tom!» grido con tutta la voce che ho in gola.

Finalmente si volta. Sembra stupefatto nel vedermi, poi mi fa segni frenetici di avvicinarmi. Mi metto a correre, consapevole degli sguardi curiosi di un paio di persone che fumano in vestaglia, tremanti di freddo.

Lo raggiungo ansimando per la fatica e non riesco a dire una parola.

«No, no! Continua a correre!» Mi prende la mano e mi trascina verso la porta.

Lo freno. «Tom, fermati! Che cosa è successo?»

«Al... è incinta! Non lo sapevo. Devo dirlo ai medici prima che sia troppo tardi!»

Mi cade addosso una tristezza infinita. «Oh, Tom, lei...» e quando sto per dire: "Si è inventata tutto" mi rendo conto all'improvviso che lui non sa ancora che Gretchen ha ripreso conoscenza. È appena arrivato: come fa dunque a sapere della gravidanza, o meglio, dell'assenza di gravidanza?

«Cosa intendi dicendo che è incinta?» chiedo circospetta mentre il vento mi soffia in faccia un ciuffo di capelli che io cerco di scostarmi dagli occhi.

«Ho trovato un test! Non l'avrei trovato se il sacchetto della spazzatura non si fosse tagliato... lei l'aveva fasciato con cura. Era positivo!»

«Ne sei proprio sicuro?»

«Certo che lo sono. L'ho visto con i miei occhi! Devo salire subito e dirlo ai medici, perché non lo sanno! Forse lei ha smesso il litio proprio per non danneggiare il bambino, ma questo l'ha fatta andare fuori di testa. Dobbiamo muoverci, e subito!» Mi guarda con occhi disperati, pieni di apprensione.

È allora che mi rendo conto che lei mi ha mentito su tutta la linea, dal principio alla fine. Dunque c'era davvero un bambino, e c'era un piano. Gretchen è fatta così, e non cambierà mai. Farà di tutto per ottenere quello che vuole, usando qualsiasi mezzo. E distruggerà chiunque oserà intralciarla, però...

È malata, e questo è un dato di fatto incontrovertibile. È una semplice crudeltà pretendere che si comporti secondo le regole comuni? Qual è il confine tra la strumentalizzazione perversa e un comportamento giustificabile – quanto meno spiegabile – con la sua malattia mentale? Dove si può tracciare questa linea di demarcazione in una persona come lei?

La sola cosa che so è come mi sono comportata io, e cosa ho fatto.

«Alice, dài!» grida Tom. «Perché te ne stai impalata?» Mi prende di nuovo la mano, ma io resisto. Muovo un passo indietro e d'un tratto capisco esattamente cosa fare.

«Fermati!» Vacillo e faccio un respiro profondo. «Tom, devo dirti una cosa.»

Lo porto vicino a una panchina, e anche se fa un freddo micidiale ci sediamo. Gli racconto tutto, assolutamente tutto, proprio come si è svolto. Non ometto nulla.

Lui non si muove mentre parlo. In certi momenti chiude gli occhi sconvolto e pieno di rabbia, e a un certo punto, quando io mi metto a piangere ma mi sforzo di andare avanti, mi tende la mano, ma poi io comincio a dire cose che gliela fanno ritrarre, e allora mi guarda incredulo, colmo d'orrore.

Io le dico lo stesso. Devo, perché è la verità, e so che è tutto quello che ci rimane, ed è la sola cosa che può finalmente liberare entrambi... la verità.

Arnoldo Mondadori Editore S.p.A.

Questo volume è stato stampato
presso Mondadori Printing S.p.A.
Stabilimento Nuova Stampa Mondadori - Cles (TN)

Stampato in Italia - Printed in Italy

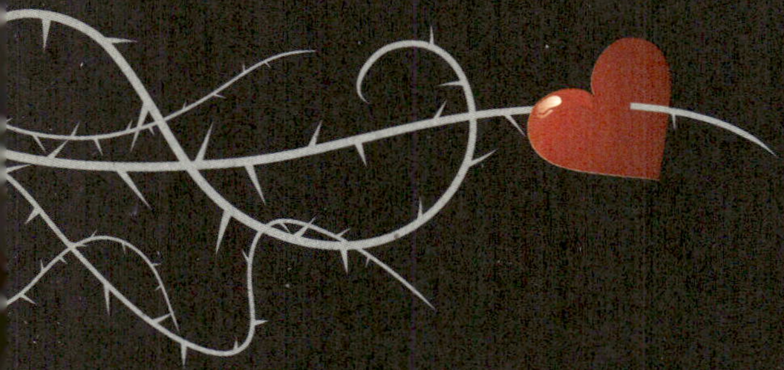